ÍCIOS E VIRTUDES IMORTAIS
SEUS COMPANHEIROS
MONSTRUOSOS

REIVINDICAÇÃO

AUTORA BESTSELLER DO USA TODAY

LEXI C. FOSS

Reivindicação

Lexi C. Foss

Copyright de Claim Me © Lexi C. Foss.

Copyright da tradução © 2023 por Andreia Barboza.

Revisão: Luizyana Poletto

Capa Design: Manuela Serra

Capa Photography: Wander Aguiar

Capa Models: Megan, Camden, Forest, Griffin

Texto revisado segundo o novo Acordo Ortográfico da Língua Portuguesa.

Published by: Ninja Newt Publishing, LLC

eBook ISBN: 978-1-68530-274-0

Paperback ISBN: 978-1-68530-275-7

À Matt, Laura, Vicki e Amy, por tornarem este livro possível...
E para o Baby Luka, por favor, nunca leia os livros da mamãe <3

REIVINDICAÇÃO

ÍCIOS E VIRTUDES IMORTAIS
SEUS COMPANHEIROS
MONSTRUOSOS

Reivindicação
Ícios e Virtudes Imortais
Seus Companheiros
Monstruosos

Sou uma prisioneira. Uma escrava. Um ser de poder supremo na coleira.
Por quê?
Porque meu companheiro arranjado "pegou emprestado" meu poder e quase matou o Rei da Casa de Ouro e Granada.

Ah, ele sabia que eu era inocente. Tal como o seu sucessor – *o Rei Kaspian* – também sabe. Mas isso não diminuiu a minha sentença. Só tornou minha cela um pouco mais confortável.

Porque, em vez de grades, estou presa em um dos quartos do novo rei. E ele encarregou três mercenários muito bonitos de me proteger.

Nox, Bane e Nolan.

Pena que tudo que eu quero é fugir, caso contrário, poderia ser tentada pelo bufê de sensualidade espalhado diante de mim.

Infelizmente, quando o rei Kaspian me dá uma tarefa que não posso recusar, me vejo incapaz de pensar em qualquer coisa ou pessoa que não sejam os quatro captores que controlam minha vida.

Porque quebrar um vínculo de companheiro forçado de forma mágica pode destruir a alma e causar a formação de novos vínculos.

Quatro, para ser exata.

Com um rei e seus três guardas mercenários.

Se algum deles me rejeitar, vou morrer.
Mas se eles me aceitarem, minha magia mortal poderá consumir a todos nós...

Reivindicação é um romance paranormal apimentado e independente do universo Vícios e Virtudes Imortais, apresentando Fallon e seus quatro companheiros "destinados".

UMA INTRODUÇÃO
DO REI KASPIAN

Há cinquenta anos, um portal foi aberto em Portland, no Oregon, fazendo com que magia e seres sobrenaturais se espalhassem pelas ruas. Não foi o primeiro desse tipo, mas foi o primeiro a ser notado pelos mortais da Terra. E... bem, o mundo não foi o mesmo desde então.

A magia infectou a raça humana, criando a necessidade de um novo tipo de estrutura governamental, destinada a regular o poder de uma nova era, uma era impulsionada pelo sobrenatural.

Mas antes que as Casas de governo promulgadas pudessem realmente tomar posse, guerras devastaram a Terra, seguiram-se genocídios e aqueles sem magia foram quase extintos.

Foi só no Grande Sacrifício, um banho de sangue devastador que terminou em destruição final, que as várias Casas chegaram a uma trégua, deixando-nos hoje com as nossas divisões. São oito Casas, todas servindo e protegendo seus diversos propósitos.

A minha é a Casa de Ouro e Granada. Somos mercenários que adoram caçar e nos deleitar com o pagamento de um trabalho bem executado. Sangue e ouro são a nossa moeda. Somos leais. Somos eficientes. E somos mortais.

No entanto, não somos a única área perigosa no mundo. Cada território tem os seus próprios riscos e recompensas.

Com exceção da Terra de Ninguém.

Ninguém quer viver fora do território das Casas. Na verdade, é considerado ilegal para muitos existir sem afiliação a uma Casa. Mas sempre haverá bandidos.

Como aqueles que criaram os vários Sindicatos Sobrenaturais no que costumava ser a cidade de Nova York. Esses senhores do crime não têm interesse em regras ou regulamentos. Nem desejo de se afiliarem a uma Casa. Não têm bússola moral para orientar as escolhas deles. São mortais. Cruéis. E totalmente indesejáveis em minhas terras.

Outras Casas podem optar por negociar o poder com eles.

Eu, não.

Meus mercenários me incumbiram de liderá-los, e é o que farei.

Bem-vindos à Casa de Ouro e Granada, onde pagamos nossa fidelidade com sangue.

As Casas
Casa de Ouro e Granada
Casa de Sangue e Água-Marinha
Casa do Ar e Ametista
Casa da Terra e Esmeralda
Casa do Espírito e Safira
Casa da Morte e Diamante
Casa do Fogo e Fluorita
Casa do Mar e Serpentina

Terra de Ninguém
Circo de Ninguém - Portland, Oregon

Sindicatos Sobrenaturais
Cidade de Nova York

Manhattan – Os Guardas - Metamorfos
Brooklyn - As Rosas - Faes
Ilha de Staten - O Clã dos Excluídos - Bruxas
Queens - O Divino - Anjos e Demônios
Bronx - Clã Tepes – Vampiros

PRÓLOGO

FALLON

— Você, Fallon Doyle, aceita Nikolas O'Neely como seu companheiro para sempre? — Os olhos castanhos de Daithi brilham com poder enquanto ele me encara, aguardando minha aceitação.

Duas palavras.

Isso é tudo que preciso dizer.

E então o feitiço ilegal vai tecer um vínculo de companheiro predestinado em torno da minha alma, me ligando ao monstro diante de mim.

Nikolas O'Neely.

O mal encarnado.

Ou presumo que ele seja mau, de qualquer maneira. Afinal, ele concordou com essa loucura.

Você não precisa fazer isso, minha irmã gêmea sussurra em minha mente. *Por favor, não faça isso.*

Engulo em seco, sentindo meu coração bater forte nos ouvidos. Não é o suficiente para abafar o tom da voz da

1

minha irmã, sua urgência aumentando a cada segundo que passa.

Este castigo não é seu para que você o aceite, ela me diz. *É meu.*

Embora isso seja verdade, nenhuma de nós tem escolha. Nikolas não a aceitará, não quando souber o que a voz dela pode fazer.

Ela matou membros de sua família há uma década com algumas palavras em voz baixa, deixando-o órfão. Não foi intencional. Mas isso não importava. A relação entre o Clã Doyle e o Clã O'Neely foi destruída naquele dia, encerrando uma aliança de um século.

Hoje é o dia em que corrigiremos os erros desse incidente.

Um dia em que concordo em realinhar minha alma para acasalar com um O'Neely. Vai parecer um vínculo de companheiro predestinado, me ligando a ele enquanto nós dois vivermos.

Embora isso possa parecer promissor, matá-lo não é realmente uma opção. Porque vai despedaçar minha alma no processo.

Feito isso, estaremos unidos, para o bem ou para o mal.

E Issy vai estar segura. Esse é o trato: se eu fizer isso pela minha família, meus pais a manterão escondida do mundo.

Ela é poderosa demais para ser descoberta. Incontrolável. Se as Casas souberem da presença dela, vão aniquilá-la.

Claro, podem fazer o mesmo comigo se eu revelar minhas verdadeiras habilidades. Sou mais necromante do que bruxa, e isso não é uma característica bem-vinda. Especialmente quando algumas das Casas são dirigidas por sobrenaturais mortos-vivos.

Felizmente, sei como administrar e esconder meus talentos mais sombrios.

— Srta. Doyle — Daithi me avisa, erguendo uma sobrancelha castanha até a linha do cabelo de mesma cor.

Ele é feiticeiro e primo de O'Neely, o que o torna um dos membros mais influentes do nosso Clã dos Excluídos. Não fiquei surpresa ao vê-lo hoje parado na pedra de mármore, pronto para recitar um feitiço de acasalamento ilegal. Ele se destaca em assuntos nefastos.

Assim como meus pais.

Assim como Nikolas.

Minhas veias gelam ao pensar no que tudo isso significa.

Mudo meu foco para o homem, estudando seus olhos quase pretos e cabelos grossos e escuros. Sua expressão me diz que ele não aprecia meu silêncio, que cada segundo que passa é uma marca contra mim, que provavelmente terminará em punição.

Ouvi rumores sobre sua reputação.

De sua propensão para a trapaça e violência.

O Patriarca do Clã O'Neely – o mesmo que escolheu este casamento – enviou Nikolas para viver na Irlanda décadas atrás, plantando-o no território Ouro e Granada, onde ele se tornou mercenário. Pelo que entendi, o Clã dos Excluídos planeja algum dia usar ele e sua aliança para fins corruptos.

Agora será minha tarefa ajudá-lo a ter sucesso. Cometer quaisquer atos traiçoeiros que ele exija. Desempenhar o papel de companheira obediente.

Deixar nossas famílias orgulhosas.

Este não será um cortejo gentil ou um relacionamento amoroso.

Vai ser um inferno. Aquele em que ele é o diabo e eu sou castigada pelos pecados cometidos por outros.

3

Os pecados da minha irmã, penso, com a garganta seca. *Mas ela não queria machucar ninguém, e todos nesta sala sabem disso.*

Mas isso não importa. Porque não é assim que os jogos são jogados neste mundo cheio de traficantes de magia.

— Fallon. — A voz do meu pai contém uma nota de advertência. Seus olhos verdes, da mesma cor dos meus, brilham com uma ameaça tácita enquanto os meus provavelmente refletem uma aceitação resignada.

Porque não há outra opção aqui.

Tenho que seguir para corrigir o passado. Para proteger Issy.

Limpando a garganta, levanto o queixo e pronuncio a palavra que vai selar meu destino pelo resto dos meus dias.

— Aceito.

Minha irmã choraminga em minha mente, sua culpa é palpável.

Não é culpa sua, eu a lembro. *É obra de nossos pais.*

Não que eles tivessem muita escolha também.

Os Sindicatos Sobrenaturais no que resta da cidade de Nova York são o único lugar na Terra de Ninguém com qualquer tipo de proteção. Claro, é administrado por criminosos, mas pelo menos esses criminosos cuidam uns dos outros.

Mais ou menos, de qualquer maneira.

Melhor do que em outras áreas deste mundo magicamente corrupto.

Só que estou prestes a me juntar a uma Casa como companheira de Nikolas.

Tremo, sem saber como isso vai funcionar. Existem oito Casas no mundo, todas estritamente governadas pelos seres sobrenaturais mais poderosos da Terra.

Eles são seletivos sobre quem aceitam.

Mas, de alguma forma Nikolas, faz parte de uma.

E ele me levará para "casa" como sua companheira predestinada.

E se descobrirem o que posso fazer?, me pergunto pela milésima vez desde que soube da escolha de Patrick para meu acasalamento.

Essa escolha me encara agora, com olhos brilhando com chamas escuras que ameaçam me queimar.

— Você, Nikolas O'Neely, aceita Fallon Doyle como sua companheira para sempre? — Daithi pergunta, com uma melodia sinistra subjacente ao sotaque irlandês.

— Sim — Nikolas responde sem hesitação.

A magia arrepia o ar, o cheiro é desagradável e errado para os meus sentidos. *Fumaça acre*, penso, quase me engasgando quando isso sufoca meu nariz e se infiltra em meu ser.

Sinto muito, Issy sussurra para mim, sua voz mental é um soluço que corta meu coração. Ela não está aqui para testemunhar isso, sua presença não é bem-vinda em nenhum lugar da cidade. Mas ela pode sentir o que estou sentindo, ouvir meus pensamentos e quase ver através dos meus próprios olhos.

Somos gêmeas e estamos ligadas desde o nascimento.

Sempre.

Eu faria qualquer coisa por você, Issy, murmuro para ela. *Até isso.*

Estremeço quando uma sensação de fogo corre pelas minhas veias, a energia quente e indesejável indo direto para o meu peito. Para minha alma.

Nikolas alcança minha nuca, me puxa para si, enquanto o feitiço toma conta, fundindo nossos destinos.

Seus lábios tomam os meus, selando o acordo e acendendo faíscas dentro de mim. Não do tipo que desejo ou até gosto, mas chamas de furiosa rebelião.

Meu espírito está gritando com o erro desse

acasalamento, meu próprio ser tentando lutar contra o encantamento sombrio.

Mas posso senti-lo afundar sua âncora em meu coração, me forçando a aceitar e a me curvar a essa mudança em meu destino. Assim como a língua de Nikolas exige submissão, assumindo o controle e me possuindo de uma forma que só um companheiro consegue.

Dói.

Revira meu estômago.

Me faz sentir fisicamente doente.

No entanto, há uma leveza no final, encorajada por falsas promessas e falsa sensação de esperança. É um truque. Ainda posso sentir o cheiro de tudo isso, mas a magia está tomando conta agora, o poder convencendo minha alma de que está certo.

Mal consigo ouvir os gritos de Issy, sua dor é um pensamento vago que gira junto com minha confusão.

É então que ouço o canto, a voz de Daithi baixa e fria.

O que é isso? me pergunto, maravilhada. *O que ele está fazendo?*

Issy grita meu nome em resposta, mas não consigo alcançá-la. Eu... não consigo me conectar com ela.

O que ela está dizendo? É gaélico antigo, palavras que mal ouço. *Por que sinto tanto frio?*

Meus lábios estão dormentes. Minha língua congela.

Nikolas parou de me beijar. Mas a mão dele...

Ele ainda está segurando minha nuca.

Me protegendo.

Enquanto ele...

Enquanto ele bebe. Tento recuar, sentindo o alarme percorrer meus membros quando, de repente, sinto suas presas em minha garganta. Parte vampiro, parte bruxo. Eu sabia disso. Mas não esperava que ele me mordesse.

Que merda é essa?

6

E por que Daithi ainda está cantando?

Olho alarmada para meu pai, notando sua expressão reservada.

— É para o seu próprio bem, Fallon — ele me diz. — Será mais fácil assim.

Mais fácil?, quero perguntar.

Minha mãe tem uma aparência semelhante, embora seus olhos prateados brilhem de resignação. Ela me lembra muito Issy naquele momento, suas feições tristes são uma máscara para a fúria por baixo.

Porque minha irmã muitas vezes se esconde atrás de um glamour de tristeza. Mas, no fundo, ela está zangada com seu destino. Furiosa por não poder expressar sua própria defesa. Irritada por estar perpetuamente presa na casa de nossos pais, incapaz de ver o mundo exterior sem correr o risco de morte imediata.

Ela está em prisão domiciliar permanente. Era isso ou permitir que os O'Neely a matassem. Como resultado, meus pais escolheram prendê-la, uma consequência que não mudaria, nem mesmo depois de hoje.

Um dia vou te libertar, já prometi a ela mil vezes.

Seja desempenhando o papel de companheira perfeito e ganhando confiança ou quebrando todas as regras e arriscando nossas vidas, não tenho certeza. Mas estou determinada a ajudar Issy a escapar.

Só que não consigo senti-la agora, percebo. *Eu... não consigo sentir muita coisa.*

— Fallon — uma voz profunda diz, me atraindo de volta para Daithi. — Como você se sente em relação a Nikolas?

Pisco para ele.

— Nikolas é meu companheiro. — As palavras têm um gosto estranho, como se alguém as tivesse pronunciado, mas saíram da minha boca.

— Muito bom. E o que fazemos pelos nossos companheiros?

— Os companheiros se apoiam. Os companheiros apreciam um ao outro. Os companheiros ajudam uns aos outros. — O mantra sai da minha língua, fazendo meu interior se agitar. *Por que pareço tão robótica?*

— Excelente — ela elogia. — E por que ajudamos nossos companheiros?

— Porque esse é meu dever. Esse é o meu lugar. Isto é quem sou neste mundo, sou a companheira de Nikolas. — O pavor frio cobre minha pele a cada afirmação, mas meu tom permanece exatamente o mesmo.

— Quanto tempo dura? — Nikolas pergunta, sua voz curiosa.

— Até você quebrá-lo — Daithi diz a ele. — Vou compartilhar os detalhes com você em particular para que somente você possa desfazer o feitiço de obediência.

Nikolas assente enquanto meu interior congela. *Um feitiço de obediência? Me forçar a acasalar com ele não foi suficiente? Agora ele adiciona isso?*

— Vai ser divertido — Nikolas diz, com uma diversão sombria colorindo seu tom. — Uma bonequinha obediente com sangue poderoso. — Ele olha para Patrick O'Neely, o Patriarca do Clã O'Neely. — Obrigado pelo meu presente, tio.

— Apenas se certifique de usá-lo com sabedoria, Klas — o patriarca responde. — Precisamos que você suba nas fileiras Ouro e Granada.

Nikolas abaixa o queixo em reconhecimento.

— Com certeza vou usá-la, e com frequência.

Meus dentes ameaçam ranger, só que isso não acontece. Eles permanecem plácidos como o resto de mim.

Porque estou enfeitiçada para me comportar.

Nenhum dos meus pais diz uma palavra ou reage à conversa sobre *me usar* ou o que a frase implica.

Em vez disso, meu pai se vira para Patrick para apertar sua mão.

— Estou satisfeito com a nossa aliança renovada — ele diz.

— Da mesma forma, velho amigo — Patrick responde. — Vamos comemorar no pub O'Mally's?

Os dois começam a se afastar, me abandonando sem olhar duas vezes.

Minha mãe inclina a cabeça e o segue, assim como a companheira de Patrick. As duas são vítimas de um destino semelhante ao meu, seus acasalamentos organizados por poderosas figuras masculinas dentro do Clã dos Excluídos.

A união de clãs, penso, enojada com a prática antiquada. *Há uma razão pela qual esses feitiços de acasalamento são ilegais.*

— Aproveite — Daithi murmura, aquela única palavra possui tanta intenção sinistra que eu morro um pouco por dentro.

— Ah, eu pretendo — Nikolas responde, descendo a palma da mão pela minha espinha até a curva da minha bunda. — *Completamente.*

Daithi me lança um olhar lascivo antes de se concentrar novamente em Nikolas e dizer:

— Venha me encontrar depois para obter as instruções de reversão. Embora eu imagine que você não as usará.

— Muito provavelmente não — Nikolas concorda, apertando minha bunda a ponto de doer.

No entanto, nenhuma parte de mim reage.

Eu simplesmente encaro sua crueldade como se não sentisse absolutamente nada.

Mas sinto por dentro.

Assim como experimento o influxo de medo quando ele volta sua atenção para mim e diz:

— Vou te comer até sangrar, e você vai gozar toda vez que eu mandar, não importa o quanto isso doa.

Meu coração deseja parar de bater, mas isso não acontece.

— Me diga para te comer — ele pressiona. — Me diga para fazer doer.

— Me coma, Nikolas. Faça doer. — Estremeço por dentro enquanto lágrimas furiosas ameaçam se formar. Mas elas não o fazem. *Porque estou presa.*

— Klas — ele me diz. — Me chame de Klas. — Ele me puxa ainda mais para perto, sua mão permanece na minha bunda enquanto a outra vai para minha garganta. — Somos companheiros agora. Pode muito bem ser um pouco menos formal.

Ele me beija e eu respondo de forma automática, com meu corpo sob seu comando.

Parece que apenas minha mente é minha.

Mas ainda não consigo ouvir Issy.

Sou uma prisioneira dentro da minha mente. Presa em um pesadelo de acasalamento.

No entanto, há algo importante sobre os pesadelos. Uma característica fundamental que sussurro para mim mesma enquanto as palmas das mãos de Klas começam a se movimentar.

Pesadelos terminam.

O que significa que um dia vou acordar.

E quando o fizer, Nikolas O'Neely... e todos que permitiram que isto acontecesse comigo hoje vão pagar.

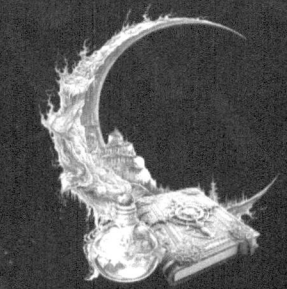

FĀLLON

Fallon...

A voz de Issy é um sussurro que lembra um sonho. Anseio por responder, e meu coração se parte ao pensar em nosso vínculo rompido.

Tudo por causa *dele*.

Meu inimigo.

Meu companheiro.

Aquele que destruiu tudo.

Ele me envolveu em um feitiço, prendendo meu livre arbítrio enquanto roubava minha magia.

Cada mordida o fortalece ainda mais, dá a ele acesso aos meus encantamentos mortais.

Ele me faz ensiná-lo a exercer meu poder, e seu feitiço de obediência força as palavras a saírem da minha boca.

Eu o odeio.

Odeio *isso*.

Fallon...

Quase ofego com aquela voz familiar, drogando meus

pensamentos, me puxando para o passado. *Estou com saudades de você*, quero dizer para Issy. *Sinto sua falta mais do que posso dizer.*

Acorde, Fallon, ela me diz em resposta.

Quase sorrio. Sua voz mental é tão severa, tão *real*, que quase obedeço.

Mas não quero acordar. Este pesadelo nunca acaba, mesmo quando abro os olhos.

Às vezes, é pior.

Como quando Klas me enterra viva. Me afoga no solo. Garante que eu não possa ver o sol novamente por dias enquanto brinca com meu poder.

Ah, deuses, e se eu acordar debaixo da terra novamente?

Vou arranhar o solo por impulso, incapaz de escapar, não importa o quanto eu tente.

Uma punição.

Mas pelo quê? Não consigo me lembrar.

Um encanto, minha mente sussurra. *Um encanto místico que me traz de volta, que me permite anular o seu feitiço.*

Franzo a testa enquanto uma memória incomoda meus pensamentos. De uma deusa. Poder. Cheio de estrelas.

Ela quebrou o encantamento de obediência.

Posso imaginá-la perfeitamente com todo aquele cabelo longo e escuro, pele dourada e olhos brilhantes.

Tanto poder.

Um sonho ou realidade? Eu me esforço para lembrar.

Fallon. A voz de Issy está cheia de impaciência. *Preciso que você acorde.*

Franzo a testa. *Por que isso parece tão real?*

Porque é, ela retruca. *Agora, abra os olhos.*

Quase obedeço. Mas não quero me entregar a esse truque. Provavelmente é Klas, brincando com minha mente de novo, me atraindo à consciência para que ele possa me fazer desmaiar novamente.

Ele me assombra a qualquer hora do dia e da noite, possuindo minha alma, me destruindo a cada instante.

Ele está na masmorra, Fallon, Issy diz. *Ele tentou e não conseguiu matar o Rei de Ouro e Granada. Ele foi pego. Não está mais no controle. Você o eviscerou várias vezes. Lembra?*

Minha carranca se aprofunda enquanto visões de Klas sangrando muito flui em minhas lembranças. Uma fantasia ou realidade?

Ele vai receber sua sentença hoje, ela continua. *É por isso que preciso que você acorde. Se o matarem...*

Isso pode me matar, termino a frase dela.

Estamos unidos por um feitiço ilegal. Não há como saber o que acontecerá quando ele morrer.

Mas isso realmente importa?

Eu o quero morto. Removido. Fora da minha vida.

Ele usou meus poderes para tentar criar o caos no território de Ouro e Granada. Tudo porque estava frustrado com a falta de promoção nas fileiras mercenárias.

— *Estou cansado de ser esquecido. É hora de eles verem o quanto eu realmente sou poderoso. Além disso, agora é um grande momento, com toda a dissidência gerada pelo mais recente escândalo político. Será fácil recrutar ajuda. Não que eu precise de muita.*

Seu discurso passa pela minha cabeça, me fazendo lembrar da resposta mental que dei. *Só que é o meu poder que você está usando. Não o seu.*

Na verdade, ele tinha meu poder sob controle, então suponho que isso o tornava realmente poderoso.

Mas ele não me tem mais na coleira, percebo, abrindo os olhos. *Porque não estou mais nesse pesadelo. Estou em um novo.*

Um pesadelo envolto em falsos luxos.

Me sento na cama de dossel, observando o ambiente familiar, já que passei os últimos treze meses morando neste espaço.

Não é a pior cela de prisão imaginável. Tem uma

varanda que se abre para um pátio, não que eu tenha permissão para explorá-la. Mas, pelo menos, posso sair para tomar ar fresco. Isso está alguns passos acima de ser enterrada viva por dias ou semanas a fio.

Esfrego a mão no rosto e tento me forçar a acordar. *Issy?*

Finalmente, ela murmura de volta para mim. *Estou tentando te acordar há mais de uma hora.*

Humm, murmuro de volta para ela, nem um pouco surpresa com seu comentário. Os últimos anos pareceram um longo pesadelo, só que o cenário não para de mudar.

Vou até a mesa de cabeceira para pegar água, algo que coloquei ali na noite anterior, porque sabia que precisaria dela agora, e bebo o copo inteiro em grandes goles.

A maioria dos meus *sonhos* ultimamente tem sido acordar em uma cova e inalar sujeira por horas... ou dias.

Essa era apenas uma das maneiras que Klas escolhia para me punir, mas algo nela tornou a cena mais memorável. E eu sempre acordava desses sonhos com a garganta seca, como se estivesse no subsolo a noite toda.

Me afasto dos lençóis de seda e vou até o banheiro da suíte para reabastecer a água.

Fallon, minha irmã sussurra.

Já estou acordada, respondo.

Eu sei. Mas... mas hoje... Ela para e sua incerteza passa pela minha mente enquanto me observo no espelho enorme.

Meus olhos verdes não brilham mais. Meu cabelo loiro parece mais escuro agora, sem o brilho anterior. E minha pele parece mais pálida de alguma forma. *Como a morte.*

Apropriado, dadas as minhas habilidades. Ou talvez seja um aviso do que está por vir.

Eles vão executá-lo, digo a Issy. *Hoje é apenas uma formalidade. Mas sei que esse é o plano deles.*

Um dos espectros te contou?, ela pergunta, se referindo aos guardas da minha prisão.

Eles não precisaram me dizer nada. É o que precisa ser feito. Klas tentou matar um monarca. Não importa que a pessoa em questão já não esteja no comando. Seu sucessor não pode permitir que o culpado viva.

Uma imagem do referido sucessor preenche minha mente, seus cabelos e olhos escuros tão parecidos com os de Klas. E, ainda assim, os dois homens não se parecem em nada.

Klas é todo ângulos cruéis e arestas vivas.

Enquanto o rei Kaspian é... comovente. Profundo. Inegavelmente bonito. *E incrivelmente fora dos limites.*

Ele apenas passou pela superfície dos meus poderes. Se permitir que ele se aproxime, descobrirá coisas sobre mim que me farão compartilhar uma sentença de morte com Klas.

É por isso que preciso que o hoje aconteça.

Quanto mais cedo Klas for condenado e executado, mais cedo vou poder partir. A menos que eu morra em consequência da morte dele, é claro.

Suponho que estarei livre de qualquer maneira. *Talvez.*

O rei Kaspian e seus guardas me monitoram há treze longos meses. Eles me questionaram repetidamente sobre o que posso fazer, solicitaram breves demonstrações e me perguntaram sobre meu passado.

Eu contei a verdade onde pude e menti onde precisei.

— Sou órfã — disse a eles. — Não sei muito sobre a história da minha família. — Foi a história que Klas contou depois de acasalar comigo, dizendo que me encontrou em uma de suas missões mercenárias.

Felizmente, ele não falou a verdade sobre nossas origens enquanto estávamos em cativeiro.

Provavelmente porque está se protegendo.

Se Klas trair o Clã O'Neely de alguma forma, será punido por muito tempo na vida após a morte.

Os corpos podem morrer, mas as almas são eternas.

E as almas podem ser torturadas, especialmente quando se tem acesso à magia da morte. O que meu clã tem e, graças ao nosso acasalamento arranjado, o Clã Doyle e o Clã O'Neely estão alinhados novamente.

Bebo o terceiro copo de água e suspiro. *Ayla encontrou alguma coisa que possa me ajudar a conter o feitiço de acasalamento?*, pergunto a Issy.

Já sei a resposta, mas não consigo deixar de perguntar. É a única coisa que tentamos descobrir desde a prisão de Klas.

Se eu conseguir quebrar o feitiço, estarei livre. Pelo menos dele. O resto... bem, essa é uma situação completamente diferente, já que não tenho ideia do que preciso fazer para convencer o rei Kaspian a me libertar de seus guardas vigilantes.

Eu poderia tentar correr.

Mas ele é dono de uma casa de mercenários. Portanto, minhas chances não são grandes. Especialmente quando um desses mercenários é Nolan, um arcanjo rastreador com mira mortal.

Esfrego o ombro, franzindo a testa enquanto Issy diz: *Não. Os testes recentes de Terra e Esmeralda também exigiram muito dela. Ela não está muito bem ultimamente.*

Concordo com a cabeça, entendendo esse sentimento. *Estou feliz que ela possa te visitar, isso vai ajudar.*

Só quando nosso pai permite, Issy resmunga. *Às vezes, ele se esquece de que ela é nossa prima.*

Ele não esquece. Ele só gosta de controle. E controlar com quem Issy pode interagir é uma de suas atividades favoritas.

Ela não pode falar com Ayla como fala comigo, sendo

nosso vínculo gêmeo a razão pela qual podemos nos comunicar telepaticamente. Mas Ayla conhece a linguagem de sinais, o que a torna capaz de compreender Issy.

Me alivia saber que Issy ainda tem alguém... caso eu não sobreviva aos próximos dias.

Já estivemos separadas por três longos anos, e foi quando Ayla e Issy se aproximaram. Isso significa que Issy vai continuar sem mim e Ayla assumirá a proteção dela.

Você pode não estar falando comigo, mas posso sentir a direção de seus pensamentos, Fallon Doyle, e não aprovo, Issy retruca. *Em primeiro lugar, posso me proteger com algumas palavras bem escolhidas. Em segundo lugar, é você quem precisa de proteção agora. Terceiro lugar...*

Eu espero, com a sobrancelha arqueada. *Terceiro lugar...?*, pergunto, achando graça de seu discurso retórico.

Papai está aqui, ela sussurra de volta, provocando um arrepio na minha coluna. *Ele raramente visita Issy e nunca é para nada de bom.*

Sinto sua apreensão através do nosso vínculo e seu medo me faz tremer na frente do espelho.

Não me atrevo a interrompê-la, ciente de que ela precisa de todas as suas faculdades mentais para lidar com nosso genitor.

Fecho as mãos enquanto espero, sentindo o ódio me consumir. Os pais devem cuidar e proteger seus filhos. Mas o nosso nunca fez isso. Eles nos trataram como propriedade a ser negociada e descartada.

Ou essa foi a minha percepção, de qualquer maneira.

Issy é diferente. Ela é o fardo da família aos olhos deles, uma princesa destruída, indigna de seu sobrenome.

Sinto seu desejo de lutar, sua necessidade de lembrar ao nosso pai seu verdadeiro poder. Mas ela não o faz. Ela tem muito medo do que acontecerá após a explosão.

Não há para onde ela ir. Ele é o único que garante a sobrevivência dela neste mundo cruel.

Minha irmã gêmea fica em silêncio, e suas emoções parecem desaparecer. Tenho que me impedir de chamar seu nome, sabendo que ela voltará a falar quando nosso pai terminar de fazer o que quer que esteja fazendo.

Issy está bem, digo a mim mesma. *Eu sentiria se ela não estivesse.*

Eu me olho no espelho novamente, minhas bochechas pálidas de repente ficam vermelhas.

Um dia, vou matá-lo.

A menos que eu esteja morta. Então vou assombrá-lo até que ele morra.

Me preocupar com meu pai e Issy é inútil. Não há nada que eu possa fazer daqui.

Caramba, não há nada que eu possa fazer há muito tempo.

Mas isso pode mudar dependendo do veredicto de hoje. A morte de Klas é iminente. É apenas uma questão de *quando*.

Engulo em seco, vou para o chuveiro e tento me distrair ao me preparar para o dia. Não há nada que eu possa fazer para impedir o que está prestes a acontecer. Minha alma vai se quebrar. E minha magia... bem, não sei o que vai acontecer.

Ficarei fora de controle? Levantarei os mortos? Mostrarei a verdadeira extensão dos meus poderes?

Espero que não. O rei Kaspian já teme as habilidades que conhece, e elas mal chegam à superfície do meu potencial.

Consegui esconder a maior parte dos meus talentos de Klas ao longo dos anos, o feitiço de obediência só me forçava a falar a verdade quando ele fazia as perguntas certas.

Ele nunca se preocupou em perguntar sobre outros feitiços que eu poderia conjurar. Klas simplesmente fez muitas suposições com base no conhecimento que adquiriu ao beber meu sangue. E nunca tentei esclarecer.

Termino o banho, saio do box de vidro e pego uma toalha no suporte aquecido ao lado dele.

No que diz respeito às prisões, esta certamente tem suas vantagens.

Me enrolo no algodão fino e pego outra para o cabelo.

Minha aparência no espelho não mudou muito, minhas bochechas e olhos ainda não têm brilho natural. Duvido que algum dia eu o reencontre. Klas matou parte da minha alma quando me vinculou a ele, contaminando meu ser.

E estar aqui, presa neste palácio sob observação frequente, não ajuda muito a melhorar a situação.

Pelo menos, tenho uma máquina de café expresso, penso, indo em direção a ela na sala de estar. Como a maioria das coisas neste mundo, ela é carregada magicamente, tornando mais fácil pedir exatamente o que quero com apenas alguns cliques de um botão.

O cheiro de grãos de café finamente moídos imediatamente alcança meu nariz, provocando um suspiro sonhador. Esta é provavelmente a única coisa boa do meu cativeiro.

Bem. Os bonitões também não são ruins.

Bane.

Nox.

Rei Kaspian.

Até o Arcanjo Nolan é incrivelmente bonito. Embora eu queira atirar no ombro dele como ele fez comigo quando nos conhecemos.

Claro, ele pensou que era eu quem estava tentando

matar seu líder na época, mas isso não impediu que a bala queimasse pra caramba.

Mordo o lábio enquanto o mocha começa a se formar na xícara, minha mente vagando para os guardas sensuais que frequentam meu quarto.

Bane e Nox são espectros, um novo gripo de sobrenaturais que anunciou sua presença há pouco mais de um ano. Eles são essencialmente fantasmas que podem assumir formas corpóreas.

E que belas formas corporais eles têm, penso. Não que eu tenha visto muito deles, mas o corte de suas roupas me diz que são impressionantes...

Um choque de dor passa pela minha mente, a fonte vindo da minha irmã gêmea. Seguro a cabeça com um suspiro e seu nome sai da minha boca enquanto minhas pernas cedem embaixo de mim.

Issy!, grito, e meu corpo cai com força no chão, tirando um gemido da minha garganta. Ou talvez seja um som provocado pela agonia que ecoa em meu espírito. *Issy!*

Ela não responde, mas sua angústia me atravessa como uma centena de punhais, cada uma atingindo meu peito e me deixando sem fôlego no chão.

Posso ouvi-la gritar.

Não, espere, sou eu, penso grogue, e minha visão escurece sob as ondas de tormento vindas de minha irmã gêmea. *O que está acontecendo? O que ele está fazendo com você?*

Alguém diz meu nome, mas é a voz errada.

Não é de Issy.

É... é... não importa. Apenas minha irmã gêmea importa.

Me diga o que está acontecendo, eu tento novamente. *Fale comigo!*

Outra voz responde, uma que não quero ouvir, por isso não ouço nem discirno as palavras.

Issy!

Eu me enrolo em uma bola, com lágrimas escorrendo dos meus olhos. Não consigo ver. Mal consigo respirar. Tudo que sinto é a dor da minha irmã.

Não vou! Eu a ouço gritar, e a fúria nessas duas palavras se arrasta pela minha psique como garras afiadas. N*ão vou dar essa ordem a ela!*

Quem? O que você está falando? pergunto a ela, perplexa e perdida. *Issy...*

Não! A Fallon não pode morrer! ela grita, e suas palavras não fazem sentido. *Os crimes de Klas são dele, não dela. Que se dane suas ordens!*

Suspiro quando outra lança atravessa meu peito, a sensação me lembra choques, abalando meu espírito e exigindo submissão.

Vários outros se seguem, roubando minha capacidade de fazer qualquer coisa além de me deitar no chão como uma bola complacente.

Algo quente toca meus ombros. Essa voz está perto do meu ouvido. Mas estou concentrado demais em Issy, consumida demais pela sua exaustão mental, para considerar qualquer outra coisa.

Ela está chorando.

Gritando.

Tremendo.

Morrendo.

Algo a está sufocando.

Poder.

Tento alcançar através de nosso vínculo, empurrar cada grama de minha força para ela, mas sinto o momento em que seu espírito se despedaça sob uma explosão de energia intensa. Ela suspira em minha mente, sua voz soa rouca enquanto diz: *O Clã dos Excluídos falou.*

Franzo a testa para seu tom neutro, as palavras são diferentes de tudo que ela já disse.

Se Nikolas O'Neely está sujeito à morte, Fallon Doyle também está, ela continua. *Fallon Doyle honrará o Clã dos Excluídos, aderindo ao nosso antigo compromisso: companheiros leais morrem com seus amados. Ou esses companheiros serão punidos com destinos piores que a morte.*

NOX

VERIFICO MEU RELÓGIO pela quinta vez e franzo a testa quando vejo que apenas sessenta segundos se passaram desde minha última olhada.

O dever de guarda não combina comigo. Eu preferiria brincar no laboratório ou treinar com Bane. Mas esta missão é importante para o rei Kaspian, tornando-a importante para mim.

E não posso dizer que realmente me importo de cuidar da bela encarregada da suíte de hóspedes atrás desta porta. Ela é uma coisinha fogosa com curvas nas quais pensei mais de uma vez no ano passado.

Foi por isso que me ofereci para continuar nesta missão, mesmo depois de Kaspian ter me oferecido uma opção diferente.

Eu gosto da Fallon. Ela é bonita. Inteligente. *Sedutora*.

Claro, ela também possui magia mortal, marcando-a como fora dos limites para um espectro como eu. Mas que graça é a vida sem um pouco de perigo? Além disso,

23

não é como se Fallon Doyle tivesse tentado alguma coisa comigo ou com Bane. O pior que ela fez foi ficar olhando por um tempo a mais, traindo sua curiosidade sobre nós.

Bane e eu estamos acostumados com isso. Somos considerados novos neste mundo, nossos poderes e habilidades como fantasmas são desconhecidos pela maioria da população. O fato de o rei Kaspian nos manter próximos apenas incita mais interesse em nossa presença aqui.

Ando do lado de fora da porta de Fallon, contando os passos enquanto os segundos continuam a passar.

Em vinte e sete, olho meu relógio, não, em *vinte e seis minutos*, vou precisar bater e solicitar a entrada em sua suíte. Ela dirá sim, por que não tem outra escolha, e então ligarei a transmissão para assistirmos.

Engulo em seco, desconfortável com o anúncio que vai ser transmitido.

Kaspian passou quase dois meses tentando determinar como proceder. Executar Klas irá destruir o espírito de Fallon.

Infelizmente, os crimes de Klas não podem ser ignorados.

Ele tentou matar o antigo Rei de Ouro e Granada. Não importava que o Rei Vesperus tenha deixado este mundo voluntariamente logo após o acontecido, ele ainda era o Rei da Casa por várias décadas e um renomado mestre vampiro que era muito respeitado em todo o mundo.

Permitir que Klas viva depois de tentar assassinar um monarca — antigo ou não — não é uma opção. Muito menos porque ele representa uma ameaça iminente ao nosso atual rei, Kaspian.

Fallon afirmou que outra pessoa colocou um feitiço de

obediência sobre ela, mas não sabe o nome do feiticeiro ou da bruxa.

E se o ser poderoso retornar e inflamar o feitiço novamente?

E se o próprio Klas conseguir fazer isso?

Os resultados seriam catas...

— Issy! — Fallon grita, e sua angústia é um soco no meu peito.

Minha forma fantasmagórica toma conta do meu corpo sem pensar duas vezes, me permitindo atravessar as paredes e entrar em seu quarto.

Levo a mão a um dos meus frascos, pronto para lançar uma poção impressionante em quem estiver machucando Fallon. Mas tudo que encontro é ela caída no chão com os joelhos no peito enquanto grita de dor.

— Fallon? — chamo enquanto volto ao meu estado corpóreo.

Ela não reage à minha aparição repentina. Também não parece me notar.

— Me diga o que está acontecendo — ela exige. — Fale comigo!

Eu franzo a testa.

— O que você quer dizer? Eu te ouvi gritar e vim aqui para...

— Issy! — ela grita de novo, e sua agonia ecoa pelo ar.

Ajoelho-me ao lado dela, tentando determinar o que está acontecendo. Ela está tão encolhida que não consigo ver onde ela está machucada ou como. — O que *Issy* quer dizer? — pergunto a ela.

— Quem? Do que você está falando? — ela parece confusa enquanto fala. — Issy...

Ela está tendo outro episódio, percebo, um pouco familiarizado com isso agora.

Como que para confirmar meu pensamento, Fallon começa a ter convulsões.

Seguro seus ombros, tentando mantê-la no chão para garantir que ela não se machuque.

— Fallon — digo baixinho em seu ouvido. — Você está segura. Tudo bem. Estou com você.

Não que eu tenha a menor ideia de como ajudá-la. Apenas digo as palavras enquanto a abraço. Aos poucos, ela se acalma.

Embora eu não saiba toda a extensão do que Klas fez com ela, concluí que envolveu muitos abusos.

A primeira vez que isso aconteceu, eu a ouvi implorar para que ele não a afogasse novamente. Encontrei-a de joelhos na cama, com os olhos cheios de lágrimas, as mãos cruzadas nas costas, como se estivessem amarradas por uma corda invisível.

Demorou vários minutos para ela perceber que não era real, que estava acordada e não sonhando mais.

Outra vez, ela estava se engasgando com uma sujeira invisível enquanto arranhava os lençóis como um animal raivoso.

E o pior foi quando a encontrei gritando no chuveiro, pedindo desculpas repetidas vezes a uma invenção em sua mente.

Mas isso parece diferente. Principalmente porque minha presença ainda não a tirou desse estado de delírio. Geralmente, são necessárias apenas algumas palavras minhas para trazê-la de volta. Mas não desta vez.

Ela continua a tremer, seus braços ficam arrepiados enquanto um calafrio percorre seu corpo, fazendo com que sua temperatura caia.

Assobio quando sua pele fica fria ao toque, seu corpo parece morrer bem diante dos meus olhos.

— Fallon... — Eu me enrolo em torno dela, tentando emprestar meu calor. Mas não tenho ideia de como ajudá-la.

Bane diz que provavelmente está ligado ao estresse pós-traumático, mas Fallon se recusou a falar com alguém sobre isso. Ela continua dizendo que está "bem" após cada incidente.

Suspeito que seja porque ela não quer se abrir com ninguém. É difícil ganhar confiança, especialmente depois de sofrer uma traição tão severa de um ente querido, quanto mais de um companheiro.

Se eu pudesse matar Klas, eu o faria. Cem vezes. Esse idiota não merece respirar depois de tudo que fez.

A única ressalva para acabar com ele é o que isso fará com Fallon.

Ela é inocente e não merece esse destino.

No entanto, não há nada que possamos fazer para ajudá-la a evitá-lo.

Embora Kaspian tenha abordado tudo isso com uma mentalidade prática, sei que as repercussões da execução de Klas estão pesando muito em sua mente. Ele e Fallon podem não se dar bem, principalmente porque ela o vê como seu captor, mas ele não a culpa pelo que aconteceu.

Embora não confie no poder dela.

Fallon possui uma magia rara, diferente de tudo que Kaspian já viu, o que diz muito para alguém tão antigo quanto ele. Ele é um mestre vampiro com mais de mil anos de experiência de vida. Não há muita surpresa para ele hoje em dia, mas Fallon claramente o surpreendeu.

Ela também me surpreendeu, penso, segurando-a enquanto ela continua a vibrar.

Por um lado, eu não esperava gostar da bruxa que lançou um feitiço de sono mortal sobre toda Reykjavik. Na verdade, no começo queria matá-la.

Mas tudo mudou quando a conheci.

Não apenas percebemos sua inocência, mas ela

imediatamente mostrou seu lado impetuoso ao atacar Nolan por atirar em seu ombro.

E logo depois disso, ela se ofereceu alegremente para eviscerar Klas. *Várias vezes.*

Bane ofereceu suas próprias lâminas para ajudar, algo que significava muito mais do que Fallon jamais saberia. As facas faziam parte de Bane tanto quanto suas próprias mãos, e entregá-las a outra pessoa era uma demonstração de fé que ele raramente concedia a alguém.

Eu entendia, pois sentia o mesmo em relação aos meus frascos tóxicos.

No entanto, Bane deu a Fallon suas facas sem qualquer hesitação e depois ficou parado enquanto ela trabalhava.

Tenho certeza de que ele se apaixonou por ela instantaneamente. Não que ela tenha notado, nem é algo que ele jamais agiria.

Fallon é tecnicamente uma prisioneira, sob constante observação até que Kaspian decida o que fazer com ela.

E há todo o problema de ela possuir magia da morte.

Ser espectros significa que Bane e eu somos parte fantasmas, então provavelmente não é a melhor ideia nos envolvermos com uma bruxa parecida com um necromante.

Ainda assim, não posso me forçar a soltá-la e esperar que esse feitiço acabe. Ela ainda está gelada contra mim, seu corpo tremendo quase violentamente.

Talvez porque ela esteja nua, penso, notando a toalha descartada no chão. *Não é o melhor momento para perceber isso.*

Engulo em seco e repito seu nome, tentando tirá-la de suas memórias.

— Klas não está aqui. Ele está na masmorra.

Embora não fosse o nome de *Klas* que ela disse antes, mas *Issy.*

Isso é um lugar? Um feitiço? Uma pessoa?

Nunca a ouvi mencionar *Issy* em uma conversa, nem reconheço o termo ou o lugar.

Seus tremores lentamente começam a diminuir, sua respiração se estabiliza.

Demoro um minuto para perceber que ela adormeceu, com os membros completamente caídos.

— Fallon? — sussurro, com meus lábios ainda perto de sua orelha.

Ela não responde.

Nem se move.

Suspirando, eu a rolo de costas e apalpo sua bochecha. Está gelada sob minha mão, seus lábios com um toque de azul. *Como a morte*, penso novamente, franzindo a testa.

Isso não aconteceu durante os outros episódios.

— Fallon. — Minha voz está mais alta agora, minhas sobrancelhas franzidas. — Fallon, acorde.

Nada.

Resisto à vontade de sacudi-la, não querendo correr o risco de machucá-la caso ela entre em algum tipo de estado catatônico. Não sei muito sobre esse tipo de situação pós-traumática, mas sei que é melhor não forçar alguém a sair de um episódio emocional.

No entanto, também não posso deixá-la assim.

E não quero que ela acorde nua no chão frio comigo enrolado em volta dela.

Não seria a primeira vez que ela ressurgiria e se encontraria em uma situação desconfortável perto de mim, mas isso não significa que quero que ela fique ainda mais desconfortável ao acordar no chão.

Afasto meus braços e mãos dela com cuidado, então me levanto e gentilmente a coloco contra meu peito. Ela é uma coisinha minúscula, seu corpo de um metro e setenta e um é ofuscado pelo meu, com um metro e oitenta e dois.

No entanto, sua estatura menor apenas disfarça a

LEXI C. FOSS

mulher forte por dentro. Eu a vi incendiar mais de uma vez. Normalmente dirigido a Kaspian e Nolan.

Ela não é fã de longos interrogatórios. Dado que o dela já dura treze meses, não estou surpreso.

Eu a coloco na cama e enrolo seu corpo gelado em um grande cobertor. Suas bochechas ainda estão pálidas, mas seus lábios estão menos azuis, me dizendo que ela está se recuperando do episódio.

Terei que avisar Bane sobre o frio mais tarde. É ele quem tem formação em psicologia, tendo optado por estudar e ensinar em universidades antes que a magia se mostrasse ao mundo.

Fallon estremece um pouco durante o sono, chamando minha atenção para sua boca novamente.

— Hum. — Volto para a sala de estar para pegar a toalha, depois vou até o banheiro para jogá-la em uma cesta antes de pegar uma nova do suporte.

Fallon ainda não se mexeu, não que eu esteja tão surpreso.

Puxo o cobertor, coloco a toalha de algodão aquecido sobre suas curvas e a envolvo novamente no edredom. Espero que isso ajude a aquecer sua pele.

Mas caso isso não aconteça, me sento na cama ao lado dela para ficar de olho nela.

Estico as pernas sobre os cobertores, cruzo os tornozelos e me encosto na cabeceira da cama.

Verifico o relógio e vejo que Kaspian fará seu anúncio em menos de cinco minutos.

É claro que o tempo decide passar mais rápido agora, penso, revirando os olhos. Isso parece acontecer quando estou com Fallon. É a parte da espera que parece longa.

— Bem, minha tarefa era assistir ao discurso de Kaspian com você — digo a ela. — Tecnicamente conta se estiver ligado enquanto estou sentado ao seu lado, certo?

Ela não responde, mas uma olhada em seu rosto confirma que a temperatura de seu corpo está voltando ao normal. Ainda assim, pressiono as costas dos dedos em sua bochecha para verificar, querendo ter certeza, e sorrio quando sinto um calor ali.

Talvez fosse o piso gelado contra sua pele nua que a deixaram com tanto frio. Seu cabelo loiro escuro também está molhado. Isso não poderia ter ajudado a situação.

É fevereiro na Islândia, e faz muito frio aqui. E embora os encantamentos mágicos – todos ligados à atividade geotérmica da Islândia – aqueçam o interior do palácio, as paredes e os pisos não conseguem mascarar completamente as temperaturas geladas exteriores.

Penteio seus cabelos com os dedos e penso em pegar outra toalha.

Seria estranho enrolar o cabelo para ela? me pergunto, franzindo a testa. Posso fazer isso com ela deitada?

Suas bochechas têm um leve tom rosado novamente e seus lábios retornam ao seu tom vermelho delicioso - algo que eu tento muito não focar.

Um homem poderia facilmente se perder nas feições de Fallon.

Ela é linda e forte e tem a boca deliciosa...

Limpo a garganta e afasto a mão, não me sentindo mais confortável em tocá-la enquanto ela está inconsciente.

Ela manteve essa influência irresistível sobre mim desde o momento em que nos conhecemos, quase como se fôssemos companheiros predestinados. Mas não somos.

Como evidenciado pelo idiota na masmorra lá embaixo.

E sobre aquele idiota... penso, mudando o foco para meu pulso novamente. *Está na hora do anúncio de Kaspian.*

Abro uma tela de holograma do relógio e seleciono um ícone que vai me conectar à rede de satélite. É como uma televisão, mas mais avançada e alimentada por magia.

Kaspian tem todos os brinquedos divertidos, que, felizmente, compartilha com sua equipe de segurança.

Todos os canais são pausados com uma nota que aparece pela tela sobre a transmissão iminente de Kaspian. Todos em Ouro e Granada sabem do que se trata. Suponho que alguns contatos de outras Casas também estejam sintonizados.

O ataque ao rei Vesperus no ano passado é amplamente conhecido. Assim como ele deixar nosso mundo com sua nova deusa companheira também é famoso.

Kaspian assumir o papel de rei foi fortemente observado, mas não é surpresa para ninguém que ele tenha lidado bem com a pressão.

Vesperus o preparou para a posição e isso fica evidente, especialmente quando Kaspian sobe ao pódio na tela. Ele está usando terno todo preto e sua expressão é entediada.

Ele não fala de imediato, em vez disso dá a todos tempo para se acalmarem enquanto olha para o público através da câmera. Seus olhos escuros são firmes e sua presença é dominante sem parecer sufocante. É uma característica natural, que de alguma forma o torna intimidante e acessível ao mesmo tempo.

Um adversário formidável.

Felizmente, estamos do mesmo lado.

Kaspian limpa a garganta, o som sutil chama a atenção através dos alto-falantes.

— Membros e familiares de Ouro e Granada, sejam bem-vindos e obrigado por me ouvirem esta manhã. Como a maioria de vocês sabe, nossa base de operações em Reykjavik foi atacada no ano passado por um período de sono mortal que ameaçou a todos dentro dos limites da cidade.

Ele faz uma pausa para causar efeito, o silêncio quase ameaçador.

— O objetivo desse ataque foi mostrar descontentamento com a decisão do rei Vesperus de colaborar e apoiar a recém-criada Casa da Morte e Diamante. Embora todos nós estejamos conscientes das dificuldades associadas aos realinhamentos territoriais, violência nunca é a resposta.

Aceno, concordando com ele. Principalmente porque Bane e eu fazíamos parte desse realinhamento territorial. Morte e Diamante foi criada para abrigar espectros, e Vesperus teve a gentileza de não apenas concordar com a formação da nova Casa, mas também realocar seus territórios no Reino Unido e na Irlanda para Morte e Diamante.

Como resultado, o consorte da rainha Sabrina, Kieran, e o rei Vesperus elaboraram uma parceria para ajudar os membros de ambas as Casas a determinar os próximos passos para a residência. Vários membros Ouro e Granada optaram por ficar e realinhar suas lealdades com Morte e Diamante, enquanto outros se mudaram para diferentes territórios de Ouro e Granada.

Enquanto isso, Bane e eu decidimos transferir nossa lealdade para Ouro e Granada. Não porque não gostávamos particularmente de Morte e Diamante, mas porque preferíamos as oportunidades que Ouro e Granada nos ofereciam.

— Sobre esse assunto, quero aproveitar o momento para agradecer à Soberana Niamh por toda a sua assistência nas realocações de nossos amados membros e famílias Ouro e Granada, bem como sua lealdade aos constituintes que estão optando por permanecer e se realinhar com a Casa da Morte e Diamante.

Seus olhos se desviam para alguém fora da tela, provavelmente Niamh.

— Para aqueles que ainda não sabem, a soberana Niamh anunciou que permanecerá em Dublin em vez de se mudar para outro território de Ouro e Granada. Sentiremos muito sua falta, mas ela tem todo o meu respeito e apoio por sua decisão.

A câmera muda para revelar a dragão marinha em questão, seus olhos turquesa brilhando contra suas feições e pele mais escuras. Ela abaixa a cabeça, fazendo o cabelo preto cair em cascata como água, antes de se endireitar na cadeira.

— Foi uma honra, Rei Kaspian.

— De fato foi — ele responde. — A Casa da Morte e Diamante tem sorte de ter você. Mas saiba que sempre será bem-vindo aqui, caso algum dia deseje águas mais frias.

Seus lábios se curvam.

— Tenho certeza de que virei visitar.

— Faça isso — ele diz a ela enquanto a câmera volta para mostrar suas características. Esse olhar terno dura apenas um momento antes de seu rosto sério retornar, seu olhar mais uma vez assumindo aquele toque majestoso.

A câmera se move para mostrar a sala dos soberanos, todos sentados em uma mesa redonda com Kaspian, demonstrando como ele compartilha o poder com cada um de seus líderes territoriais. Ele não usa trono; nem Vesperus usava. Os dois acreditam em colaborar em vez de ditar.

— Também quero agradecer aos outros soberanos pela assistência contínua na oferta de novos lares às nossas famílias que estão se mudando e por recebê-los em suas terras no verdadeiro estilo Ouro e Granada. Sua assistência e cooperação foram notadas e são muito apreciadas.

Vários acenos de cabeça são vistos ao redor da mesa enquanto cada um dos vários líderes territoriais sob o guarda-chuva de Ouro e Granada aceita as palavras de Kaspian.

— Agora, vamos a assuntos mais desagradáveis. Precisamos discutir o destino do Mercenário Klas. Ele foi acusado pelo conselho de alta traição contra a Casa de Ouro e Granada, nosso antigo rei, e os residentes de Reykjavik. Muitos membros perderam suas casas em seu ataque inicial, e vários quase perderam suas vidas graças ao seu feitiço de sono mortal.

Um som baixo vem da mulher ao meu lado, me fazendo olhar para Fallon, que está acordada. Seus intensos olhos verdes estão na tela. Não pergunto se ela está bem, porque descobri que ela não gosta dessa pergunta.

Em vez disso, murmuro:

— Bom dia, vaga-lume. — É o apelido que dei a ela há alguns meses, uma brincadeira com sua energia ardente.

Ela engole em seco.

— Sim. Bom dia. Bem a tempo de ouvir o que será do meu futuro.

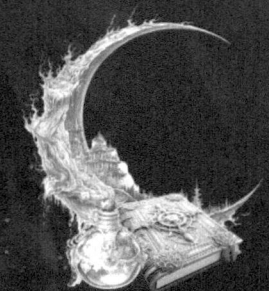

FALLON

Esta é a décima primeira vez que acordo com Nox em meu quarto.

Quando aconteceu pela primeira vez, gritei e tentei acertá-lo com uma bola de fogo enfeitiçada. Ele se abaixou, fazendo com que a chama atingisse as cortinas que emolduravam a varanda atrás dele, e isso... não acabou bem.

Felizmente, eu também conhecia um feitiço que poderia reduzir o dano, mas as cortinas ficaram irrecuperáveis.

Nox me ajudou a substituí-las sem muitos comentários, se desculpando por me assustar depois do *episódio*... é assim que ele e Bane chamam meus pesadelos.

Imagino que não estejam errados.

Às vezes, os *episódios* também acontecem quando estou acordada. Vejo algo que desperta uma memória e de repente me perco no tempo. Então geralmente acordo em uma posição precária com um deles por perto no quarto.

Uma consequência de ter um companheiro *predestinado* abusivo nos últimos quatro anos, acho.

Bane me perguntou mais de uma vez se eu queria falar com alguém. A resposta é sempre *não*. Mas Nox nunca se intromete, optando por me oferecer conforto como pode, sem me sufocar com perguntas ou preocupações.

Tal como agora.

Acordei há alguns minutos e me encontrei aconchegada na cama ao lado dele, seu foco na tela e não em mim. Em vez de reagir, observei-o por um instante, admirando seu queixo quadrado e os pelos castanhos ali.

Ele não se barbeou hoje, foi meu primeiro pensamento.

Seguido por: *como acabei na cama?*

O que levou a: *e por que estou nua?*

Então as lembranças das palavras de Issy e de sua agonia me invadiram, quase me deixando inconsciente novamente.

Até que ouvi a voz de Kaspian.

— Membros e familiares de Ouro e Granada, sejam bem-vindos e obrigado por me ouvirem esta manhã.

A frieza se infiltrou em minhas veias, me deixando muda enquanto o ouvia falar, seu sotaque inglês familiar depois de meses suportando seus interrogatórios.

Só quando ele mencionou o *Mercenário Klas* e *seu feitiço mortal* é que reagi externamente, deixando minha frustração escapar da minha boca em um bufo suave.

— Você se refere ao seu *companheiro predestinado?* — Nox pergunta, respondendo ao meu comentário sobre não ser um dia tão bom, já que vou ouvir sobre meu destino.

— Sim — minto. Então penso melhor e digo: — Na verdade, não. Quero dizer, meu destino, já que está diretamente ligado ao dele. — Ou, pelo menos, é assim que traduzo as palavras da minha irmã.

Se Nikolas O'Neely está sujeito à morte, Fallon Doyle também está.

Na verdade, não eram palavras dela, mas sim do Clã

dos Excluídos. Mas alguém, provavelmente nosso pai, a forçou a dizê-las para mim.

Não tento alcançá-la novamente, ciente de que ela não está mais consciente. É algo que posso sentir através do nosso vínculo gêmeo, nossa magia e energia ligadas de maneiras que não podem ser explicadas.

Ela lutou contra quem tentou controlar sua mente.

E falhou.

O que sugeria que poderia ser mais do que o nosso pai quem a persuadiu a transmitir essa mensagem.

Ou talvez fosse apenas ele.

Nosso pai é poderoso, reverenciado e *temido* por muitos. Em parte é por isso que nunca o enfrentamos. Mas ele também é o único que mantém Issy viva e segura.

Embora *segura* seja um termo subjetivo.

Issy está realmente segura, ficando trancada o tempo todo?

Estou segura *aqui, nesta glorificada cela de prisão a que o Rei Ouro e Granada se refere como suíte de hóspedes?*

Não, não estou, digo a mim mesma enquanto Kaspian continua seu discurso na tela, detalhando os acontecimentos do dia em que Klas foi capturado e as conclusões do conselho.

Quase espero que Kaspian me mencione, a bruxa com o poder mortal que Klas usou, mas ele não o faz. Ele mantém o foco no *Mercenário Klas* e seus muitos erros contra Ouro e Granada.

Enquanto isso, Nox parece estar totalmente focado em mim. Ele não disse nada, está apenas me estudando daquele jeito quieto dele. Ele faz isso muitas vezes depois que acordo de um episódio, e sua presença é estranhamente reconfortante, em vez de sufocante.

Gosto que ele não me pressione.

Ele simplesmente me avisa que está aqui.

Embora eu suponha que esse seja o seu trabalho como um dos meus guardas.

Ele não está aqui para me proteger, mas para garantir que eu não faça nada para machucar outras pessoas. O que imagino ser seu propósito agora também. Kaspian o enviou para assistir ao anúncio comigo e avaliar minha reação.

Bem, não vou dar uma, penso, de olho na transmissão.

Não há nada para eu reagir. Sei o que está por vir. E estou mais preocupado com o que minha irmã me contou.

Fallon Doyle honrará o Clã dos Excluídos aderindo ao nosso antigo compromisso: companheiros leais morrem com seus amados. Ou esses companheiros serão punidos com destinos piores que a morte.

Tremo enquanto sua voz ecoa em minha cabeça.

O Clã dos Excluídos espera que eu tire a minha própria vida e morra com Klas.

Posso pensar em vários *destinos* que podem me aguardar se eu decidir não obedecer. A maioria deles não me assusta, não depois de sobreviver quatro anos com meu companheiro forçada.

O problema é que eles têm Issy.

E, conhecendo meu pai, ele vai usar essa vantagem a seu favor para garantir que eu me comporte, assim como fez no meu acasalamento arranjado com Klas.

Tenho que encontrar uma maneira de ajudar Issy a escapar, penso, enquanto Kaspian continua a se dirigir à sua liderança e aos seus constituintes. *Mas para onde ela irá? Ela não pode entrar na Terra de Ninguém. Nenhuma casa a aceitará. Nem mesmo esta...*

Porque Kaspian e os outros pensam que sou órfã e sem família.

Mesmo que eu conte a verdade, sei que não permitirãc que alguém tão poderoso como Issy venha para cá. Sem mencionar todas as questões que se seguirão em relaçãc aos meus próprios poderes, ao meu nascimento e ao meu lar.

Eles nem sabem o sobrenome de Klas.

Ele alegou não ter um e não corrigi a mentira.

Mas se descobrirem sua identidade como O'Neely, saberão imediatamente que ele veio do Clã dos Excluídos, e não acho que Kaspian ficaria satisfeito com essa revelação.

Contar não é uma opção. Como afirmava o aviso de Issy, existem destinos piores que a morte.

— Agora, vamos à sentença — Kaspian diz, chamando minha atenção para suas belas feições. — O conselho e eu deliberamos incessantemente sobre como proceder, pois há certos fatores que precisamos levar em consideração.

Eu, traduzo. *Ou presumo que sou uma dessas* considerações, *de qualquer maneira*.

— Mas finalmente chegamos à conclusão de que não há sentença aceitável para o Mercenário Klas além da morte.

Pisco, a declaração parecendo flutuar no ar e se dissipar ao meu redor.

Não é uma surpresa. É exatamente o que eu esperava.

Mas agora é acompanhada pela minha própria sentença, uma que me foi concedida pelo mesmo clã que governou toda a minha existência.

Fiz tudo o que sempre exigiram de mim, mesmo às custas da minha própria sanidade e saúde.

Sobrevivi ao inferno por eles.

Ajudei Klas mesmo quando não queria.

Porque eles tiraram minha escolha. Me amarraram a ele contra a minha vontade, me forçando a ser uma boa companheira bruxa e a aceitar tudo o que ele me deu.

Morrendo repetidamente.

Apenas para voltar à vida todas as vezes, graças a um feitiço de imortalidade, um que Klas lançou sobre mim usando minha própria magia.

Esse foi o meu castigo quando tentei lutar com ele no ano passado. Descobri uma magia estranha que me ajudou a focar minha mente, a ser eu mesma, e a solução de Klas foi me enterrar no subsolo, me fazendo sufocar na terra repetidamente.

Sobrevivi a toda aquela loucura.

E para quê?

Ouvir que tenho que tirar minha própria vida e morrer com o mesmo monstro que destruiu meu espírito nos últimos anos.

De jeito nenhum.

Tem que haver outra maneira. Algum caminho que não explorei. Uma fuga que não contemplei.

Mesmo assim, passei a vida inteira procurando uma saída, mas nunca encontrei.

Porque não posso deixar Issy para trás.

— Fallon? — Nox me chama e seu sotaque escocês parece acariciar gentilmente meu nome. O dele não é muito pronunciado, mas às vezes fica quando ele fala em tom mais baixo.

— Estou bem — eu digo enquanto Kaspian informa a todos que a sentença será executada em três dias.

— Não será uma execução pública — acrescenta. — A decapitação será privada. No entanto, seus restos mortais serão queimados na praça central, a mesma que ele atacou no ano passado.

A lembrança daquele dia ameaça meus pensamentos e meu coração gela com os atos que se seguiram.

Essa foi a primeira vez que lutei contra o domínio de Klas sobre mim.

E eu perdi. *Severamente.*

Nox fecha a tela enquanto Kaspian desaparece, seus penetrantes olhos azuis em mim.

— Estou começando a me sentir como um experimento científico — murmuro. — Cada vez que você entra aqui, fica olhando para mim com expectativa, como se achasse que eu poderia fazer algo interessante.

— Bem, desta vez encontrei você nua na sala de estar — ele responde, curvando os lábios para um lado. — Portanto, pode-se argumentar que você costuma fazer coisas *interessantes*.

Reviro os olhos. Ele não está errado. Ele me encontrou de maneiras bizarras: gritando no chuveiro, porque pensei que a água estava gelada, arranhando o chão como se fosse terra e não azulejo frio, e encolhida em um canto enquanto implorava perdão a Klas por tudo que me vinha à mente... e essa não é a primeira vez que ele me vê nua.

Então não estou realmente envergonhada.

Apenas destruída.

Talvez seja por isso que não tenho problemas em aceitar o anúncio de Kaspian.

— Não vou surtar — digo a Nox. — O Klas merece morrer. Só não estou ansiosa para sentir a dor com ele.

Pelo menos, ele me preparou para sensações semelhantes às da morte, acrescento mentalmente e quase bufo. *Veja só, Klas fez algo de bom, para variar.*

Suspirando, me sento na cama enquanto mantenho os lençóis e a toalha pressionados contra o peito.

— Pode informar ao Kaspian que não lancei nenhum feitiço mortal em resposta à sua transmissão.

Já deveria estar bastante óbvio que não vou ajudar Klas. Mas ninguém aqui confia em mim. Assim como não confio neles.

Existem apenas duas pessoas em quem posso confiar neste mundo: em mim mesma e em Issy.

E, às vezes, Ayla, decido. *Quando ela não está ocupada sendo usada pelo Clã dos Excluídos para outras coisas, como o julgamento do Chanceler de Terra e Esmeralda.*

— Quem ou o que é *Issy?* — Nox pergunta, me surpreendendo não apenas com a pergunta, mas também com a mudança abrupta na conversa.

— O quê?

— Você estava gritando *Issy,* quando entrei aqui como espectro, e eu estava me perguntando o que isso significa — ele diz.

— Ah. — *Merda.* Não posso responder a isso sem mentir. Embora... — É só alguém do meu passado — me esquivo, esperando que isso seja o suficiente. — Não quero falar desse assunto.

Ele me considera por um longo momento, depois dá de ombros.

— Tudo bem.

Sempre o espectro tranquilo.

É Bane quem geralmente tenta fazer com que me abra. Não diretamente ou de forma arrogante, mas com perguntas sutis destinadas a me convencer a falar. Às vezes, eu falo, só porque é bom ter alguém ouvindo, para variar.

No entanto, não digo muito a ele.

Normalmente, apenas o suficiente sobre o que Klas fez para explicar meus episódios e nada mais.

Só que este incidente não tem nada a ver com Klas e tudo a ver com minha gêmea, que ainda está inconsciente através do nosso vínculo.

Posso sentir que ela está bem e se recuperando, mas não muito mais.

Isso me dá uma apreciação renovada de como ela se sentiu durante nossa separação mental de três anos. *Tão sozinha...* Embora eu também tenha experimentado essa solidão, Klas me mantinha distraída.

— Quer café da manhã? — Nox oferece, seus olhos azuis ainda me encarando. É um pouco enervante o quanto ele me observa. Não porque isso me deixe desconfortável, mas porque às vezes parece que ele consegue ver através de mim. Como se pudesse ler minha mente.

Mas os espectros não deveriam ter esse talento. Eles podem desaparecer em suas formas etéreas à vontade, tornando-os bons em espionar aqueles que não podem vê-los fora de seus estados corpóreos. No entanto, isso parece diferente.

Talvez porque não estou acostumada a ter alguém prestando tanta atenção em mim.

— Acho que sim — digo a ele, engolindo em seco.

Ele concorda.

— O de sempre?

— Sim. — Não gosto de comidas pesadas pela manhã, sendo iogurte com fruta a minha preferência.

— Vou pedir um café novo para você também — ele fala, olhando para a sala de estar.

Certo. Meu expresso.

Não tive a chance de aproveitar por causa da mensagem de sentença de morte que chegou através do vínculo gêmeo. Mesmo se eu pudesse beber, não o faria. Tudo parecia contaminado. Mortal. Errado.

— Sem café, por favor. — Uma frase estranha para eu pronunciar, mas pensar nisso faz meu estômago azedar. — Apenas um pouco de iogurte e frutas, ou talvez um smoothie de frutas.

Se eu o surpreendo, ele não demonstra. Em vez disso, ele abre uma tela no relógio e começa a digitar um pedido.

— Vou pedir os dois. Tudo o que você não comer, eu como. — Então ele olha para mim. — Algum outro pedido especial, vaga-lume?

— Liberdade? — sugiro.

Ele sorri.

— Podemos comer na varanda.

— Ah, que bom — digo sem expressão. — Posso olhar para o céu noturno e fingir que não sou uma prisioneira em uma jaula chique.

— Existem acomodações piores — ele me lembra ao terminar de fazer o pedido.

— Estou ciente. — E não estou falando da cela de Klas na masmorra.

— Seus guardas também são incríveis — Nox acrescenta.

— Claro, se você considera voyeurs incríveis.

Ele ri.

— Na verdade, sim. — Com uma piscadinha, ele sai da cama. — Mas vou lhe dar um pouco de privacidade enquanto você encontra suas roupas. — Ele vai em direção à sala de estar e segue para as portas da varanda, em vez da saída, e suas palavras chegam até mim por cima do ombro. — Te espero lá fora, vaga-lume.

Admiro a maneira como o jeans cobre sua bunda firme, depois desvio o olhar.

Não importa o quanto ele flerte ou o quanto ele seja legal comigo, sei o seu verdadeiro propósito aqui. Parte de mim quer odiá-lo pelo que ele representa, *um guarda de prisão*, mas ele torna muito difícil não gostar dele.

O mínimo que ele poderia fazer seria atirar em meu ombro como Nolan fez. Pelo menos, assim eu poderia guardar rancor.

Mas Nox é gentil e cuida de mim à sua maneira.

Bane também.

É uma pena que não posso ficar aqui e me entregar a eles um pouco mais. Mas o tempo está se esgotando.

Três dias, para ser exata.

Três dias até Klas morrer.

Três dias até que eu cumpra a ordem de suicídio do Clã dos Excluídos ou enfrente as consequências.

Três dias para descobrir como escapar desta prisão chique, salvar minha irmã... e espero que a mim também.

Sem pressão, penso. *Sem pressão alguma.*

KASPIAN

Aperto a mão de Khaos na porta.

— Obrigado por fazer a viagem. Sei que seu avô está ocupado com os novos mercenários no território dele.

Khaos grunhe antes de soltar minha mão.

— Essa foi a desculpa que ele te deu?

— Ele pode ter mencionado um cio de acasalamento — eu me esquivo, sorrindo. — Estava tentando ser educado. — O avô de Khaos é um velho amigo meu há mais de um milênio. Se eu me permitisse ter favoritos, ele seria um deles por causa de sua abordagem de liderança sensata.

O que explica como os três netos acabaram sendo alguns dos mercenários mais ferozes no território Ouro e Granada.

— Educado? — Cara ecoa atrás de mim. — Você? — Ela pisca seus olhos verdes claros algumas vezes. — Hum.

Semicerro o olhar para meu segundo em comando.

— Está procurando briga, fadinha?

— Me chame pelo *diminutivo* de novo e a resposta será sim — ela responde.

Contraio os lábios quando seu companheiro vem por trás dela e envolve um braço protetor em seu ombro.

— Deixe o Kaspian em paz, Cara. Ele teve uma manhã difícil — Larus diz. Ele é o outro segundo em comando e também um Fae. Bem, pelo menos um fae híbrido.

— Ele fez um discurso — ela retruca. — Isso não é difícil.

Ela não está errada. A parte difícil é a que me espera na suíte de hóspedes ao lado do meu quarto.

— Sempre tentando causar problemas — Larus lamenta. — É bom que eu seja o politicamente mais experiente aqui. O que Cara quer dizer é *você fez um ótimo trabalho, Kaspian. Você é um ótimo rei.*

Cara e eu bufamos ao mesmo tempo.

— Não enche.

— Você não vai se livrar da ligação desta noite com o novo Chanceler de Terra e Esmeralda — digo, plenamente consciente do que ele realmente quer de mim. — Como alguém com *experiência política*, preciso de você ao meu lado enquanto dou minhas calorosas boas-vindas à comunidade. — Principalmente porque este novo chanceler é um ex-membro dos Sindicatos Sobrenaturais.

Nikki Ward.

De alguma forma, a ex-princesa da máfia conseguiu vencer os recentes testes de Terra e Esmeralda para a posição de chanceler.

Não sei como ela conseguiu, muito menos como se tornou elegível para competir em primeiro lugar, mas isso não me interessa. Ela é minha igual agora e preciso estender uma saudação profissional como colega líder da Câmara.

A expressão de Larus se desfaz.

— Sim, claro. Estarei lá.

Cara sorri e Khaos balança a cabeça.

— Não tenho inveja do seu trabalho, rei Kaspian — ele me diz. — Não tenho certeza de que conseguiria ser tão flexível em certas situações.

Sei que ele está se referindo à aceitação de um membro do Sindicato Sobrenatural nas filas de liderança da Câmara. A maioria de nós está cautelosa. Embora eu tenha ouvido de alguns aliados que Nikki Ward não é como os senhores do crime daquela região da Terra de Ninguém.

Só espero que esses aliados estejam certos.

— Ah, o Kaspian é muito complacente — Cara fala, suas palavras confirmando seu desejo de lutar.

— Pare de insultar nosso rei — Larus sussurra em seu ouvido. — Preciso de você inteira para mais tarde.

Ela estremece visivelmente.

— Kaspian não vai me destruir.

Arqueio uma sobrancelha.

— No meu humor atual? Eu não teria tanta certeza, *pequena fae*.

Infelizmente, tenho outras tarefas que preciso fazer hoje, incluindo a que está no quarto ao lado do meu.

Mandei Nox lá para ficar de olho na nossa bruxa da morte durante meu anúncio. Não que eu esperasse que ela reagisse mal. Era mais que eu não sabia o que esperar dela. Ela é ilegível e isso está me deixando louco.

Ela está bem, dizia o relatório de Nox minutos atrás. *Já esperava esse resultado*.

É tudo que suas mensagens diziam.

E por alguma razão, isso me faz ranger os dentes novamente agora.

Quero *mais*. Mais informações. Mais reação. Mais de alguma coisa para que eu possa definir uma expectativa.

Mas a bruxinha feroz não me dá nada. É como se ela

simplesmente tivesse aceitado seu destino e não tivesse argumentos em contrário.

No entanto, aquele *monstro* que era companheiro dela a destruiu. Já vi as consequências, a forma como ela se encolhe quando um homem se aproxima demais ou quando um de nós diz a coisa errada.

Ela tem uma aparência impressionante, mas no fundo está arrasada. E saber disso me faz querer dar uma surra em Klas.

No entanto, machucá-lo inevitavelmente a machucará.

É por isso que demorei tanto para condenar o cretino. Matar um companheiro predestinado destrói a outra metade de sua alma, que, neste caso, será o espírito de Fallon.

Pelo que posso dizer, ela não merece isso. Infelizmente, não há escolha. Ele tem que morrer. Daí a razão pela qual preciso falar com ela, explicar a decisão e mais ou menos pedir desculpas pelo que está prestes a acontecer a ela.

— Infelizmente, tenho outros itens na minha agenda hoje — digo a Cara. — Mas talvez Khaos fique para uma rodada de luta. — Olho para o metamorfo híbrido, consciente de sua herança animalesca única. — Não se deixe enganar pelo ato de Fae pequena e delicada. Ela tem uma mira mortal. Não tão boa quanto a minha, mas essa foi a minha reivindicação à fama nos meus dias de mercenário.

Khaos avalia a fae alta à sua frente e contorce o nariz enquanto ele sente o cheiro de sua aura.

— Ela é poderosa.

— Eu sou — ela confirma, o avaliando também. — Mas seu tamanho e velocidade seriam um desafio interessante. Seu voo para casa pode esperar algumas horas?

— Pode.

A expressão dela se ilumina.

— Excelente. — Ela olha para Larus. — Você pode ser nosso juiz.

Larus revira os olhos azuis prateados. Ele é alguns centímetros mais alto que Cara e um pouco mais musculoso, mas sua aura poderosa rivaliza com a dela.

— Se eu soubesse que você estava desejando dor hoje, teria lhe dado outra coisa no café da manhã esta manhã, querida.

Cara começa a prender o cabelo loiro em um rabo de cavalo, suas íris brilhando de excitação.

— Não se preocupe, amor. Você pode lamber minhas feridas mais tarde. — Ela se concentra novamente em Khaos. — Siga-me se tiver coragem, duque. — Ela joga seu título oficial como uma provocação, o que faz o metamorfo híbrido sorrir.

— Acho que vou gostar disso, fae — ele diz, seguindo-a porta afora.

Larus me dá uma olhada ao sair.

— Se ele a machucar, vou faltar à reunião desta noite.

— Acho que será uma luta justa — digo a ele. — Só não os deixe usar armas.

— Os dentes dele *são* armas — Larus resmunga.

— Verdade. Mas você é o árbitro. Defina as regras. — É isso o que ele faz de melhor: estabelecer parâmetros diplomáticos e formar acordos. — Divirta-se.

Com um olhar sutil, ele se vira para seguir sua companheira problemática, me deixando sozinho na sala do conselho. Fiquei para trás de propósito, querendo agradecer pessoalmente a Khaos pela presença e também para analisar sua avaliação. Nos encontramos algumas vezes de passagem, mas conheço mais o avô dele, Talino. Não apenas por causa da nossa antiga amizade, mas por causa da posição dele.

Normalmente, só lido com meus soberanos. Eles contratam seus próprios duques dentro de seus territórios e os administram como querem, apenas relatando descobertas ou problemas importantes no meu caminho.

Mas Talino é um pouco diferente. Ele deu aos seus três netos mais autoridade do que um duque comum, marcando-os como figuras importantes em sua região.

Suspeito que Talino queira se aposentar em breve, o que explicaria o fato de ele ter enviado seu neto mais velho para a reunião de hoje. Claro, ter uma companheira no cio é um bom motivo para ficar em casa, mas acho que há um pouco mais do que isso.

É algo que terei que acompanhar mais tarde.

Depois de lidar com a bruxa na minha suíte de hóspedes.

Meus ombros caem enquanto penso em como abordá-la, sem saber o que posso fazer para melhorar a situação.

Ela quer sua liberdade, o que não posso conceder. Não quando sei o quanto ela é poderosa e o quanto está prestes a se tornar instável.

Mantê-la em prisão domiciliar foi o melhor que consegui fazer até agora. Não posso confiar que ela irá embora, especialmente agora.

Caramba, quando todo o caos aconteceu no ano passado, todos nós presumimos que era ela quem estava causando os problemas, porque pensamos que Klas estava morto. Presumimos que ela estava reagindo à morte de sua companheira, perdendo o controle de seus poderes.

Mas o cretino não estava morto. Ele a estava usando em vez disso.

E agora tenho que executá-lo.

Provavelmente fazendo com que Fallon se torne verdadeiramente instável... e fechando o círculo dos eventos do ano passado.

Porque é provável que ela perca a cabeça, o que fará com que seus poderes fiquem descontrolados.

Poderes que não conheço, penso enquanto desço o corredor em direção às escadas.

Passei o último ano tentando determinar toda a gama de suas habilidades, mas sem sucesso. Ela possui uma magia única que nunca vi antes, e nenhuma das bruxas do nosso território parece familiarizada com ela.

De acordo com seus arquivos, ela veio da Terra de Ninguém. Não tem família ou parentes conhecidos. Klas a conheceu em uma missão, se uniu a ela e a trouxe para casa para ser sua bruxinha de estimação.

Para abusar.

Se aproveitar dela.

Machucá-la.

Fecho as mãos em punhos enquanto subo as escadas até o último andar do palácio.

Esta costumava ser a casa de Vesperus, mas passei o último ano reformando-a para torná-la minha. A sede do palácio de Reykjavik é o lugar mais seguro para o Rei Ouro e Granada.

Como eu gostaria de poder falar com Vesperus agora. Bastava ir até seus antigos aposentos e pedir seu conselho.

Infelizmente, ele não é mais deste mundo. Talvez um dia ele volte para uma visita, mas duvido. Sua companheira era poderosa demais para este universo, tornando necessária sua saída.

Ela era uma deusa de outro reino. Um ser com um poder tão extremo que poderia literalmente controlar a lua.

Pelo menos, Fallon não pode fazer isso, penso enquanto chego ao último lance de escadas. *Ela só pode simplesmente colocar uma cidade inteira para dormir.*

Passo a mão pelo rosto, exausto.

Mas não posso deixar Fallon me ver dessa maneira. Tenho que ser forte. No comando. *Um rei.*

Faço uma pausa do lado de fora do quarto dela. Fica a uma porta de distância dos meus aposentos. As masmorras não eram uma opção, já que eu não a queria perto de seu companheiro. Não porque pensei que eles poderiam trabalhar juntos para escapar, mas porque ela não merecia compartilhar o destino dele.

No entanto, aqui estou eu, prestes a forçá-la a fazer exatamente isso.

Suspirando, bato duas vezes na porta e espero.

Nox responde com um aceno respeitoso.

— Ela está na varanda. Quer que eu fique ou...?

Olho ao redor dele em direção as portas de vidro e à loira curvilínea parada do lado de fora. Seus olhos estão voltados para o céu, seus cabelos balançam sutilmente ao vento. Ela é encantadora, e sua presença é um enigma que, ao mesmo tempo, me intriga e me irrita.

Não consigo decidir se quero mantê-la por perto ou bani-la para um local remoto onde ela não possa causar nenhum dano.

O primeiro é tentador. Este último é provavelmente mais prático.

E, ainda assim, ela está morando no quarto ao lado do meu.

Limpo a garganta e me concentro nos olhos azuis vibrantes de Nox.

— Consegue encontrar Bane e Nolan? Quero conversar com vocês hoje à noite, depois da minha discussão com o novo Chanceler de Terra e Esmeralda.

Nox assente.

— Considere o encontro marcado.

Normalmente, suas palavras me fariam sorrir, mas agora só consigo torcer levemente os lábios. Embora um encontro seja uma boa distração dos dias que virão, pouco fará para amenizar minha culpa pela situação pendente.

— Quer que eu volte para protegê-la depois de falar com eles? — Nox pergunta, seu olhar brilhando com sua verdadeira pergunta: *quer que eu volte rapidamente caso eu precise separar você e Fallon?*

Cada conversa que tenho com a mulher parece terminar em discussão.

Principalmente porque ela é uma pirralha desrespeitosa que não dá ouvidos à razão.

Mas hoje vou deixá-la vencer.

É o mínimo que posso fazer.

— Não tenha pressa — digo a ele. — Esta vai ser uma longa conversa.

Ele me considera por um momento.

— Ela entende, Kaspian.

— Eu sei disso.

— Então trate-a com o respeito e a inteligência que ela merece — ele rebate. — Vai percorrer um longo caminho.

— Quando eu não a trato dessa maneira? — questiono.

Ele curva os lábios para cima.

— Vocês dois são mais parecidos do que imaginam.

Franzo a testa.

— Não somos.

Ele dá de ombros.

— Como quiser, Alteza.

Reviro os olhos.

— Você estava de joelhos pelo meu pau na outra noite e se recusou a me chamar de Alteza, Nox. Não se preocupe com falsas formalidades agora.

Um suspiro suave atrai meu foco para as portas abertas da varanda. Os grandes olhos verdes de Fallon encontram os meus, e seus lábios estão entreabertos de surpresa.

Merda. A porta estava aberta o tempo todo ou ela de alguma forma a abriu sem que eu a ouvisse? Dada a minha idade e audição vampírica, esta última seria uma façanha.

No entanto, tudo nesta mulher é impressionante. Então talvez ela tenha removido magicamente a barreira de vidro sem que eu percebesse.

— Vejo você daqui a pouco, *meu rei* — Nox provoca enquanto desaparece em sua forma de espectro, me deixando sozinho com Fallon.

Que maneira de tornar tudo mais estranho, penso, me castigando por ceder às brincadeiras de Nox. *Porque as coisas já não estavam estranhas o suficiente.*

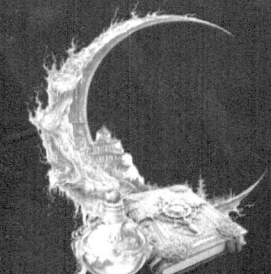

FALLON

Nox de joelhos por Kaspian?

Essa é uma imagem que eu não me importaria de levar para o túmulo.

Minhas coxas apertam com a noção dos dois homens tendo intimidade. *Por que nunca considerei isso antes?*

Porque Kaspian geralmente está muito ocupado me interrogando sobre meus poderes para me deixar ver esse lado dele.

Ele pisca e o rei com o qual estou acostumada aparece.

Aquele com sobrancelhas sérias.

Maçãs do rosto acentuadas.

Olhos escuros e penetrantes.

Terno régio.

Expressão severa.

Rosto muito bonito.

Fachada elegante.

Lábios carnudos.

Argh. Ele tem que ser tão sexy?, eu me pergunto, instantaneamente agitada pela presença dele. *Ele não poderia pelo menos ser um troll?*

— Olá, sra. Doyle — ele diz, e seu sotaque inglês acaricia meu nome com um toque de autoridade.

— Vossa Majestade — digo, sem expressão. Não posso evitar. Ele entra em um lugar e fico imediatamente irritada. Principalmente porque ele é tão atraente que chega a ser irritante. E dominante. E talvez um pouco assustador.

Um deslize da língua e sou uma mulher morta.

Isso torna um pouco difícil ter uma conversa fluida com o lindo rei. Especialmente quando ele parece estar sempre em uma missão de investigação comigo. Não que eu possa culpá-lo. Mas isso não significa que eu *goste* de seus interrogatórios.

Tudo bem, talvez eu goste um pouco.

Mas quem não gostaria de ser questionado por um mestre vampiro sexy em um terno perfeitamente ajustado?

— Como estão suas acomodações? — ele pergunta em um murmúrio, seu tom excessivamente educado.

— Iguais da última vez que você perguntou — respondo.

Ele tensiona a mandíbula, revelando uma falha em sua armadura elegante. Tenho achado isso cada vez mais fácil de fazer nos últimos meses, quase como se minha mera voz o irritasse agora.

— Presumo que viu meu anúncio?

Reviro os olhos. Embora ele possa ter ido direto ao ponto, ainda não está sendo muito direto.

— Sabe que sim, *Alteza*. Você enviou o Nox aqui para se certificar de que eu assistisse com ele.

A escuridão brilha nos olhos quase negros do Rei de Ouro e Granada.

— *Fallon.*

— *Kaspian.*

Ele grunhe e balança a cabeça.

— Por que você é sempre assim? Estou apenas tentando ter uma conversa educada, e você está rosnando para mim.

— Não estou rosnando para você. Estou infundindo sarcasmo nas minhas respostas. — Eu me movo para o sofá e me jogo nele, e meu olhar encontra seus olhos ardentes. — E não há nada de educado em uma execução.

Ele suspira, enquanto fecha os dedos ao lado do corpo.

— Entendo que você me odeie por essa decisão, mas...

— Não te odeio — interrompo. — E especialmente não pela sua decisão. É a decisão certa. Klas merece a morte.

— Mas você não — ele murmura.

Arquei as sobrancelhas.

— Essa é a sua versão de sarcasmo?

Ele me encara.

— O quê? Não. Quero dizer, você não merece o que a morte dele fará com você.

Dou de ombros.

— O que acontecer comigo é o mal menor. — E talvez nada aconteça. Talvez o feitiço que prendia nossas almas se desfaça em cinzas junto com os restos de Klas.

Ou talvez eu enlouqueça.

E ainda tem a ordem de suicídio do Clã dos Excluídos...

Eu me contorço, o lembrete do meu destino é algo indesejado.

Kaspian se apossa do sofá em frente a mim, seu corpo atlético parecendo derreter nas almofadas pretas ao seu redor. Ele não diz nada por um longo momento, mas as íris cativantes me observam com um interesse cauteloso.

— Quer assistir à execução dele? — ele pergunta baixinho, seu olhar ainda me estudando intensamente.

Quero assistir à execução de Klas?, me pergunto, franzindo a testa.

— Sim. — Quero vê-lo queimar. Sofrer. *Morrer*. Não apenas por um senso de vingança, mas também por paz de espírito. *Preciso saber que ele se foi de verdade.*

Kaspian assente como se pudesse ouvir meus pensamentos, ou talvez em resposta à minha confirmação, mas algo sobre sua expressão quase parece compreensivo.

— Haverá apenas alguns espectadores. A fogueira depois será para a Casa. Mas vou providenciar para que você esteja na execução em si.

— Obrigada. — Deve ser a primeira vez que digo essas duas palavras a ele e querendo dizer isso. Porque estou grata por ele estar me proporcionando esse encerramento, mesmo que seja um momento que levará a um futuro muito mais sombrio.

— À propósito, sinto muito que tenha que ser assim. Punir você pelos pecados de seu companheiro é... uma consequência infeliz da situação.

— À propósito, eu não sinto — retruco. — Não há outra escolha aqui. Klas é uma ameaça. E por procuração, suponho que eu também seja.

Ele não refuta minha afirmação, apenas continua me observando por um instante antes de dizer:

— Há algo que eu possa fazer para que você se sinta mais confortável aqui?

Ah, ótimo, estamos de volta a essa pergunta...

Ele faz essa pergunta toda vez que me visita.

E toda vez eu respondo a mesma coisa.

— É uma jaula muito sofisticada, meu rei. Estou contente. — O tom açucarado da minha voz não passa despercebido, como evidenciado pelo modo como sua mandíbula treme de forma sutil em resposta ao meu comentário.

— Não estou te mantendo aqui como punição, Fallon.

— Não, você está me mantendo aqui para observação

— retruco. — Porque você não confia em mim nem nas minhas habilidades.

Seus olhos piscam com impaciência.

— Talvez seja porque você não quer me esclarecer sobre tudo o que pode fazer.

— Sou habilidosa em magia da morte. — Digo as palavras devagar, a frase que já pronunciei mil vezes na presença dele. — Posso manipular almas e atraí-las para o túmulo. — Isso é apenas uma fração do que posso fazer de fato, mas é o aspecto mais perigoso das minhas habilidades.

Necromancia não é o termo correto, mas já foi mencionado algumas vezes. Tecnicamente, posso animar um cadáver e fazê-lo realizar minha vontade. No entanto, isso não é tão emocionante. É como transformar um corpo morto em fantoche. E não posso controlar os mortos-vivos, como vampiros ou espectros.

Bem, não diretamente, de qualquer maneira.

Eu poderia lançar um feitiço que os induziria a um sono mortal, onde eu poderia atormentar suas almas pelo tempo que desejasse, mas isso não é o mesmo que manipular as ações de outra pessoa.

Não importa quantas vezes eu explique isso para Kaspian e os outros, não é o bastante. E não posso demonstrar minhas habilidades. Isso exigiria colocar a vida de um deles nas minhas mãos mortais, e esse não é um risco aceitável aos olhos deles.

Porque eles não confiam em mim.

Há mais de um ano em confinamento, e estou tão bem quanto na minha primeira semana sob custódia de Kaspian. Não importa que eu tenha ajudado a encontrar Klas depois que ele atacou Vesperus, ou que tenha usado uma das lâminas de Bane para eviscerar Klas inúmeras vezes.

Ainda sou uma estranha.

Não tenho dúvidas de que, se eles descobrirem minha origem, serei a primeiro a voltar para Nova York.

Onde o Clã dos Excluídos vai me matar pelas falhas de Klas. Ou talvez porque eu o ajudei a derrubá-lo.

Independentemente disso, Nova York é o último lugar para onde quero ir. A menos que seja para salvar Issy.

O que não faço ideia de como fazer.

Vamos resolver isso, Issy, u sussurro para ela. *De alguma forma.*

Ela não responde, sua mente ainda está fechada para a minha. Não tenho certeza do que fizeram com ela, mas está claro que está afetando seu estado mental.

Vou encontrar uma maneira de fazê-los pagar, acrescento. *Mesmo que eu tenha que fazer isso do túmulo.*

— Não sou seu inimigo, Fallon — Kaspian diz baixinho. — Mas vou me tornar um se você me fizer ser.

Levanto o olhar para o dele, sem perceber que minha atenção mudou enquanto pensava em Issy, e balanço a cabeça.

— Não estou tentando fazer de você meu inimigo. Só não sei o que você quer de mim. Não sou uma ameaça.

Ou pelo menos não quero ser.

Meus poderes são únicos. Eles são parte do que me tornou valiosa para o Clã dos Excluídos. Mas os patriarcas não confiavam em mim para lidar com minhas próprias habilidades, é por isso que fui presenteada a Klas. Eles queriam que ele utilizasse minhas habilidades em vez disso.

Isso funcionou muito bem para todos vocês, não é mesmo?, penso, amarga.

Não que eu tivesse usado minhas habilidades da maneira que Klas fez no ano passado. Ele enlouqueceu, com o ego ferido por ser constantemente ignorado em promoções. Quando o Rei Vesperus anunciou que a

Irlanda e o Reino Unido se tornariam parte do território de Morte e Diamante, e Klas perdeu a cabeça.

— Ele não tem respeito por ninguém aqui — Klas falou, enquanto caminhava pela nossa casa na Irlanda. — Incluindo a mim. — Ele soltou uma risada, o som tão desequilibrado que mesmo agora posso ouvi-lo ecoando na minha mente. — Estou cansado de ser ignorado — acrescentou, batendo nas paredes de tijolo da sala de estar. — Isso está demorando tempo demais!

Estremeço. A imagem mental da sua raiva é uma memória sombria em minha mente.

Tudo começou a mudar naquele momento. Klas não estava mais contente em esperar por uma promoção ou tentar subir a escada dos mercenários para chegar mais perto da Casa do Rei. Ele decidiu criar seu próprio plano.

Comigo no centro dele.

Meu poder.

Não faço ideia do que os patriarcas pensaram sobre o desvio de Klas, mas imagino que não ficaram satisfeitos. Qualquer objetivo que ele tenha estabelecido no território de Ouro e Granada fracassou devido às suas decisões impulsivas. E agora nós dois estamos pagando o preço de sua impaciência.

— Você tem escondido coisas de mim desde que nos conhecemos — Kaspian diz, me lembrando de sua presença. — É por isso que não posso acreditar em você quando diz que não é uma ameaça, Fallon. Experimentei a sua magia. Sei o que você pode fazer. Mas há algo que você não está dizendo. E isso me faz desconfiar de você.

Há muitas coisas que não estou dizendo, penso.

— Não te devo os meus segredos, Alteza.

— Talvez não. Mas se você quer a minha confiança, então eu preciso das suas verdades.

— Por quê? — pergunto a ele. — Por que meu

companheiro é um monstro? Por que ele escolheu me subjugar com um feitiço e usar meus poderes para atacar sua Casa? — Inclino a cabeça para o lado. — Já considerou que meus "segredos" são irrelevantes para a sua avaliação de mim e dos meus poderes?

Eles não são irrelevantes, especialmente a parte sobre a minha origem e o que sei sobre o verdadeiro propósito de Klas no território de Ouro e Granada. Mas o cerne dos meus segredos, aqueles que envolvem Issy, não têm nada a ver com Kaspian.

No entanto, não posso revelar o que sei sobre os patriarcas e Klas sem também mencionar Issy.

É por isso que não digo nada.

Kaspian suspira e balança a cabeça.

— A execução é daqui três dias. Se você decidir que precisa de algo antes disso, avise ao Nox ou ao Bane, e verei o que posso fazer. — Ele se levanta, com uma expressão sombria. — Sinto muito que não possa fazer mais por você, Fallon. Mas você deixou claro que não me quer como aliado.

— Não — digo quando ele começa a se dirigir para a porta. — Deixei claro que não vou confiar cegamente.

Ele faz uma pausa, e seus ombros ficam rígidos.

— Dei a você todas as razões para confiar em mim.

— Como? Por não me jogar na masmorra com Klas? — pergunto a ele. — Por me manter trancada em um quarto chique ao lado do seu?

Ele se vira para me encarar novamente.

— Preferia a primeira opção?

— Você não vai me colocar lá com ele porque tem medo de que ele possa acessar meus poderes novamente, então não perca seu fôlego com essa ameaça.

— Não foi uma ameaça, Fallon. Foi uma pergunta. — As palavras saem através de sua mandíbula cerrada. — Eu a fiz se sentir confortável na minha casa, no meu próprio quarto. Tratei você com respeito. Garanti que tivesse tudo de que precisa. O que mais posso te dar para inspirar confiança?

— Minha liberdade? — ofereço, ciente de que essa conversa vai seguir em círculos viciosos como sempre faz.

Ele resmunga com isso.

— A confiança funciona nos dois sentidos. Não posso te deixar ir até que eu possa confiar em seus motivos e ações.

— E não posso confiar em você quando estou sendo tratada como uma prisioneira. Então acho que estamos empatados. *De novo.* — Tentei dar a ele pequenas verdades, apenas para aplacá-lo e tirá-lo de cima de mim. Mas nada do que compartilho com ele parece ser suficiente.

Porcaria de mestre vampiro. Kaspian é muito velho e experiente para acreditar em minhas meias-verdades.

Sua idade e conhecimento também são o motivo de não confiar em mim. Meus poderes são algo que ele nunca viu antes, e isso o intriga e o perturba.

Portanto, ele não vai me liberar até que tenha desvendado todas as minhas camadas.

E eu não vou deixá-lo saber demais.

Devo proteger Issy. Nunca vou trai-la. Nem mesmo pela minha própria liberdade.

Kaspian passa a mão pelo queixo com a barba por fazer, os pelos escuros parecem uma sombra sobre seus traços esculpidos.

— Informe ao Nox ou ao Bane se precisar de algo. Eles entrarão em contato comigo se você decidir ser razoável.

Não digo nada enquanto ele sai.

Porque não há mais nada a dizer.

Nada de positivo, pelo menos.

Meus ombros caem quando a porta bate, e minha

gaiola dourada se fecha ao meu redor com uma força renovada. Kaspian não está errado, ele me tratou com respeito e gentileza. Esses aposentos são certamente mais confortáveis do que minhas últimas acomodações com Klas. Caramba, até superam meu quarto em Nova York.

Mas isso não muda o que eu sou: uma prisioneira. Uma pupila sob vigilância. Uma bruxa na qual ninguém pode confiar.

Não culpo Kaspian por suas escolhas. Ele é o Rei da Casa. Ele tem que proteger seus constituintes em primeiro lugar e, honestamente, é o que o torna um líder forte.

No entanto, isso não significa que eu tenha que gostar de estar enredada nesta teia de interrogatório constante.

Dizer a ele a verdade só levaria a complicações adicionais, uma das quais seria minha deportação imediata de volta para o Clã dos Excluídos. Ou pelo menos é assim que imagino que Kaspian lidaria com a situação. Nem Klas, nem eu pertencemos a Ouro e Granada. Ainda não tenho certeza de como ele conseguiu se infiltrar nas filas da Casa, mas sei que não foi feito legalmente.

Eu deveria ser Sem Casa.

Deveria viver na Terra de Ninguém.

Presa com os Sindicatos Sobrenaturais.

Em casa com meu pai cretino.

Perto de Issy.

Não aqui em Reykjavik, no palácio do rei.

Fallon?, minha irmã sussurra na minha mente, e sua voz instantaneamente chama minha total atenção.

Issy. Ah, graças às estrelas...

Ela resmunga um pouco. *Não há estrelas aqui*, ela responde, e sua voz soa cansada. *Apenas uma tremenda dor de cabeça.*

O que fizeram com você?

Não importa, ela responde. *E não temos tempo para falar sobre isso. Precisamos discutir o que você vai fazer.*

Engulo em seco. *Eu... eu não sei.*

Bem, eu sei. Ou tenho uma ideia, de qualquer forma.

Uma ideia? Repito. *Sobre como escapar?*

Sim. Não. Mais ou menos.

Isso é útil, digo com ironia.

Ainda estou acordando, ela resmunga. *Mas acho que pode funcionar. Só... me dê um minuto para pensar.*

Sei que não devo interrompê-la. Issy passa a maior parte de seus dias lendo, e ela absorve tudo, desde línguas estrangeiras até livros de ciência e textos mágicos. Se ela tem uma ideia, provavelmente vem de seus anos estudando feitiços antigos.

Certo. É um... feitiço de ressurreição... Só preciso encontrar o livro certo.

Feitiço de ressurreição.?, repito. *Para o Klas?*

Não. Para você. Mais ou menos. Isso... isso imita a morte? Espere. Está em um desses... Ela para, me deixando tamborilar as unhas na coxa por tanto tempo que tenho certeza de que vou ter pequenas marcas. *Ahá! Aqui está. Então você vai...*

A porta dos meus aposentos se abre, me fazendo dizer *Um segundo*, assim que Nox entra segurando um sundae. Suas sobrancelhas castanho-claras se erguem para mim enquanto ele avança, com uma expressão perspicaz.

— Pensei que você poderia precisar de um desses depois de, bem, você sabe.

— Depois de ser interrogado novamente por Kaspian, você quer dizer? — traduzo, ciente de que *interrogatório* pode ser um termo um pouco forte para a conversa que acabamos de ter. Porque no que diz respeito ao questionamento, foi bem suave. Na verdade, foi praticamente inexistente. Mais uma repreensão do que qualquer outra coisa.

Um jogo de *vou confiar em você quando você me der uma razão para isso.*

— Sim, ah, isso — Nox responde, colocando o enorme sundae de sorvete na minha frente. — Duas bolas de sorvete de café em cima de uma banana e regadas com calda de chocolate. Do jeito que você gosta.

Abro um sorriso.

— Às vezes, sinto que estamos namorando.

Ele sorri.

— Bem, eu já te vi nua. Várias vezes.

— Porque você é um voyeur — zombo dele e pego a sobremesa.

Ele se acomoda no sofá ao meu lado e dá de ombros.

— Não faz mal um pouco de observação.

— Faz quando você é um espectro que pode atravessar paredes e espionar as pessoas sem que elas saibam. — Olho para ele de lado. — Só porque você é voyeur não significa que eu seja exibicionista.

Na verdade, eu não tenho ideia do que sou. Klas é minha única experiência, e, bem, ele era mais sádico do que qualquer outra coisa.

Contorço a boca ao pensar nisso, o sorvete em minhas mãos não parecendo mais a tentação de segundos atrás.

Tudo por causa de Klas.

E suas tendências sombrias.

Memórias que desejo esquecer. Superar. Ignorar.

Engulo em seco, e o prato treme ligeiramente na minha mão.

— Fallon? — Nox pergunta ao mesmo tempo que Issy sussurra meu nome.

Eu limpo a garganta.

— Desculpe. Me perdi em pensamentos — digo a ele. *O Nox trouxe um sundae para mim*, informo a Issy.

Sorvete de café e bananas? ela adivinha, conhecendo minha combinação de sabores favorita.

Com calda de chocolate quente.

Estou te dizendo, ele te quer, Issy responde. *Os dois te querem.*

Não preciso perguntar a quem ela se refere com *eles*. Ela está falando de Bane e Nox.

Eles são meus guardas, Issy. Não são meus namorados.

Aham, ela zomba. *Guardas espectros sensuais que querem transar com você. Talvez você devesse deixá-los antes da execução. Você merece um pouco de diversão.*

Ainda estou vinculada ao Klas.

Por causa da magia sombria, ela aponta.

Sexo não é o que eu preciso agora, murmuro enquanto me forço a tomar um pouco do sorvete. Se algo, isso me dará uma desculpa para ficar quieta por um momento enquanto converso com Issy. *Me fale sobre o feitiço de ressurreição.*

Certo. Ele permitirá que você simule a própria morte.

Eu resisto ao impulso de levantar as sobrancelhas. *Como?*

Bem, essa vai ser a parte difícil, não é? ela pensa, depois limpa a garganta. Para começar, vamos precisar revisar algumas frases antigas...

KASPIAN

— Ela quer assistir à execução. — As palavras têm um gosto amargo em minha boca, então eu as digo com um gole de bourbon adoçado com bordo.

Não estou surpreso pela decisão de Fallon. Mas isso não significa que eu goste dela.

A mulher está escondendo algo. Sinto isso toda vez que estou ao seu lado. E embora ela possa estar certa, que seus segredos não se apliquem à nossa situação atual, quero saber tudo a respeito dessa mulher.

Como posso proteger minha Casa da ameaça quando não conheço totalmente o alcance de seus desejos? Ela possui um poder diferente de tudo que já vi ou senti. Ela fez uma cidade inteira dormir, pelo amor de Deus. Não posso simplesmente conceder liberdade depois disso. Ela pode não ter sido a pessoa que executou o feitiço, mas a capacidade é dela.

E essa capacidade me aterroriza pra caramba.

Dou outro gole na bebida, a queimadura é uma sensação bem-vinda em minha garganta enquanto Bane, Nox e Nolan me encaram.

— Digam alguma coisa — falo a eles.

— O que gostaria que a gente dissesse? — Bane pergunta, seu sotaque escocês um pouco mais pronunciado agora que ele tomou algumas bebidas. Às vezes, me esqueço de sua origem, já que seu tempo significativo no exterior suavizou seu sotaque em seu discurso diário. — A decisão é da moça, não é?

— Mas ela a está tomando pelas razões certas? — Nox pergunta em um murmúrio, seu sotaque escocês está menos afetado pela bebida. Ele quase parece americano. Talvez porque ele e Bane tenham passado várias décadas nas universidades de lá antes de o portal sobrenatural se abrir no meio do centro de Portland, Oregon.

Bane arqueia uma sobrancelha escura, similar a cor da minha. Apenas o cabelo dele é mais curto que o meu, cortado rente ao couro cabeludo. Mas nós dois sofremos de uma sombra perpétua de barba por fazer.

— Quais razões seriam consideradas certas? — ele pergunta, com o olhar de obsidiana fixado em Nox.

— Não sei, camarada — Nox murmura. — Não sou o psicólogo. Nos diga você.

— Então você está me pedindo para analisar a decisão dela? — Os lábios de Bane se contraem. — Não acho que seja da nossa competência julgar.

Nox cruza os braços musculosos sobre o peito, fazendo com que a camiseta escura estique sobre os músculos.

— É, se isso vai prejudicá-la mais do que ajudá-la. Nolan resmunga.

— A execução vai machucá-la de qualquer forma. A ligação de almas vai se despedaçar, e sua sanidade vai se destruir junto.

— Sempre o otimista — murmuro, brindando-o com meu copo quase vazio.

— Você não me mantém por perto pelo meu otimismo — ele retruca.

Ele está certo, é claro, então simplesmente me levanto e vou até a cozinha para encher o copo.

— Ela vai precisar ser eliminada se perder a sanidade — Nolan acrescenta. — Espero que todos vocês estejam preparados para isso.

— Ela não merece esse destino — Nox rebate. — Ela não merece toda essa porcaria.

— Não estou contestando, espectro. Estou apenas apontando o que precisaremos fazer se ela pirar — Nolan diz. — Ela é um risco. Se o destino dela é justo ou não, não está em discussão.

O guerreiro arcanjo encara Nox quando eu me viro, suas posturas um tanto agressivas mesmo estando sentados.

Embora eu adoraria ver os dois homens lutando, agora não é o momento.

— Nolan tem razão — digo, odiando ter que concordar com suas afirmações práticas. — Se ela perder a sanidade, vai se tornar uma ameaça imediata para Ouro e Granada. E não podemos permitir que isso aconteça.

Nox contrai os braços e tensiona a mandíbula.

— Fallon...

— Em vez de nos prepararmos para duas execuções, talvez possamos considerar maneiras de evitar a possível dissociação de Fallon — Bane interrompe, seu tom tão calmo como sempre. — Todos nós sabemos como a morte afeta companheiros predestinados, mas talvez haja algo que possamos fazer para ajudá-la a se firmar.

— Sou todo ouvidos, Bane. — Eu me acomodo de volta na cadeira, com o copo agora cheio de novo. — O que você tem em mente?

— Bem, acho que tê-la presente na execução é um bom primeiro passo. Isso lhe permitirá ter um encerramento. Também significa que a morte não será repentina, inesperada ou mesmo indesejada, o que pode ajudá-la a lidar com isso. E se pudermos dar a ela algo pelo que viver, isso poderia impactar o resultado.

— Algo pelo que viver — repito, franzindo a testa ao considerar o que isso pode envolver. — Um propósito, quer dizer.

— Um propósito além de ser mantida em um quarto e interrogada para sempre — Bane traduz, seus olhos escuros encontrando os meus. — Entendo por que ela não pode ter verdadeira liberdade, mas mantê-la trancada, mesmo em suas acomodações atuais, não é muito atraente.

— Nós quatro darmos a ela um propósito para sobreviver não será suficiente — Nolan diz antes de eu ter a chance de responder. — Ela precisa se dar um propósito e tomar o controle do próprio destino. Se ela quiser que o destino destrua sua alma, não há nada que possamos fazer para impedi-la.

— Não acho que seja tão simples — Bane começa.

— Mas é — Nolan responde enquanto se levanta da cadeira. — Ou Fallon é uma sobrevivente ou não é. Em três dias, saberemos a resposta. — Ele olha para mim. — Há mais alguma coisa que você queria discutir?

Bem típico de Nolan exigir um atalho para o final da conversa.

— Só que eu planejo que sejamos nós quatro e Fallon na execução real. Só divulgaremos a fogueira.

— Você não quer a Cara ou o Larus lá? — Nox pergunta, parecendo surpreso.

— Ele não quer correr o risco de eles serem machucados se a Fallon implodir — Nolan responde, com o olhar em mim apesar de responder à pergunta de Nox. — Eles são os segundos no comando. Você precisa deles vivos e bem caso as coisas saiam dos trilhos. Certo?

Concordo com um aceno em confirmação de sua avaliação.

— Isso não significa que eu não valorize os três. Eu os escolhi para me ajudar por um motivo.

— Proteção. — Nolan faz um gesto para os espectros enquanto diz a palavra. — E você quer que eu esteja lá porque sabe que eu vou matá-la se for preciso.

— Sim — admito, ciente de que ele provavelmente é o único de nós que será capaz de executar Fallon, se necessário.

Normalmente, eu mesmo faria o trabalho. No entanto, minha mente mal me permite pensar nessa consequência, me fazendo temer que eu possa hesitar.

Embora eu faça de tudo para proteger minha Casa, há algo em Fallon que me faz querer quebrar todas as minhas regras. Ela me desestabiliza a cada conversa irritante, sua sutil desobediência desmantela facilmente um milênio de calma aprimorada.

Dizer que ela é capaz de me tirar do sério é eufemismo.

A mulher é um enigma que não consigo decifrar ou domar, e ela me enlouquece como resultado.

Matá-la é algo que não quero contemplar, mesmo que seja inevitável. Então, sim, é por isso que preciso de Nolan. Ele é o prático. O estoico. Aquele capaz de realizar qualquer tarefa, independentemente dos envolvimentos emocionais.

Posso ser o mercenário com a melhor mira em Ouro e Granada, mas Nolan é o assassino com a mente completamente focada. Quando recebe uma tarefa, ele a cumpre, mesmo quando dói.

Ele assente uma vez, sua expressão não revela nada.

— Entendido. Mais alguma coisa?

— Não — admito.

— Ótimo. Preciso esticar minhas asas. — As penas multicoloridas aparecem atrás dele enquanto ele fala, assumindo uma tonalidade dourada na iluminação fraca da sala de estar. — Sabe como me encontrar se precisar de mim. Caso contrário, nos vemos em três dias.

Ele não espera minha resposta, apenas caminha até as portas da sacada, as abre e sai para desaparecer na noite.

Passo a mão pelo rosto, a exaustão me atinge forte no peito. Nem mesmo a bebida pode salvar meu humor agora.

— Vocês estão certos de que ela não merece esse destino. — Minhas palavras são suaves e destinadas aos espectros, já que ambos expressaram esse pensamento várias vezes ao longo do último ano. — No entanto, aprendi há muito tempo que é impossível desviar verdadeiramente de nossos destinos. Às vezes, podemos fugir, mas nunca chegaremos longe. E Klas... ele tem que morrer.

Assim como Fallon vai, se seu poder provar ser incontrolável depois que o vínculo de companheiros predestinados for rompido.

Tomo o resto do uísque de um gole só, ignorando o fato de que tinha muito mais do que um gole, e bato o copo na mesa de canto.

— Não sei como deixá-la mais confortável, mas se vocês dois pensarem em alguma coisa, fiquem à vontade para fazer o que for necessário. — Encontro o olhar de Nox. — Com a exceção de tirá-la dos meus aposentos.

— O que você acha que ela vai fazer? — Nox pergunta. — Brincar em um cemitério?

— Honestamente, não sei o que ela faria se a deixássemos sair — eu digo. — Esse é o problema. Ela está escondendo algo. E até descobrirmos o que é, ela fica.

— Também há a questão de suas ligações com Klas e o

fato de que seu poder foi o que ele usou para subjugar a cidade — Bane murmura. — Não se trata apenas do que Fallon pode fazer quando lhe é concedida a liberdade, trata-se também do que outros membros da Casa podem fazer com ela.

Esse último ponto parece ressoar com Nox, seus olhos azuis cintilando com um lampejo de raiva.

— Eu posso protegê-la.

— *Nós* podemos protegê-la — Bane corrige. — *Se* ela permitir.

Nox faz uma carranca e pega a bebida que preparei para ele trinta minutos atrás, o líquido praticamente intocado. Ele grunhe algo ininteligível em voz baixa e bebe o conteúdo em um gole.

— Sei que vocês dois se importam com ela. — *Caramba, eu também, por razões que não entendo.* Não que eu vá admitir isso em voz alta. — Ela é... bem, não sei como descrevê-la. Teimosa. Um pouco insolente. Não compreende a autoridade.

— Forte. Linda. Desafiadora. — Nox atira os termos em mim como flechas direto no peito.

— Ela é uma sobrevivente — Bane acrescenta, com um tom saudoso. — A mulher passou pelo inferno, mas ainda encara todos os dias com uma energia renovada. Ela vai levar essa mesma energia para a execução. E sobreviverá.

— Ela vai — Nox concorda sem piscar.

— Espero que estejam certos — digo, incapaz de concordar ou discordar. — Apenas... tentem fazê-la se sentir confortável. Como vocês sempre fizeram, acho. Não sei o que mais fazer por ela.

— Você está fazendo o que pode — Bane me diz. — Todos nós estamos. Mas suponho que o Nolan esteja certo:

a única pessoa que pode controlar o destino dela é ela mesma. Ou ela vai superar ou não. Só o tempo dirá.

— Tempo — murmuro, olhando para o meu copo vazio na mesa. Parece um mau presságio.

Aqui estou eu, com quase dois mil anos e todo o tempo do mundo à minha disposição enquanto Fallon pode ter apenas três dias. Mal parece justo.

Mas é a vida, perpetuamente cheia de provações injustas e obstáculos incertos. É como lidamos com esses acontecimentos que mais importam, pois eles definem quem somos.

Pelo bem de Fallon, espero que Bane e Nox estejam certos, que ela seja uma verdadeira sobrevivente.

Alguém que vai superar as trevas que se aproximam, encontrar a luz no final do túnel e prosperar.

Ela merece algo melhor. Não importa que esteja guardando segredos ou me dando meias verdades. Posso dizer que ela é uma boa pessoa sob sua fachada sarcástica. Ela simplesmente desconfia. E diante de tudo o que passou, não posso culpá-la.

Infelizmente, também não posso ajudá-la.

Pelo menos não nesta vida.

Bane se levanta do sofá, pega o uísque e volta, enchendo seu copo, o meu e o de Nox, em seguida, pousa a garrafa.

— Acho que deveríamos brindar em homenagem a ela.

Parece uma coisa estranha a fazer, mas pego meu copo mesmo assim.

— Mal não pode fazer — decido em voz alta.

Nox ergue o copo.

— À Fallon.

— Ela passou por um inferno — Bane murmura. —

Vamos torcer para que a execução de Klas liberte sua alma e permita que ela floresça na vida.

Eu assinto e acrescento:

— À novas experiências e segundas chances.

— Tim tim — os dois espectros murmuram.

Então tocamos nossos copos.

E brindamos ao futuro.

Se ao menos isso fosse suficiente para salvá-la...

NOLAN

Fico na varanda, ouvindo o restante da conversa e os brindes que se seguem. Não tenho um copo, mas sinto minha mão se erguer em solidariedade.

Um gesto inútil.

Mas parece certo.

Para Fallon, ecoo quando a brisa noturna agita minhas penas. *Espero sinceramente que você seja tão forte quanto penso que é.*

Fecho os olhos por um momento, e meu coração ameaça sangrar.

Tirei inúmeras vidas ao longo da minha existência longa. A maioria merecia. Algumas, não. No entanto, meu papel permanece inalterado.

Sou um guerreiro.

Um arcanjo.

Um caçador com mira mortal.

Exceto no dia em que atirei em Fallon. Recebi ordens para atirar para matar, mas acertei o ombro dela. Alguma parte de mim não conseguiu derrubar a bruxa loira e curvilínea. Foi como se minha alma tomasse conta de minha mira e me forçasse a falhar.

Eu disse a ela que foi de propósito.

Era mentira.

Uma das poucas que já contei.

A verdade era que o destino alterou minha mão e a bala desviou do curso.

Fallon sobreviveu.

E alguma parte de mim caiu em sua armadilha, da qual tenho tentado escapar desde então.

Ela é algum tipo de encantadora. Um gênio hipnótico. *Uma viúva negra.*

Estou convencido de que ela tem os espectros sob um feitiço, seu poder da morte é claramente uma droga para suas metades fantasmas. Mas isso não explica minha obsessão pela garota. Nem a tendência de Kaspian de ser condescendente com ela.

Ele poderia acomodá-la em qualquer lugar que quisesse neste palácio, mas escolheu mantê-la ao lado de seus aposentos durante o último ano.

Assim como escolhi visitá-la silenciosamente todas as noites.

Espreitando em sua varanda como uma espécie de anjo da guarda.

Ou talvez eu seja simplesmente o anjo da morte, marcado para levá-la à sepultura.

Se sua alma se fragmentar e ela liberar esse poder mortal, serei forçado a agir. E, desta vez, não vou errar. Porque nossas vidas estarão em risco. Nossa Casa. Nosso *lar*.

Não terei escolha.

Vou extinguir a energia vibrante de seu espírito animado e a acompanharei até o cemitério perto do lugar onde atirei nela pela primeira vez. E então a colocarei para descansar lá por toda a eternidade.

Por favor, não me force a fazer isso, doce canário, penso enquanto flutuo até a varanda de Fallon. *Mande o destino se foder e tome as rédeas do seu futuro.*

Pressiono a mão na porta de vidro de seus aposentos.

Seja forte. Não por mim, mas por você.

Solto um longo suspiro, e inclino a cabeça. Não há nada que possamos fazer por ela. Fallon precisa enfrentar isso por conta própria. E já está seguindo na direção certa ao querer assistir à execução.

Ela nunca saberá o quanto estou orgulhoso dessa decisão, principalmente porque nunca vou contar a ela.

Ela não é minha para valorizar ou proteger.

Ela é apenas um alvo que falhei em assassinar. E isso me intriga.

Um dia, vou compreendê-la.

Ou talvez não.

Talvez eu a mate.

Tempo, penso, ponderando sobre a palavra que ouvi Kaspian repetir. *Sim, o tempo, de fato, nos dirá nossos destinos.*

Baixo a mão do vidro.

Boa noite, pequeno canário, penso sobre a beleza no interior. *Sonhe com um futuro. Uma segunda chance. Se afogue na esperança. E dê a si mesma uma razão para sobreviver.*

— Três dias — sussurro enquanto minhas asas me carregam pela noite. — Em três dias, descobriremos se estou certo sobre você...

BANE

— O QUE É TUDO ISSO?

A voz baixa de Fallon ecoa pela sala de jantar de seu quarto, chamando minha atenção para a loira curvilínea usando apenas uma toalha.

Entrei de forma sorrateira enquanto ela estava no chuveiro, esperando surpreendê-la com o café da manhã.

Agora sou eu quem está surpreso por ela estar seminua. Não é como se eu não a tivesse visto dessa forma antes, mas cada vez parece uma nova experiência.

A toalha nem é tão reveladora, cobrindo seu tronco e coxas. *Na verdade, ela poderia usar aquela toalha como um vestido...*

— Bane? — ela me instiga, interrompendo minhas divagações. — O que você está fazendo?

— Ah. — Limpo a garganta e olho para a mesa antes de me concentrar na frigideira na minha frente. — Estou fazendo um café da manhã no estilo americano para você.

Uso a espátula para virar os ovos e suspiro aliviado por

encontrá-los perfeitamente cozidos e não passados. Quero que este café da manhã seja impecável para Fallon. Não porque pode ser o último dela – *me recuso a sequer considerar essa possibilidade* –, mas porque quero proporcionar a ela um momento de normalidade.

Ou, pelo menos, um momento de paz.

Se isso for possível, de qualquer forma.

— Café da manhã no estilo americano? — ela repete, vagando para revisar os itens na mesa. — Você e o Nox geralmente fazem só café e sanduíche de ovo.

Dou de ombros.

— O Nox me disse que você não comeu muito na noite passada, então imaginei que precisaria de uma refeição maior esta manhã. E eu estava me sentindo nostálgico, então fiz panquecas e ovos.

— E bacon — ela completa, pegando um pedaço de um prato na mesa.

— E bacon — ecoo. — Mas fiz no estilo inglês em vez do americano.

— Hum, eu gostei. — Suas palavras são seguidas por um gemido quando ela se acomoda em uma cadeira à mesa, aparentemente completamente à vontade de toalha.

Tento não notar.

Tento e falho.

Porque, mesmo que o tecido branco envolva seu corpo pequeno por completo, sei que por baixo há apenas pele. E uma parte retorcida de mim gosta de fantasiar com aquelas curvas suculentas.

Isso é errado. Tecnicamente, ela é minha protegida, a quem fui designado para guardar e proteger. Mas a natureza proibida de tudo isso só me faz desejar ainda mais.

Eu poderia escrever um livro sobre as razões

psicológicas por trás da minha obsessão doentia. No entanto, saber disso não faz nada para dissipar meu interesse.

Há algo em Fallon Doyle que me encanta, e tem sido assim desde o primeiro momento em que a conheci.

Ela é devastadoramente destruída. E, no entanto, é absolutamente perfeita ao mesmo tempo.

Uma chama atraente, penso, mais uma vez admirando sua beleza exuberante. *Minha tentação proibida.*

— O que te fez se sentir nostálgico? — ela pergunta antes de pegar mais um pedaço de bacon. — Está com saudades de ser professor?

Contei a ela sobre minha história, principalmente porque quero que ela saiba que estou aqui se precisar de alguém para conversar. No entanto, ela raramente confia em mim, mesmo depois de sofrer um de seus muitos pesadelos.

Ocasionalmente, ela resume parte dos terrores noturnos, que são, na verdade, memórias de seu tempo com Klas, mas geralmente os descarta e segue em frente.

Isso é algo que percebi que ela faz com muita força: seguir em frente e não olhar para trás.

No entanto, nem sempre é saudável fugir do passado, razão pela qual seu subconsciente se agita quando ela está dormindo. Já expliquei isso a ela, mas não a pressionarei a falar sobre isso.

Fallon vai se abrir quando estiver pronta para enfrentar sua história. E quando isso acontecer, estarei aqui para ouvir e ajudá-la a se curar.

— Sinto falta do sol da Califórnia — murmuro, respondendo à pergunta dela sobre minha nostalgia. — Este estado constante de noite está acabando com meu bronzeado.

Ela dá uma risada.

— Um fantasma que se preocupa com o bronzeado. Agora já ouvi de tudo.

Sirvo os ovos em um prato e os levo para a mesa.

— Sou um espectro. E não gosto de ser fantasmagórico.

— A não ser quando espiona as pessoas — ela me corrige.

— Não espiono ninguém, pequena chama — eu digo. — Você está me confundindo com o Nox.

Ela curva os lábios.

— Vocês dois são voyeurs.

— Só quando a situação exige, moça. Mas eu costumo ser mais exibicionista. — Dou uma piscadinha para ela e volto à máquina de café para fazer uma bebida de café da manhã adequada para ela.

Embora o sotaque de Fallon seja suave e sutil, ela é irlandesa. O que torna o uísque uma adição apropriada à sua bebida matinal.

Seus olhos se iluminam quando entrego a caneca a ela.

— Obrigada, exibicionista Bane. — Sua expressão cintila com humor. — E, na minha opinião, seu bronzeado está ótimo.

Sorrio para ela.

— Obrigado, pequena chama. Minha alma fantasmagórica fica grata por ouvir você dizer isso.

Ela ri, nossa brincadeira matinal cumpre seu papel diário de fazê-la sorrir.

Não tenho certeza de quando essa camaradagem fácil começou entre nós, mas foi logo no início. Talvez quando entreguei minhas facas a ela para usar contra Klas. Independentemente disso, sempre nos entendemos bem.

No entanto, nunca foi suficiente para convencê-la a

realmente se abrir para mim. Dadas as circunstâncias dela, eu entendo. E estou disposto a ser paciente.

Além disso, Fallon merece ter alguém ao seu lado, especialmente quando está enfrentando Kaspian em jogos verbais a cada dois dias.

Me sento na cadeira em frente a ela e espero enquanto Fallon enche o prato com comida. Assim que termina, começo com as panquecas e pego o bacon assim que Nox faz uma aparição indesejada pela parede.

— Por falar em voyeurs — digo, sendo capaz de vê-lo em sua forma fantasmagórica quando Fallon não pode.

Ele se materializa ao meu lado, com um sorriso radiante.

— Achei ter sentido cheiro de bacon no corredor. — Ele pega o pedaço que acabei de colocar em meu prato e dá uma mordida. — Sim, muito bom.

— Ele não está errado — Fallon responde, com o bom humor brilhando em seus belos olhos verdes.

Se ela está preocupada com a execução desta tarde, não está mostrando. Ela parece tão descontraída como sempre, levando cada momento com calma.

Porque ela é forte e incrível, digo a mim mesmo. *É por isso que vai sobreviver hoje.*

Nox pega um prato e ocupa a cadeira na cabeceira da mesa, deixando apenas um assento vago na outra extremidade. Em seguida, ele rouba o que resta das panquecas.

Eu rapidamente pego a porção de bacon que quero e lanço alguns pedaços extras no prato de Fallon antes que Nox possa reivindicar todos para si.

Ele não percebe.

Mas Fallon sim, e me presenteia com um de seus sorrisos agradecidos. Retribuo o sorriso enquanto pego um dos ovos para mim.

Comemos em silêncio confortável, mantendo a nossa rotina matinal. Às vezes sou só eu e Fallon. Outras, Nox e Fallon. E às vezes somos nós três.

Independentemente do que aconteça, se tornou uma espécie de ritual passarmos as manhãs juntos de alguma forma. Geralmente comendo ou desfrutando dos nossos cafés em silêncio tranquilo.

Pelo menos nos dias em que Fallon não acorda de um pesadelo. Se ela teve um na noite passada, não está evidente em seu comportamento hoje.

Eu a observo enquanto ela come, admirando a maneira como suas bochechas coram de prazer, seu aproveitamento palpável.

Será que ela ainda estará assim amanhã?, me pergunto. *Ou os vínculos predestinados roubarão sua alegria?*

Contraio o maxilar quando penso na mão que a vida lhe deu. Isso é tão injusto. Se eu pudesse matar Klas por ela, eu mataria. Mas suspeito que Kaspian fará as honras.

Pelo menos, a ajudei a acertar as contas com minhas lâminas. Assisti-la eviscerar Klas foi uma experiência que nunca esquecerei. Ela pegou minhas facas e as manejou com facilidade, com movimentos eficientes enquanto permanecia focada e quieta.

A Deusa Nyx precisava do sangue de Klas para algum ritual lunar que não entendi completamente. E Fallon concordou em adquiri-lo para ela. Foi quando ofereci minhas facas, para choque de Nox. Normalmente, não permito que ninguém brinque com meus brinquedos afiados.

Mas Fallon é diferente.

Ela é... ela é algo que não consigo definir.

Me afeiçoei a ela imediatamente, quase como se fôssemos destinados um ao outro. Talvez apenas como amigos. Porque nós nunca poderemos ser mais.

— Então, onde na Califórnia você morava? E presumo que foi antes da magia se tornar conhecida? — A voz baixa de Fallon me tira dos meus pensamentos para encontrá-la com o prato quase vazio.

Boa garota, penso, satisfeito por ela ter comido uma refeição completa. Ela vai precisar de forças hoje.

— Sul da California — Nox diz. — E, sim, antes de o portal acontecer. — Ele franze a testa e pergunta: — Por que estamos falando sobre a Califórnia?

— Porque o Bane disse que sente falta do sol da Califórnia — Fallon responde. — Ele se sente *pálido*.

Nox sorri.

— Ele sente mais falta da prancha de surfe e das ondas que do sol. — Seus olhos azuis olham para mim. — E seu bronzeado parece um pouco fraco. Talvez você precise passar suas tardes ao ar livre.

Reviro os olhos. Posso brincar sobre o meu bronzeado, mas todos sabemos que está bom. Meu tom de pele natural já é mais bronzeado, apesar da minha origem escocesa. Embora eu tenha ficado mais escuro nos dias de surfe.

— É uma pena que haja tanta turbulência naquele lado do mundo. Caso contrário, eu tentaria encontrar uma maneira de visitar — admito. — Porque o Nox está certo, sinto falta das ondas.

— Um psicólogo surfista — Fallon pondera. — Parece certo.

— Mesmo? — pergunto, arqueando uma sobrancelha. — Por quê?

— Na verdade, nunca conheci um surfista, mas pelo que entendo, eles são bem tranquilos. O que, imagino, faz deles bons terapeutas — ela coloca a caneca de café agora vazia na mesa. — Gostaria que eu recompensasse sua paciência compartilhando meus sentimentos sobre o dia de hoje?

Posso dizer que ela está me provocando pelo tom de voz, mas quero responder: *Sim, por favor, faça isso.* No entanto, me seguro e, em vez disso, digo:

— Só se você quiser, moça.

Ela fica em silêncio por um momento, com a expressão pensativa.

— Bem, eu estou...

A porta se abre para seus aposentos, fazendo com que ela feche a boca e sua postura fique tensa, enquanto Nolan e Kaspian entram sem bater.

Toda sua energia relaxada desaparece em uma nuvem de desconforto evidente, seus olhos verdes perdem seu apelo suave e se tornam afiados ao avaliar o terno de três peças de Kaspian e a jaqueta de couro de Nolan.

Engulo um palavrão, irritado por Fallon estar finalmente prestes a dizer algo real, apenas para ser interrompida por sua presença abrupta.

— Bom dia, srta. Doyle — Kaspian a cumprimenta com formalidade.

— Bom dia, Majestade — ela responde, seu tom carregado de sarcasmo.

Nox balança a cabeça, com um sorriso divertido brincando em seus lábios. E eu apenas suspiro.

A tensão entre Fallon e Kaspian provavelmente pode ser sentida até a Escócia. Toda vez que esses dois se aproximam, saem faíscas em um padrão perigoso e discussões acaloradas se seguem.

Eu esperava que hoje fosse diferente.

Parece que não.

— Sairemos em trinta minutos — Kaspian informa a todos nós. — A execução está marcada para o meio-dia.

Fallon assente.

— Então devo trocar de roupa para algo mais apropriado para a execução. — Ela empurra a cadeira contra o piso, as pernas de madeira rangem e ecoam pela sala. — Com licença, *Alteza*.

Ela faz uma reverência zombeteira para o Rei de Ouro e Granada e deixa a sala de jantar sem olhar para trás.

A mandíbula de Kaspian treme em resposta, e ele semicerra o olhar para as costas dela.

— Por que ela está sempre assim? — ele murmura baixinho.

— Talvez você devesse tentar chamá-la de *Fallon* em vez de *srta. Doyle* — Nox sugere. — Ou fazer comida para ela. Funciona comigo e com o Bane.

Nolan resmunga, mas não diz mais nada.

Não me dou ao trabalho de comentar e, em vez disso, me ocupo com a limpeza da mesa para que Fallon não precise fazê-lo após a execução.

— Você também pode tentar conversar um pouco mais antes de entrar na programação diária — Nox acrescenta.
— Tipo, como você lidaria com uma mulher no bar? Você não pediria para transar com ela imediatamente, não é?

— Não quero transar com a Fallon — Kaspian diz a ele, seu tom ecoando uma dureza que me faz questionar a quem ele está tentando convencer aqui: a si mesmo ou a nós.

— Talvez esse seja o seu problema. — Nox não parece desencorajado pelo tom de Kaspian, provavelmente porque está acostumado com os humores irritadiços do rei quando se trata de Fallon. — Você a trata como uma responsabilidade e um fardo, Kas, não como uma dama que deseja seduzir. Cortejar, afinal, é a melhor forma de interrogatório.

— É isso o que você tem feito? — Nolan interrompe.
— *Cortejado*?

— Eu a trato como uma pessoa, não como uma

prisioneira — Nox rebate, e uma nota atípica de firmeza ecoa em suas palavras. — Talvez vocês dois devessem tentar.

— E fazer o quê? Cortejá-la com sobremesas e cafés da manhã? Perguntar sobre seus sentimentos? — Nolan zomba disso. — Vocês dois estão embriagados com a magia da morte dela e estão perdendo de vista o propósito dela.

— Que é o quê? — Fallon pergunta, sua voz afiada me fazendo franzir a testa. — Apodrecer nesta gaiola dourada enquanto vocês continuam me interrogando sobre meus poderes?

Merda. Ela ainda está usando a toalha, o que significa que provavelmente nem chegou ao *closet* antes de começar a escutar a conversa.

Então continua.

— Vocês sabem o que eu posso fazer. Experimentaram por si mesmos. O que mais vocês querem? Uma demonstração do que farei se minha alma estilhaçar esta tarde? Detalhes sobre minha vida pessoal que não se aplicam de forma alguma a esta situação? Segredos que não interessam a vocês?

Embora ela tenha respondido inicialmente a Nolan, seu foco está em Kaspian no final.

— Já ocorreu que não quero nem preciso da sua confiança? — ela questiona.

— Você precisa disso se quiser sua liberdade — Kaspian rebate.

Fallon encara o rei por um instante antes de balançar a cabeça e sair da sala, sua falta de retaliação diferente do que é comum. Normalmente, esses dois se envolvem na mesma discussão circular, ambos escalando até que tenham repetido seus lados cinquenta vezes.

Mas Fallon quase parecia cansada demais para tentar, como se estivesse desistindo da situação inteira.

Desistindo *dele*.

Franzo a testa, não gostando nada desse comportamento. Sua luta é o que a faz sobreviver. *Será que ela está economizando energia para mais tarde hoje? Ou isso é outro presságio ruim?*

Kaspian murmura algo ininteligível enquanto Nox assobia e balança a cabeça.

— Sei o quanto você é bom em seduzir mulheres. Mas, de alguma forma, Fallon te reduz a um vampiro juvenil sem compreensão das emoções femininas. É incrível, na verdade.

— Porque não tenho interesse em *seduzi-la* — Kaspian reitera entre os dentes. — Duas situações muito diferentes.

— Então talvez você precise de uma nova abordagem — Nox fala enquanto se levanta e leva uma pilha de pratos até mim na pia. — Tente se importar mais com os sentimentos dela e talvez ela fale com você.

— Porque isso está indo muito bem para o Bane — Nolan aponta, me fazendo franzir a testa.

— Eu nem estou envolvido nesta conversa — digo a ele. — Me deixe fora disso.

— Você está muito envolvido, espectro — ele olha entre mim e Bane. — Os dois tentaram a abordagem suave, e não conseguiram nada. Agora estamos sem tempo, a mulher está prestes a implodir, e não há nada que possamos fazer a respeito.

— Não sabemos disso. — E eu realmente não gosto de vê-lo perder a fé nela tão rapidamente. — Ela é mais forte do que você acredita, *arcanjo*.

Ele dá de ombros.

— Acho que veremos.

— Veremos, sim — Fallon concorda, reaparecendo

vestida com jeans e blusa, com os pés descalços. —
Quando terminaram de falar sobre mim como se eu não
pudesse ouvir cada palavra que vocês dizem do outro
cômodo, gostaria de ir assistir meu companheiro morrer.
Por favor.

FĀLLON

CHEGOU A HORA, digo a Issy enquanto sigo Kaspian até uma sala mal iluminada.

A masmorra de Ouro e Granada está ligada ao palácio do rei por meio de um dos muitos túneis da cidade que foram construídos quando Ouro e Granada reformou Reykjavik como sede de sua Casa. Mas era uma caminhada de vinte minutos, o que me diz que estamos a pelo menos uma um quilometro e meio de distância da casa de Kaspian. Talvez ainda mais longe, já que mantivemos um passo rápido durante todo o caminho.

Nox e Bane entram atrás de mim, a presenças deles longe de ser tão reconfortante quanto no café da manhã. Imagino que devo agradecer a Nolan e Kaspian por isso. Eles me lembraram que não posso confiar em nenhum deles, especialmente não em Bane ou Nox.

Porque eles foram designados a mim como uma obrigação para descobrir todos os meus segredos. Eles não ficavam comigo porque gostavam de mim, eles ficavam comigo para me interrogar.

Ouvir Nox falar sobre como ele e Bane usaram a

gentileza como uma maneira de me fazer falar serviu como um despertar frio que eu precisava.

Esses homens não são meus amigos. São meus guardas.

E agora eles estão parados ao meu lado, assumindo seus lugares enquanto Kaspian assume o centro da sala.

Há um bloco de pedra no meio, coberto de correntes. Uma espada com o cabo enfeitado de ouro e granada repousa nas proximidades, assim como um machado com marcas semelhantes ao longo do cabo de madeira.

Qual ferramenta eles vão usar?, me pergunto, ciente de que precisarão separar a cabeça de Klas do corpo. Ele é um híbrido de vampiro-bruxo; portanto, existem apenas algumas maneiras de realmente matá-lo. A decapitação é uma delas. O fogo que se seguirá garantirá que o trabalho seja concluído.

O braço de Bane roça o meu. Sua altura de mais de um metro e oitenta supera meus um metro e cinquenta e cinco. Não importa que eu tenha calçado um par de botas de salto de sete centímetros antes de sairmos. Ainda sou quase trinta centímetros mais baixa que todos os homens na sala.

Incluindo Klas, penso enquanto Nolan o arrasta pela soleira da porta.

Não o vejo há meses, pelo menos não pessoalmente. Mas sua presença assombrou minha mente a cada momento de todos os dias.

Seu cabelo está mais longo do que me lembro, as mechas escuras alcançam sua mandíbula. E parece que ele não se barbeou em meses. Talvez porque ninguém tenha confiado a ele uma lâmina de barbear. Não tenho certeza.

Mas seus olhos... seus olhos são os mesmos.

Me arrepio quando seu olhar encontra o meu, a

malícia cintila nas profundezas obsidianas e faz meu sangue gelar. Eu conheço esse olhar. É calculista. Cruel. *Conhecedor.* Me diz que ele tem um plano. Algo que ele não está dizendo. Um desejo distorcido que ele está prestes a dar vida.

O que é?, me pergunto, sentindo meu coração dar um salto. *O que você está planejando?* Quase faço as perguntas em voz alta, mas parece que não consigo encontrar minha voz. É como se sua presença tivesse consumido todo o ar na sala, me deixando sem nada. Me sufocando como todas aquelas vezes em que ele me enterrou viva.

Fecho as mãos com força. Minhas unhas cravam em minha pele e me lembram de que eu ainda estou aqui. Estou livre. Pelo menos dele.

Mas se isso é verdade, por que de repente me sinto tão aterrada? Tão... encurralada?

Fallon? A voz de Issy sussurra em minha mente, sua presença me firma de uma maneira que ninguém mais pode.

Issy, o Klas está aqui. E ele... ele parece... não sei. Não sei como explicar. Mas acho que ele está planejando algo.

Ele deve saber sobre o édito, Issy responde. *Os patriarcas podem ter encontrado uma maneira de convocá-lo ou de enviar uma mensagem para ele.*

Talvez, hesito, engolindo em seco. *Mas ele não tem ligação mental com alguém como eu.*

Que saibamos, ela aponta. *E há outras maneiras de se comunicar. Como a caminhada dos sonhos*

Verdade. Cerro os dentes, recordando os terríveis feitiços que permitem essa intrusão no espaço seguro desejado da alma. *Mas e se houver mais que isso? E se ele tiver um plano como o meu?*

Duvido muito que vocês dois tenham o mesmo plano. Além disso, mesmo que ele tente o mesmo feitiço, a cremação o destruiria. Seu corpo precisa permanecer intacto.

Então espero que não me joguem na fogueira depois dele, digo, não pela primeira vez desde que concebemos essa ideia insana.

Vou fingir minha morte e esperar que me enviem para o necrotério para autópsia, em vez de apenas destruir meus restos mortais.

O argumento de Issy é que minha *morte* será tão súbita que vão querer respostas, então me enviarão para verificação em vez de me descartar imediatamente. Acho que ela está dando um pouco de crédito demais aos homens. Como se eles se importassem com o que causou minha morte. Acho que eles ficarão felizes por não terem mais que se preocupar com meus poderes.

Posso te ouvir pensando demais, Fallon.

Provavelmente porque estou projetando, resmungo de volta para minha gêmea enquanto pego o olhar maligno de Klas novamente.

Ele me manda um beijo, o que faz Nox grunhir ao meu lado. Bane envolve seu braço na minha cintura, em uma pegada forte ao mesmo tempo tranquilizadora e perturbadora.

Tranquilizadora porque é Bane e desenvolvemos uma amizade confortável ao longo do último ano.

Inquietante porque essa amizade não é real, mas estou me agarrando a ela como uma linha de vida agora.

Você se lembra das palavras que precisa dizer? Issy pergunta.

Sim. Eu as repeti em vários padrões nos últimos três dias. Embora, ainda não as tenha dito em voz alta na sequência do feitiço. Porque, se eu tivesse feito isso, não estaria aqui agora. Estaria no necrotério.

Talvez.

Ou queimada viva.

Merda.

Issy repete meu nome, totalmente ciente de que estou pirando novamente. Mas desta vez não respondo, porque Kaspian está lendo os últimos direitos de Klas.

Eu mal o ouço.

Mal ouço minha própria mente.

Estou muito consumida pelas más intenções que emana de Klas. *Ele está tramando algo*, penso de novo. *Isso não vai acontecer como achamos que deveria.*

— Algo a dizer? — Kaspian pergunta, me tirando do meu torpor.

— Sim — Klas responde, seu tom sinistro parece envolver meu pescoço como um laço. — Estou ansioso para dançar com sua alma na vida após a morte, Fallon.

Estremeço, não gostando de como isso soa.

— Afinal, companheiros leais morrem com seus amados — ele acrescenta, e seu tom suave me afoga em um mar de arrepios. — Não é verdade, querida?

Nox resmunga.

— *Amados* é um exagero, não é?

Klas o ignora, focando completamente em mim.

Ele sabe sobre o édito, confirmo para Issy. *Mas acho que há mais aí. Ele está insinuando que vai possuir minha alma pela eternidade.*

Isso é impossível.

Será?. sussurro de volta para ela. *O feitiço de Daithi era todo magia sombria. Ele amarrou minha alma à de Klas, talvez até na morte.*

O que significa que nosso plano não vai funcionar.

Porque vou seguir Klas imediatamente para o outro lado quando sua cabeça for cortada.

Minha vida pode estar ligada à sua existência,

continuo, sentindo meu pulso acelerar. *Issy, acho que julgamos mal esta situação. Eu...*

Respire, ela exige. *Não vou te perder para esse monstro de novo. Me dê um segundo...*

Eu não tenho um segundo, sussurro de volta para ela enquanto Nolan derruba as pernas de Klas e posiciona o homem sobre o bloco. *Eles estão prestes a...*

Ganhe tempo, Issy exige.

Eu... eu não posso. Tento mover os lábios, mas sou deixada sem palavras pela visão diante de mim. Abalada por Klas ajoelhado. Aterrorizada com o machado na mão de Kaspian. Asfixiada pela falta de oxigênio na sala.

Fallon! Issy me chama. *Se recomponha.*

Eu tento. De verdade. Mas eu... mal consigo me concentrar em qualquer coisa além do brilho do metal. O olhar de cumplicidade nos olhos de Klas enquanto ele me encara com expectativa. É como se ele tivesse tecido um feitiço em torno de meu espírito, forçando um último ato de submissão de mim, apesar do meu desejo de rebelião.

Algo não está certo. Ele... ele fez alguma coisa...

Me amarrou com uma coleira.

Me prendeu ao seu destino.

Posso sentir me envolver, a sensação rastejando como serpentes invisíveis, sibilando e mordendo cada um dos meus impulsos para me mover. Para gritar. Para chorar!

Issy começa a falar de novo, seu tom urgente, mas mal a ouço. Tudo está ficando escuro. A não ser por aquela borda metálica. O instrumento que vai destruir tanto a mim quanto meu companheiro forçado.

Abro os lábios, com um pedido preso na garganta.

Não sou assim. Não obedeço a ninguém. Escolho meu destino. Sou a mestra do meu próprio destino!

Eu me contorço sob o feitiço, e minha alma grita contra a injustiça de estar amarrada.

— Klas, você está por meio deste excomungado da Casa de Ouro e Granada — Kaspian diz, levantando os braços. — E sua sentença é a morte.

As palavras ecoam em minha mente enquanto luto contra o encantamento que me prende a esta alma perversa. *Eu te rejeito! Eu rejeito isso! Não sou sua para ser levada para a vida após a morte!*

O braço de Kaspian começa a se mover.

Para baixo.

Com firmeza.

O ângulo perfeito.

E tudo parece paralisar ao meu redor.

Minha mente. Meu corpo. Os gritos desesperados de Issy. Não sou mais parte deste plano, mas de outro. Um que só visitei em sonhos.

A morte.

Um calafrio percorre minha coluna, fazendo com que meus pulmões congelem.

É a fonte do meu poder. Meu ser encantado. Meu lar.

É de onde tiro o meu poder. Como me conecto às almas dos mortos, onde eu atraio os espíritos dos vivos.

Fecho os olhos e respiro fundo, o feitiço de Klas não me mantém mais refém.

Estou livre.

Mas ainda estou viva? É aqui que ele pretende me encontrar? Me possuir? Me reivindicar pela eternidade?

Não.

Eu me recuso.

Ele não tem direito à minha alma. Só a morte pode verdadeiramente me reivindicar, mas tudo o que sinto aqui é poder. Renovada. *Viva.*

Respiro fundo e abro os olhos, sem ter certeza de quando os fechei, e olho para um par de belas íris azuis.

Não sinistras e negras como os olhos de Klas. Mas azuis e hipnóticas. Amáveis. Adoradoras. *Minhas.*

Franzo a testa, esse pensamento não solicitado e inesperado.

Minhas?

Onde estou?

O plano da morte desaparece para revelar o calabouço mais uma vez. E estou cercada por quatro homens. Conheço todos eles. Que agora me olham com expressões de admiração e confusão.

E desconfiança, percebo, quando meus olhos encontram os de Nolan por último. Suas íris multicoloridas parecem sombras neste cômodo, e sua expressão é sombria.

O que aconteceu?, quase pergunto. Mas minha garganta está seca. Muito seca. Como se eu tivesse desmaiado por horas.

Sei que não. Isso é apenas um efeito colateral de tocar o plano da morte. Ele sugou a vitalidade do meu corpo, me deixando como um cadáver e mal respirando.

— Você está bem, moça? — Bane pergunta, a voz baixa chama minha atenção para ele. — Você está branca como um fantasma.

Eu quase sorrio. Mas não consigo reunir forças.

Em vez disso, fecho os olhos por mais um longo momento.

Mas quando os abro novamente, a vista mudou. Estou de volta ao meu quarto. Deitada na cama. Exausta. E vejo um fogo que arde brilhantemente na tela da televisão.

Pisco, confusa e alarmada com a mudança no tempo e espaço.

— O que...? — Tento dizer, mas começo a tossir com a sensação de lixa em minha garganta.

Um canudo aparece, algo que coloco imediatamente nos lábios quando encontro o olhar bonito de Nox novamente. Mas ele não está me olhando com compaixão ou preocupação desta vez. Ele está fechado e inescrutável. Um guarda sem emoção.

Dou vários goles enquanto o observo, sentindo novamente aquele estranho desejo possessivo. *Meu.*

Mas isso não faz sentido.

Sim, eu me sinto atraída por Nox. Teria que ser cega para não notar sua boa aparência e, mesmo assim, tenho certeza de que seu apelo seria óbvio apenas através de sua personalidade.

Mas chamá-lo de meu? *De onde vem essa noção?* Eu o encaro enquanto bebo, observando sua expressão séria. Ele não parece bravo, tanto quanto inusitadamente sério.

Algo deu errado durante a execução?, me pergunto, e minha atenção se volta para a tela. Klas está realmente morto?

O canudo desaparece da minha boca quando termino o copo de água, sendo substituído por outro. Dou um gole nele sem comentar, grata pela hidratação enquanto observo as chamas dançarem de forma sinistra na tela.

Kaspian está lá. Nolan também. Mas não Bane.

O que aconteceu?, penso de novo.

Tomo mais dois copos de água antes de finalmente conseguir perguntar isso em voz alta.

Como Nox não responde, eu olho para ele.

— Eu fiz alguma coisa? Com meus poderes, quero dizer. — *É por isso que ele está agindo tão estranho?* Afinal, visitei o plano da morte. Isso não pode ser um bom sinal.

Exceto que pareço ter me libertado do domínio de Klas. E minha alma, na verdade, não se juntou à dele na vida após a morte.

A menos que essa seja uma versão realmente estranha do inferno.

— Você morreu — Nox diz em tom inexpressivo. — Ou parecia assim. Até acordar.

— Oh. — Mordo o lábio. — Quanto tempo eu fiquei fora?

— Apenas alguns minutos. Mas... você estava pálida e não estava respirando. — Ele olha para longe, sua expressão endurecendo. — E então você voltou...

Eu olho para o seu perfil.

— E então...? — instigo, sentindo que há mais acontecendo aqui do que um encontro casual com o plano da morte.

— E então... — Ele limpa a garganta, seu olhar encontra o meu novamente. — E então o destino mostrou sua mão.

Franzo a testa.

— O quê?

— Você não sente? — ele pergunta, sem elaborar em seu comentário enigmático sobre o destino. — A atração?

— A atração? — repito, balançando a cabeça. — Não, eu... — *Espere...*

Eu me sento lentamente, meu corpo enfraquecido pela breve partida de minha alma.

Espere...

Olho para a tela e para Nox novamente. Depois, volto para a tela, à medida que as peças do quebra-cabeça começam a se encaixar.

Olhos azuis hipnóticos.

Expressões adoradoras.

Confusão.

Desconfiança.

Meus...

Arregalo os olhos.

— Não... — Só que... — Merda... — *O feitiço de acasalamento reverberou.* — Você e eu... somos companheiros? — gaguejo, olhando para Nox. *Por causa da magia sombria que não tinha outro lugar para ir... então ela nos uniu.*

Merda.

Merda.

Merda.

— Ah, não só você e eu, vaga-lume — Nox diz, seu tom sarcástico habitual é inexistente. — Nós quatro.

Meus cílios tremulam.

— Espere, *o quê?*

— Nolan, Kaspian, Bane e eu. — Ele enuncia cada nome de forma clara. — Nós todos somos seus companheiros de segunda chance.

Minha boca se abre. *O quê?!*

— Isso é impossível. — Mas não é. Por causa daquele feitiço infeliz...

— Não é inédito — Nox murmura. — Mas sim, não é... ideal.

— Não é ideal? — repito, soltando uma risada. — Isso é eufemismo.

Porque acabei de amarrar acidentalmente minha alma a quatro homens. *Com magia sombria.*

Quando perceberem o que aconteceu, serei uma mulher morta.

Tanto para a liberdade, penso, derrotada. Mesmo que eu quisesse escapar, não poderia.

Porque agora estou acorrentada a quatro mercenários renomados.

Fugir não é uma opção, nem se esconder.

O que é que vou fazer?

Parte de mim espera uma resposta de Issy, mas ela não responde.

Faço uma careta e tento alcançá-la, mas não ouço nada. Será que aconteceu algo mais quando visitei o plano da morte, ou ela está em apuros?

Posso senti-la lá, mas não consigo alcançá-la. Então, ou

ela está inconsciente ou algo está interferindo na nossa conexão.

Talvez os vínculos com meus novos parceiros, penso, gemendo.

Sério, por que você me odeia? quero exigir do destino. *O que eu te fiz?*

Porque isso é insano. Improvável. Complicado pra caramba.

E a maneira como Nox ainda está me olhando agora diz que ele concorda.

Estou supondo que os outros também.

O que vai acontecer quando um deles tentar rejeitar o vínculo do acasalamento e perceber que tudo isso é por causa de um feitiço ilegal?

Eles vão me culpar. Provavelmente me condenar. E então me matar.

Maravilhoso.

Maravilhoso. Demais.

NOLAN

FALLON DOYLE É MINHA COMPANHEIRA.

Não, ela não é apenas *minha* companheira. Ela é *nossa* companheira.

Passo a mão pelo rosto e seguro a nuca. *Puta merda.*

Pelo menos, ela sobreviveu.

Claro, não pensei que fosse *assim* que ela conseguiria.

Quatro companheiros.

Todos de uma vez.

Eu ficaria impressionado se isso não significasse que agora tenho que compartilhar. Não sou fã disso. Prefiro ter mulheres só para mim, normalmente amarradas à cama e amordaçadas enquanto testo sua tolerância ao prazer extremo.

Nox e Bane nunca vão me deixar fazer isso com Fallon, penso, olhando para o último dos espectros enquanto ele caminha em direção a mim e a Kaspian.

— Ela está acordada — Bane diz em voz baixa enquanto se junta a nós perto da fogueira. — Pelo que ouvi, ela não se lembra muito do que aconteceu e está tão surpresa com a decisão do destino quanto nós.

106

— Você está realmente surpreso? — pergunto a ele. — Você e o Nox estão obcecados por ela desde o início. — O que ainda acho que é porque Fallon possui magia da morte, algo que ela levou para casa hoje ao morrer e voltar à vida.

O que foi aquilo?, me pergunto pela milésima vez. Todo o episódio me surpreendeu profundamente. Eu esperava que ela lutasse, não morresse. Então ela voltou em uma onda de magia que atingiu minha alma.

E agora, estamos ligados um ao outro por toda a eternidade.

A menos que a rejeitemos.

— Se estou surpreso que nós quatro nos vinculamos a mesma mulher pelo destino? — O tom de Bane não revela nada, como sempre. Ele raramente levanta a voz ou demonstra qualquer sinal de aborrecimento. Na verdade, ele deve ser a pessoa mais relaxada que já conheci.

É isso que o torna mortal.

Ele tem uma queda por facas e armas, sua pontaria é quase tão boa quanto a de Kaspian. Adicione as toxinas de Nox à mistura, toxinas que o espectro gosta de aplicar nas armas de Bane, e ele se tornará uma força a ser reconhecida.

O fato de ele estar sempre calmo só aumenta seu potencial mortal.

— Sim, estou surpreso — Bane continua. — Acho que todos nós estamos.

— Vamos falar sobre isso nos meus aposentos — Kaspian diz baixinho enquanto os restos de Klas crepitam em cinzas. Ele já fez alguns comentários públicos sobre a execução, o que lhe permite deixar o local sem mais discussão.

Estamos no meio da aldeia, perto de onde Klas atacou Reykjavik pela primeira vez no ano passado, tornando o local perfeito para queimar seus restos. Mas isso significa que teremos uma caminhada de volta até a casa dele.

Mas tudo bem. Preciso do ar fresco. No entanto, seria mais agradável se eu pudesse abrir minhas asas e voar.

Mas escolho caminhar com Bane e Kaspian.

Este último está usando óculos de sol para ajudá-lo a suportar algumas horas de luz solar. Quanto mais antigo o vampiro, mais impactado ele é pelo sol. E Kaspian certamente não é jovem.

Ele deveria ter escolhido realizar a fogueira à noite, teria sido mais impressionante também, mas com todos os fusos horários conflitantes nos territórios de Ouro e Granada ao redor do mundo, uma execução ao meio-dia fazia mais sentido.

E agora estava feito, deixando-o com a maior parte da tarde e da noite para lidar com esse novo problema.

Fallon.

Nossa companheira destinada.

Humm.

Kaspian sempre gostou de compartilhar. Nox e Bane também. Portanto, os três podem ser capazes de fazer algum tipo de acordo. Mas não tenho certeza de como vou me encaixar nesse cenário.

A Fallon pode escolher?, me pergunto, franzindo a testa. *Não. Isso não parece muito provável.*

A menos que ela não queira nenhum de nós.

Por que estou pensando nisso? A mulher morreu e voltou com quatro vínculos de companheiros predestinados. Isso não é normal.

Há algo mais acontecendo aqui. Algo importante.

Embora eu esteja agradecido por sua alma não ter se despedaçado, não sei o que pensar sobre esse novo desenvolvimento. Ela ainda guarda segredos, que suspeito serem muito mais importantes do que ela revelou.

Li o arquivo dela. Não há nada lá. Apenas algumas

frases vagas sobre como Klas a conheceu em missão e a tornou sua companheira. Aquela missão nem está documentada. É enigmático pra caramba e, apesar de termos colocado alguns de nossos melhores rastreadores nisso no ano passado, não encontramos muitas informações adicionais sobre o assunto.

Klas em si não tinha família, apenas amigos. E a maioria desses amigos morreu no ano passado, depois de ajudá-lo a atacar a sede da Casa de Ouro e Granada. A companheira de Vesperus se tornou uma espécie de deusa, moveu a lua e causou estragos nos idiotas que tentaram derrubar a liderança de nossa Casa.

Klas foi um dos poucos que sobreviveu para responder por seus crimes. O outro era o ex-assistente de Kaspian, mas ele não sobreviveu por muito tempo. Apenas Klas. E agora ele está morto, deixando Fallon como a única que sabe algo sobre suas origens.

Será coincidência o fato de que ela se tornou nossa companheira depois que ele morreu?

Será bruxaria? Algum feitiço? Um encantamento?

Ou será real?

Como isso pode ser real?

Ter múltiplos companheiros não é incomum, mas é raro. E, de repente, ela está ligada a nós quatro? Isso é um milagre dos grandes.

Mas talvez ela mereça esse milagre, penso quando chegamos ao palácio e começamos a subir para os aposentos de Kaspian no andar superior.

Faço uma careta.

O que há de errado comigo? Talvez ela mereça este milagre? Desde quando penso assim?

Isso deve ser algum tipo de feitiço. Ela é uma bruxa poderosa. É a única explicação lógica.

O que significa que precisamos rejeitar esse vínculo.

Estou prestes a dizer exatamente isso quando entramos nos aposentos de Kaspian, mas por algum motivo, as palavras se recusam a sair da minha boca. Elas... apenas ficam lá, pairando na minha língua. Me provocando. Me enfurecendo. *Mexendo comigo.*

— Isso deve ser algum feitiço — consigo dizer. — Algum tipo de truque. — *Pronto.* Eu não disse *rejeitar*, mas pelo menos consegui forçar a explicação da minha boca teimosa.

— Talvez — Kaspian diz, indo direto para o bar. — Mas certamente parece real.

— Porque é. — As palavras de Bane são objetivas, sua certeza palpável. — Senti uma conexão com ela desde que a conheci. Os vínculos de companheiros predestinados se encaixarem fazem sentido. É por isso que tenho estado tão atraído por ela, mas não conseguia me conectar completamente, por causa da interferência de Klas. Agora que ele está morto, ela é minha.

A maneira como ele explica torna tudo tão simples.

Só que *não* é simples de jeito nenhum.

— Você se sente atraído porque ela possui magia da morte e você é um espectro — digo a ele. — Isso é um atrativo natural. Kaspian é um vampiro. Isso também é um atrativo natural. Eu sou um arcanjo. Nunca me senti atraído por ela, nem estou.

Uma mentira completa.

Também tenho me sentido inexplicavelmente atraído pela fêmea. É por isso que não consegui matá-la no ano passado. Mas de jeito nenhum vou admitir isso.

Os olhos escuros de Bane brilham com conhecimento, mas ele não me chama de mentiroso. Só dá de ombros e diz:

— Se quer rejeitá-la, tudo bem. Não compartilho desse sentimento.

— Você não quer rejeitar o vínculo? — Kaspian pergunta enquanto serve três bebidas.

— Não, não quero. E duvido que o Nox também queira. Mas não é uma decisão nossa. Depende da Fallon. Vou respeitar o que ela desejar. — Bane pega um copo. — Também vou respeitar qualquer decisão que vocês dois tomarem. Só posso decidir por mim mesmo, e escolho seguir o que parece certo.

— Nada disso parece certo — murmuro quando Kaspian me entrega uma das bebidas. — Ela morreu e voltou, só para os vínculos se encaixarem. Isso não é normal.

— Não, não é — Kaspian concorda com sua atenção voltada para o líquido âmbar em seu copo. — Não posso aceitar esse vínculo quando não confio na garota. Ela está escondendo algo. E tudo isso... parece coincidência demais para mim.

Assinto. *Coincidência* é o termo certo.

— Se você pressioná-la demais, corre o risco de Fallon nunca confiar em você — Bane adverte.

Kaspian não tira os olhos da bebida.

— É um risco que estou disposto a correr.

Bane o estuda com atenção.

— Mesmo que os segredos dela se revelem irrelevantes para a nossa situação?

— Sim. — A atenção de Kaspian se volta para mim. — Precisamos voltar ao começo e realizar uma investigação completa sobre seu passado. Nossos rastreadores estavam mais focados em Klas do que em Fallon da primeira vez. Precisamos torná-la o foco desta vez e começar do zero.

Bane suspira, expressando sua opinião sobre o plano sem palavras. Mas o que o espectro não entende é que não importa quais sejam os segredos de Fallon. O que importa aqui é nossa incapacidade de confiar em nossa companheira destinada. Kaspian e eu estamos de acordo nisso: nenhum de nós tem certeza de que o vínculo é real. E não há como seguir em frente com esse tipo de dúvida pairando sobre nossas cabeças.

— Vou cuidar pessoalmente da investigação — digo a Kaspian.

Não me importo se Fallon me odeia por investigar seu passado. É o preço que estou disposto a pagar para garantir que Kaspian e os outros estejam devidamente protegidos.

Se ela me rejeitar por isso, que seja.

Vou viver com essa dor.

Mas pelo menos saberei se foi tudo real ou não.

— Enquanto isso, Bane, você e o Nox deveriam continuar protegendo Fallon como têm feito. Talvez esse novo vínculo a ajude a se abrir mais. — O tom de Kaspian me diz que ele não acredita que esse vínculo vá mudar alguma coisa, e concordo com ele nessa avaliação.

Fallon é forte e teimosa. O que quer que ela esteja escondendo deve ter um valor significativo para ela. Esse conhecimento quase me faz sentir mal pelo que terei que fazer.

No entanto, é um mal necessário. Uma tarefa que fui literalmente projetado para realizar. Assim como a necessidade potencial de matá-la se eu descobrir que ela está tentando prejudicar alguém em Ouro e Granada, inclusive eu.

Espero que não chegue a esse ponto, tanto para o bem dela quanto para o meu.

Minhas asas se abrem enquanto bebo o conteúdo da minha bebida, minha necessidade de começar esta jornada faz minhas penas coçarem. Não vou conseguir dormir esta noite, talvez não no futuro próximo. Mas valerá a pena se eu puder provar que as intenções de Fallon são genuínas.

— Vou começar na Irlanda — digo a Kaspian.

— Vou avisar ao Kieran para esperar por você — ele responde.

Curvo os lábios.

— Se eu fizer meu trabalho direito, ele nem saberá que estou lá. — Me esgueirar pelas fronteiras para outros territórios tem sido uma tendência minha desde que as linhas de fronteira foram criadas. — Entrarei em contato.

Coloco o copo no bar e vou para a varanda.

— Obrigado, Nolan — Kaspian murmura nas minhas costas, me fazendo dar uma pausa e arquear uma sobrancelha.

Isso é novo, penso, sem olhar para ele. Em vez de apontar isso, respondo:

— Não me agradeça até que o trabalho esteja concluído, Kas.

Então abro as portas e saio noite adentro.

Mas, em vez de ir direto para o oceano, vou em direção ao quarto de Fallon e me sento na grade da varanda.

As portas e cortinas estão fechadas, e eu fico olhando para o tecido escuro que esconde minha companheira da minha vista.

Te vejo em breve, pequena chama, penso para ela. *Seja boa para Kas e os outros enquanto eu estiver fora...*

BANE

Entro sorrateiramente no quarto de Fallon em forma de espectro para encontrar Nox deitado no sofá, seu olhar fixo no teto.

Passo por ele e começo a procurar por nossa companheira, mas suas palavras baixas me fazem recuar.

— Ela adormeceu.

A pequena saliência debaixo das cobertas na cama confirma sua afirmação, me fazendo retornar ao estado corpóreo ao lado do sofá.

— Ela comeu alguma coisa?

Ele balança a cabeça.

— Nada desde o café da manhã.

— Humm. — Isso foi há horas. — Ela precisa comer. — Vou para a cozinha para preparar algumas coisas que possam ser facilmente devoradas quando ela acordar.

Nox se junta a mim e olha para o frios com interesse. Em vez de esperar que ele pergunte, faço um sanduíche semelhante ao de Fallon e entrego a ele antes de montar um para mim.

Deixo o de Fallon em um prato e o coloco na geladeira, depois me junto a Nox à mesa.

Comemos em silêncio, nossos olhares se voltando para o quarto a cada poucos segundos. Não tenho certeza se é um resultado do instinto protetor ou do desejo de ver Fallon se mover, mas não consigo parar de olhá-la.

Minha companheira.

Meu futuro.

Minha Fallon.

Kaspian e Nolan podem não confiar nesse desenvolvimento, mas eu sim. Faz sentido demais para eu negar.

— Ela estava destinada a ser nossa — sussurro.

As palavras eram mais para mim do que para Nox, mas meu melhor amigo concorda imediatamente.

— Eu sei.

— Kaspian e Nolan não se sentem da mesma maneira.

Nox considera minhas palavras por um momento.

— Kaspian é velho e teimoso. Ele também acabou de se tornar rei de Ouro e Granada. Provavelmente vê isso como uma complicação, mais do que um presente, especialmente porque é a Fallon. Ela não vai se ajoelhar para ele do jeito que outras mulheres fazem, o que significa que ele terá que lutar pelo afeto dela.

Curvo os lábios com a perspectiva.

— Será divertido de assistir.

— A menos que ele estrague tudo — Nox aponta. — Nesse caso, teremos que dar uma surra nele, e não quero lidar com um mestre vampiro enfurecido com complexo de realeza.

— Ou um assassino arcanjo com uma queda por matar primeiro e fazer perguntas depois — observo, ciente das habilidades e da reputação de Nolan.

— Verdade. — Nox termina o último pedaço do

sanduíche e leva o prato para a pia antes de pegar duas garrafas de água da geladeira. Ele me entrega uma quando retorna, e seu foco imediatamente vai para a beleza no outro cômodo.

Sigo seu olhar.

— Ouvi um pouco do que ela disse quando acordou. Ela parecia tão surpresa quanto nós sobre os vínculos predestinados.

— Definitivamente. E talvez um pouco envergonhada também.

Dou um gole na água enquanto penso nisso.

— Você acha que ela pretende rejeitar o destino?

— Dado o que seu último companheiro fez com ela, não a culparia se ela se sentisse assim — Nox murmura. — Mas estou esperando que ela nos dê uma chance de provar que não somos como o Klas.

— Eu também. — Mas vou entender se ela não puder. Embora ela não tenha nos contado tudo, sei que ela passou por muita coisa.

Infelizmente, ela parece determinada a lidar sozinha com sua dor em vez de tentar confiar em outra pessoa. E algo me diz que nem o destino mudará a mente de Fallon a esse respeito.

Termino o sanduíche, e Nox pega meu prato. Somos uma equipe há tanto tempo, que nossas ações são perfeitas. Normalmente, eu cozinho e ele limpa. A menos que envolva bife ou hambúrguer na churrasqueira, então Nox se encarrega disso. Não que tenhamos churrasqueira aqui.

Embora eu goste da Islândia, definitivamente existem aspectos de viver nos Estados Unidos que sinto falta. Era o meu local favorito nos velhos tempos, especificamente na Costa Oeste. Mas quando o portal se abriu, voltamos para a Escócia, onde a maioria de nossa espécie vivia, principalmente por questões de segurança.

Mantivemos nossa existência em segredo até recentemente, pois sabíamos que outros seres sobrenaturais não gostariam da nossa habilidade de não sermos mortos. Nem temos certeza se os espectros podem morrer de velhice ou não; ninguém nunca tentou.

Claro, tiramos nossas próprias vidas para nos tornarmos espectros. Portanto, talvez seja por isso que paramos de envelhecer e nunca morremos novamente, só podemos perecer uma vez.

Nox me deixa na mesa e vai verificar Fallon, sua transformação em forma de espectro garante que ele não a acorde com seus passos. Assisto da minha posição sentada, observando a maneira como sua expressão fica reverente quando ele chega ao lado da cama dela.

Seus dedos flexionam, como se ele estivesse tentando não tocá-la, uma reação que eu entendo. Já me senti assim em inúmeras ocasiões.

Como ela não se mexe, ele retorna.

— Suponho que nossa ordem é ficar aqui e protegê-la? — ele adivinha depois de voltar a ficar corpóreo.

— Essencialmente, sim. Com o pedido adicional de fazê-la se abrir. — Kaspian está desesperado para descobrir tudo o que puder sobre Fallon, e, embora eu entenda seu raciocínio, também quero ser respeitoso com sua privacidade.

— Fingindo serem meus amigos, certo? — Fallon diz, com a voz baixa, mas que ecoa pelo quarto. — Não foi isso que você disse, Nox? — Ela rola para nos encarar, com a expressão cuidadosamente inexpressiva. — Não, você mencionou encontros. Me *seduzir* a falar.

Nox franze a testa.

— Acredito que estava tentando dizer a Kaspian para relaxar e parar de tratá-la como uma prisioneira, vaga-lume.

— Você disse a ele para me *seduzir* em troca de minhas informações — ela diz seriamente.

Nox se afasta da mesa e se aproxima dela.

— Eu estava tentando dizer a ele para parar de tratá-la como prisioneira e se lembrar de que você é uma pessoa com sentimentos.

— Uma pessoa que ele deve *seduzir* para arrancar meus segredos.

— Parece que você gosta muito desse termo, vaga-lume — ele murmura, sua voz abaixando um tom. — Devo tentar seduzi-la agora?

— Como se você pudesse — ela o repreende. — Vocês estão apenas tentando me interrogar de diferentes maneiras. Bane com sua comida e bondade. Você com seus... músculos e... e boa aparência. Kaspian com sua dominação. Nolan... na verdade, Nolan nunca me questiona. Ele preferiria atirar em mim do que conversar.

— Músculos e boa aparência — Nox repete. — Eu gosto disso.

— E é claro que foi tudo o que você ouviu.

— Quando minha companheira destinada está elogiando minha aparência? Sim, é tudo o que vou ouvir. — Ele se ajoelha ao lado da cama, pousando os cotovelos no colchão, enquanto dá espaço para ela, ao mesmo tempo que está perto. É uma posição proposital, uma que mostra a ela que ele está respeitando seus limites e, ao mesmo tempo, literalmente se ajoelhando para ela.

Existem poucos neste mundo para os quais Nox se ajoelharia, tornando essa uma posição significativa.

Me levanto e pego o prato de Fallon, assim como um pacote de batatas fritas sabor churrasco, algo que percebi ser seu favorito, e me junto a eles no quarto.

— Você precisa comer, senão vai extinguir sua chama interior — digo a ela, colocando a comida na mesinha de cabeceira. — Considere isso minha maneira de *seduzir* seus sentidos.

— Para me fazer falar — ela murmura.

— Eu nunca tentei fazer você falar, Fallon. Sei que forçar alguém a se abrir quando ela não está pronta não é uma boa ideia. — E tenho várias décadas de prática quando se trata de aconselhar os outros. Embora eu não veja Fallon como uma paciente, entendo sua necessidade de paciência.

— Então você vai simplesmente me encher de comida até que eu esteja pronta? — ela pergunta, incrédula.

— Vou cozinhar para você pelo resto da eternidade, porque eu quero — eu a corrijo enquanto me ajoelho ao lado de Nox para ficar mais próximo do nível dos olhos de Fallon. Sou muito alto para que isso funcione perfeitamente. Mesmo com ela sentada, ainda olharei para baixo, mas é melhor do que ficar de pé sobre ela. — Você é nossa companheira destinada, doce chama. E a minha linguagem do amor é a comida.

— Isso é verdade — Nox diz. — Bane adora cozinhar, mas só o faz para aqueles de quem gosta ou se preocupa. É por isso que ele nunca oferece nossas sobras ao Nolan.

Eu bufo.

— O Nolan nem tentaria comer qualquer coisa, mesmo que eu oferecesse.

Nox sorri.

— Tenho certeza de que a refeição favorita dele é a morte.

— Provavelmente é. — Ou algo incrivelmente desagradável. Na verdade, nunca vi o arcanjo comer. Mas também nunca prestei muita atenção às suas escolhas pessoais.

Fallon nos observa, seus olhos verdes cintilam em uma mistura de acusações e perguntas. Em vez de expressar qualquer uma delas, ela se senta e pega o pacote de batatas fritas que coloquei na mesinha de cabeceira.

Faço o meu melhor para controlar minha expressão, não querendo dissuadi-la com um sorriso. Mas por dentro, estou definitivamente sorrindo.

Antecipei suas necessidades, e sua satisfação é uma recompensa que irei saborear para sempre.

Ela coloca uma batata frita na boca, mastiga e engole. Em seguida, come mais uma antes de pegar uma garrafa de água na mesinha de cabeceira, uma das três garrafas que presumo que Nox colocou lá enquanto ela dormia.

Permanecemos em silêncio enquanto ela come, com nossos cotovelos apoiados na cama, como se fôssemos seus servos. O que, suponho, somos. Pelo menos em certa medida.

Ela come um pouco de seu sanduíche, seus olhos observando nossas posições ajoelhadas com interesse.

Após alguns instantes, ela coloca o prato de lado, franzindo a testa.

— Por que vocês dois estão fazendo isso?

— O que estamos fazendo? — Nox pergunta, perfeitamente ciente do que ela quer dizer, mas infundindo suas palavras com uma inocência impecável.

— Ajoelhados no chão — ela diz, em tom suspeito. — Isso é uma nova maneira de tentar me fazer falar? Fingindo se submeter ou algo assim?

— Não estamos nos submetendo — Nox murmura. — Apenas estamos respeitando seus limites.

— Se ajoelhando no chão em vez de se sentarem na cama? — ela soa incrédula. — Desde quando você não se sente à vontade na minha cama, Nox?

— Desde que você decidiu ficar brava comigo por tentar conversar com Kaspian — ele responde.

— Você estava na minha cama quando acordei mais cedo — ela aponta.

— Sim, antes de perceber que você estava brava comigo. — Ele olha para o colchão e depois para ela. — Agora que sei que você está zangada e o porquê, estou esperando para ser perdoado.

— Normalmente, se *pede perdão* quando se quer ser perdoado — ela o informa.

Ele murmura em entendimento.

— Entendi. Está bem, então. Peço desculpas porque o Kaspian é um idiota que não sabe como conversar com você.

Ela pisca.

Então solta uma gargalhada que faz meu coração disparar. *Quero fazer isso*, penso. *Quero fazê-la rir assim também.*

Mas desta vez, o momento é de Nox, e a forma como seus olhos azuis brilham me diz que ele está muito satisfeito consigo mesmo por isso.

Fallon balança a cabeça.

— Não era isso que eu queria dizer.

— Peço desculpas porque Kaspian precisa de aulas sobre como se comunicar? — Nox oferece, mexendo as sobrancelhas, fazendo Fallon rir novamente.

— Pedimos desculpas porque nossos comentários implicaram que só somos gentis com você para fazê-la falar — interajo, falando a sério cada palavra. — Não foi isso que nenhum de nós quis dizer.

Embora tecnicamente eu não tenha dito muito durante a conversa. No entanto, fui incluído por procuração.

— Ele está certo — Nox acrescenta, parte de seu humor se dissipando. — Eu estava apenas tentando dizer ao Kaspian para começar a tratá-la como uma pessoa. Nolan é quem mencionou *encontro* como tática de interrogatório.

— Mas você disse *seduzir* — ela lembra.

— Disse — Nox concorda. — Mas quando eu te seduzir, não será para fazê-la falar e sim para fazê-la gritar.

Seus lábios carnudos se entreabrem com a declaração franca, e suas bochechas coram em resposta.

— Eu, hum, ah. — Ela engole em seco. — Hum. — Ela limpa a garganta. — Está bem.

Tento não sorrir com a resposta, mas não consigo conter completamente o franzir dos meus olhos.

— Sabe que às vezes geme quando gosta de alguma comida? — pergunto a ela baixinho.

Ela pisca, provavelmente surpresa pela mudança repentina de assunto.

— O quê?

— Você solta esse som baixo, quase inaudível, mas eu ouço toda vez. — Estendo a mão para colocar uma mecha de seu cabelo loiro atrás da orelha. — Essa é minha única motivação quando faço comida para você: esse som. — Ela não o fez com as batatas desta vez, mas já fez antes. Foi assim que eu soube que eram as favoritas dela.

— Eu... — Ela limpa a garganta novamente. — Obrigada?

Desta vez, meu sorriso se liberta.

— De nada.

Nox também sorri para ela quando endireita sua postura, assim olhando para baixo devido às nossas diferenças de altura.

— Isso está... ficando estranho — ela diz. — Parem de se ajoelhar.

— Só se você disser que nos perdoa — Nox diz a ela.

Ela revira os olhos.

— Está bem. Eu perdoo vocês.

— Humm, não. Isso não foi muito convincente, vaga-lume. Vou precisar de um pouco mais de coração

Seus olhos verdes cintilam quando ela olha furiosa para Nox.

— O quê?

Ele não responde, apenas mantém o olhar com uma expressão expectante.

— Sabe de uma coisa? Se realmente quer o meu perdão, terá que me levar para passear por um dia. Em algum lugar fora dos limites do palácio. — Seu tom sugere um toque de sarcasmo, mas aqueles olhos verdes piscam com a necessidade de seu pedido.

Ela experimentou um sabor sutil de liberdade hoje com sua caminhada pelos túneis. E, embora provavelmente não tenha sido a experiência mais libertadora, deve ter reacendido sua necessidade de ter autorização de sair desses aposentos.

— Está bem — Nox diz.

— Está bem? — ela repete.

— Está bem — ele ecoa. — Vou falar com o Kaspian.

Ela bufa.

— Ele vai dizer não.

— Vai mesmo — Nox admite. — Mas Bane e eu o faremos dizer sim. — Ele olha para mim. — Certo?

— Claro — eu concordo. Porque agora Fallon é mais do que apenas uma hóspede no palácio; ela é nossa companheira. O que significa que temos o direito de fazer exigências em seu nome.

Fallon arqueia as sobrancelhas loiras.

— Vocês vão mesmo tentar convencê-lo?

— Claro. É o que você quer. — Nox faz parecer simples porque é. — Deixe comigo e Bane. Vamos resolver isso. E então podemos chamar de um encontro de verdade.

— Mas não um em que iremos tentar te fazer falar — acrescento rapidamente.

— Certo. Apenas um encontro. — Nox foca em mim. — Talvez na lagoa?

— Na lagoa seria legal. — Fui apenas uma vez e gostei muito do SPA termal. — Seguido de um piquenique?

Nox acena.

— Um encontro perfeito.

— Com os dois ao mesmo tempo? — Fallon solta, parecendo alarmada. — Espere, isso significa que vocês dois estão, ah, bem com isso? — Ela faz um gesto entre nós três, fazendo meus lábios se curvarem para baixo.

— Bem com o quê, exatamente? — pergunto.

— Os, ah, vínculos múltiplos, seja lá o que for — sugere.

— Nossos vínculos predestinados? — traduzo, olhando para Nox antes de encontrar o olhar de Fallon. — Por que não ficaríamos bem em sermos companheiros?

— Ah, porque eu me vinculei magicamente a vocês quatro? — ela sugere.

Magicamente foi uma escolha de palavra estranha, mas ignoro em favor do que ela realmente está dizendo.

— Você acha que estamos incomodados por você ter múltiplos vínculos de companheiros predestinados?

— Bem, sim — ela diz. — Vocês são quatro, eu sou uma só.

— E? — eu a incentivo, arqueando uma sobrancelha. — Se isso é o que o destino escolheu, não vou lutar contra ele.

— Estamos acostumados a compartilhar — Nox acrescenta. — Bane e eu sempre fomos um pacote.

Aceno.

— Ele está certo. Estamos juntos há quase um século. Não romanticamente. Mas como melhores amigos. — E frequentemente gostamos de ter uma mulher entre nós.

No entanto, o Nox pode ser um pouco mais aventureiro.

Daí seu relacionamento íntimo com Kaspian.

Não me envolvi tanto, mas já os vi brincar algumas vezes.

— Oh. — A palavra escapa dos lábios de Fallon, e suas bochechas coram novamente. — Então... um encontro. Lá fora?

— Lá fora — Nox confirma. — Mas provavelmente não hoje. Precisaremos de algum tempo para convencer Kaspian. Talvez possamos assistir a um filme hoje à noite em vez disso? A sua escolha?

O olhar dela se desloca de sua boca para seus olhos antes de ela olhar para mim e depois olhar para longe.

— Ah, sim, um filme é uma boa ideia. Mas, bem, preciso tomar banho de novo antes. Eu ainda... ainda me sinto terrível.

Você não parece terrível, penso, observando o rubor que se espalha pelo pescoço dela. *Você parece muito viva.*

Mas sei que não devo provocá-la. Especialmente depois de tudo o que ela passou hoje.

— Termine seu sanduíche e depois pode tomar banho — eu digo. — Você precisa da comida.

Nox pega o prato e o coloca no colo dela, suas ações concordam com as minhas palavras.

— Vou preparar um banho para você — ele murmura, ficando de pé. — Você pode relaxar primeiro e depois tomar banho.

— Não preciso que você faça... — Ela fica em silêncio quando ele desaparece no banheiro, claramente ignorando a fraca objeção dela.

— O jeito de ele de demonstrar amor é cuidar dos outros — eu a informo em voz baixa. — Você vai se acostumar com isso, assim como se acostumou com as minhas refeições.

Ela assente, mas não diz nada e morde seu sanduíche.

Quando ela termina, Nox volta com uma toalha fofa pendurada sobre o braço.

— Adicionei os sais que você gosta.

Ela o encara, arqueando uma sobrancelha.

— Como você sabe quais sais eu gosto?

Ele aponta para si mesmo.

— Voyeur, lembra?

— Então você me viu no banheiro — ela acusa, semicerrando o olhar.

Ele encolhe os ombros.

— Não do jeito que você pensa.

— Aham. — Ela sai da cama e pega a toalha dele.

— Normalmente desvio os olhos — ele lhe diz.

— Claro.

— Mas não vou desviar mais — ele continua, ignorando a resposta sarcástica dela. — Agora que sei que você é minha.

Fallon paralisa a caminho do banheiro, e eu daria qualquer coisa para ver sua expressão, mas ela está de costas.

Depois de um tempo, ela continua a andar, claramente sem ter mais respostas rápidas para o meu melhor amigo atrevido.

Quando a porta se fecha, olho para ele.

— Quantas vezes você a viu tomar banho?

— Nem uma única vez — ele admite. — Mas a encontrei desacordada algumas vezes, e uma dessas vezes foi depois de um banho. Então notei os sais.

Isso se parece mais com o Nox. Ele pode brincar sobre espiá-la, mas é tudo em tom de brincadeira porque ele gosta de provocar. Meu melhor amigo sempre valorizou o consentimento, e duvido que seja diferente com a Fallon.

— Então, como vamos convencer o Kaspian a nos deixar levá-la para a lagoa? —pergunto enquanto me levanto.

— Não tenho certeza — Nox massageia a parte de trás do pescoço. — Suspeito que vou precisar implorar de forma sensual.

— Isso pode não funcionar no humor atual dele.

— É por isso que sugeri um filme para hoje à noite. Isso me dará algum tempo para descobrir como abordar o Kaspian.

Concordo.

— Também nos dará algum tempo tranquilo com a Fallon. Talvez ajude a ela a ver como a vida pode ser se ela nos aceitar.

— Sim. Embora eu ache que o último ano tenha sido uma boa introdução de como seria a vida. Exceto pela parte do confinamento.

— Verdade — concordo. — Mas nós vamos fazer dar certo.

— Vamos. — Ele sorri. — Porque ela é nossa.

Curvo os lábios para combinar com a expressão dele.

— Sim. Ela é.

O que significa que não preciso mais ignorar o jeito que ela me faz sentir.

Porque não é mais proibido ou inadequado sentir atração por ela.

O destino nos considerou compatíveis. Agora, só precisamos convencer a Fallon a aceitar o caminho do destino.

Nos deixe te adorar, doce chama. Prometo que não se arrependerá.

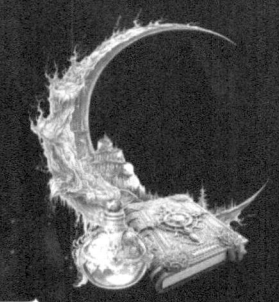

FĀLLON

Issy? Não tenho notícias da minha irmã gêmea desde a execução de Klas, e isso está me deixando inquieta. *Você está bem?*

Observo o que me rodeia enquanto espero pela resposta dela.

Bane e Nox dormiram no sofá depois de assistirem a uma trilogia comigo ontem à noite. Os dois pareciam relutantes em me deixar sozinha, me lembrando das vezes em que me encontraram depois de um dos meus pesadelos.

Depois de acordar esta manhã, Bane preparou café.

Nox limpou.

Então disseram que estava na hora de falar com Kaspian.

Agora estou olhando para a sala, me sentindo muito mais sozinha do que deveria.

Porque não consigo ouvir a Issy, digo a mim mesma. *É por isso que me sinto assim. Não tem nada a ver com meus supostos companheiros ou com eles me deixarem em minha gaiola dourada.*

Passo os dedos pelos cabelos emaranhados, ciente de

que ainda não os escovei hoje. Não que minha aparência sonolenta parecesse afetar Bane ou Nox. Na verdade, os dois olharam para mim com adoração aberta esta manhã.

Feitiço estúpido, penso, irritada com a forma como está manipulando a mim e aos meus *companheiros*.

Bane e Nox não gostam de mim. Sei disso. Mas experimentar o afeto deles me fez desejar que esses vínculos predestinados fossem reais.

A maneira como eles se ajoelharam para mim ontem à noite... engulo em seco. *Uma garota poderia se acostumar com esse tratamento muito rápido.*

Hum? A voz grogue de Issy ecoa em minha mente. *Que tratamento....?*

Issy? Me sento mais ereta no sofá. *Você está bem?*

Ela resmunga algo ininteligível.

Eu franzo a testa. *Você não parece muito bem.*

Ela não responde de imediato, mas posso senti-la se mexer.

Issy. Meu estômago aperta. *Aconteceu alguma coisa?*

Pai... Ela para.

O que ele fez?

Sem resposta.

Issy.

Me dê... um minuto, ela resmunga para mim, o sarcasmo transparecendo nessas quatro palavras.

Ela odeia quando me preocupo, mas é meio difícil não fazê-lo com tudo que está acontecendo.

Me levanto e começo a andar, voltando o olhar para o relógio da cozinha enquanto me movo.

Um minuto.

Dois.

Três.

Cinco.

Minha carranca se aprofunda a cada passo. *Algo está muito errado.*

Sete.

Dez.

Doze.

Quando o relógio marca quinze minutos, digo o nome dela novamente.

Droga, ela responde. *Aposto que você não duraria mais de quatro minutos sem falar comigo e triplicou essa expectativa de tempo.*

Paro de andar. *Issy.*

Fallon, ela me imita.

Você é inacreditável.

Eu sei.

Eu estava preocupada!, respondo a ela.

Eu sei, ela repete. *Agora me conte sobre esse tratamento.*

O quê?

O tratamento em que você estava pensando tão alto que me acordou do meu cochilo induzido por feitiço.

Cochilo induzido por feitiço? Eu repito.

Não. Compartilhe sua história, então eu compartilharei a minha.

Reviro os olhos. Issy é tão teimosa quanto eu, o que significa que ela não cederá até que eu me explique primeiro.

Merda de feitiço de acasalamento, resmungo para mim mesmo.

Felizmente, Issy não ouve essa parte. Principalmente porque desta vez não deixei nosso vínculo telepático totalmente aberto. Antes, eu estava esperando-a responder e basicamente pensando em voz alta. Exceto que eu não estava usando tanto minha voz física quanto mental, e conversando abertamente com minha irmã.

Às vezes, nossa conexão é complicada.

Mas temos mais de duas décadas de experiência em

aperfeiçoá-la, o que tornou meu erro no *tratamento* um caso raro.

Estou esperando, ela fala cantando.

Sim, sim, murmuro para ela.

Então conto a ela tudo o que aconteceu, começando com a execução de Klas, minha visita ao plano da morte, a incapacidade de realizar o feitiço da ressurreição e meus novos vínculos enfeitiçados, terminando com as reações de meus novos *companheiros* espectros.

Hum.

Hum?, repito. *Isso é tudo que você tem a dizer?*

Bem, sim. É interessante.

Interessante. Estou começando a me sentir como uma câmara de eco. *É uma baita confusão, Issy.*

Como assim?

Se ela estivesse parada na minha frente, eu teria olhado boquiaberta para ela. *Por que não é real?* eu sugiro. *Porque é aquele feitiço de magia sombria do Daithi se recuperando? Quero dizer, quando Klas morreu, a magia teve que ir para algum lugar e me prendeu a todas as outras almas na sala.*

Issy fica em silêncio por um momento. *Talvez.*

O que você quer dizer com talvez?, pergunto, franzindo a testa. *Que outra explicação existe?*

Destino? ela oferece. *Quero dizer, você passou o último ano com todos esses caras e me disse o quanto eles são atraentes...*

Eu zombei. *Só porque acho que eles são atraentes, não significa que estejam predestinados a serem meus companheiros, Issy. E criar um vínculo de alma com os quatro? Não há como ter tanta sorte. Sem mencionar que vínculos predestinados são entre duas almas, não várias.*

Normalmente, ela concorda. *Mas não sempre. Existem pares multidestinados. Talvez o destino tenha decidido que você mereceu o seu.*

Uma risada sem humor me escapa. *O destino é uma vadia que nunca me daria uma mão tão boa.*

Dadas todas as outras mãos que você recebeu, parece justo que o destino lhe dê um monte de homens gostosos como cartas de baralho, ela argumenta. *Você merece ser querida e amada, Fallon. Todas nós merecemos.*

Eu suspiro. *Não estou dizendo que não mereço ser amada ou querida, mas parece altamente improvável que isso seja realmente o destino. Deve ser o feitiço se recuperando.*

Só há uma maneira de descobrir, ela diz. *Você poderia tentar rejeitar um deles.*

Sim, e quando não funcionar, o que acontece? Eu pressiono.

Se não funcionar, você saberá que é o feitiço.

E eles também, indico.

Verdade. Então talvez seja hora de você contar a eles sobre isso e informá-los sobre o que o Clã dos Excluídos tem feito.

Meus cílios tremulam. *O quê?*

Eles estão envolvidos agora, Fallon. Quer queiram ou não, se o feitiço os uniu, eles estão envolvidos.

Me sento no sofá, sentindo meus pulmões esvaziarem no caminho. *Merda.*

Sim.

Mordo o lábio. *Eu... acho que ainda não estou pronta para contar a eles. Também não tenho certeza de como começar a explicar isso.*

Não precisa ser hoje, Issy ressalta. *Mas eu faria isso em breve. Se eles descobrirem sobre o feitiço antes de você contar, isso vai te deixar em uma situação ruim.*

Eu sei.

Então, eu não ficaria sentada por muito tempo, ela enfatiza. *Esses caras te conhecem há um ano. E não me importa o que você diga, esses espectros estão apaixonados.*

Você nem os conhece, Issy.

Não preciso conhecê-los. Sei como eles fazem você se sentir e o que fazem por você. Isso não é comportamento de guarda, Fallon. Esse é o comportamento de adoração. Eles querem você há meses.

Eu bufo. *Tudo o que esses caras querem são meus segredos.*

Talvez eles queiram seus segredos para que possam se permitir te querer, ela sugere. *E não se preocupe em discutir comigo sobre isso. Fazemos isso repetidamente há meses. Apenas... lhes dê uma chance. Eles não são Klas.*

Não, eles definitivamente não são Klas, concordo, pensando em como Nox e Bane foram gentis no ano passado. Especialmente ontem à noite.

Fecho os olhos e os imagino ajoelhados novamente, com os olhos atentos. Meu estômago se agita, aquela é uma imagem que provavelmente nunca esquecerei.

Eles se ajoelharam diante de mim, penso, maravilhada, as palavras para mim e não para Issy. *Tudo porque pensam que somos companheiros...*

Meus ombros caem e eu balanço a cabeça. Eu poderia andar em círculos por horas sobre isso e não progredir em nada.

O que eu preciso é de uma distração.

Cochilo induzido por feitiço, penso, me lembrando da declaração anterior de Issy. *O que você quis dizer sobre seu cochilo induzido por feitiço?* pergunto a ela através do nosso vínculo telepático.

Issy sopra uma mensagem em minha mente. *Eu sabia que você não iria deixar isso passar.*

Obviamente, não. O que está acontecendo?

É complicado.

Acho que sei um pouco sobre coisas complicadas agora, Issy.

Acho que prefiro a sua versão de complicação, Fallon, ela murmura de volta. *Eu... na verdade não sei como explicar isso. Acho que ainda estou dormindo agora. Nada no meu quarto parece certo.*

Franzo a testa. *O que você quer dizer?*

Bem, para começar, meus livros estão em branco. Então isso não é normal, certo? E juro que meus lençóis têm um tom diferente de azul. Ela parece frustrada. *Ou estou enlouquecendo ou os patriarcas me colocaram em algum tipo de com...*

Um grito agudo ecoa pela minha mente, interrompendo as palavras de Issy e distorcendo tudo ao meu redor.

Issy! grito, cobrindo os ouvidos com as mãos em um esforço inútil para silenciar a sirene. *Que merda é essa?!*

Se ela responde, não consigo ouvi-la.

Puta merda. Caio no sofá, meus joelhos tocando meu peito enquanto me enrolo em uma bola apertada. *Merda. Merda. Merda!*

Meu mundo começa a nadar, o ar parecendo ondulações de água que não deveriam existir.

Não. Não é água. *Névoa.*

Balanço a cabeça, tentando clareá-la, mas aquele alarme estridente só soa mais alto.

Fecho os olhos e meu corpo treme com o tormento das ondas sonoras escaldantes pulsando em minha mente.

O que está acontecendo? Que barulho é esse?

Estou tonta.

Desanimada.

Perdida.

Minhas mãos tremem, minhas unhas estão cravadas na pele, mas aquele grito retumbante permanece.

Até que, de repente, tudo para.

E um silêncio diferente de qualquer outro que já experimentei se instala ao meu redor em um mar de névoa fria. As gotas de água gelada tocam minha pele, me lembrando o voo da morte.

Issy? sussurro.

Silêncio.

Engolindo em seco, tento espiar ao meu redor,

esperando de todo coração ainda estar na sala de estar da suíte de hóspedes de Kaspian.

Mas sei antes mesmo de meus cílios começarem a levantar que não estou.

Estou às portas da morte novamente.

Só que desta vez não estou sozinha.

Estou cercada por outras almas.

Os patriarcas, percebo, reconhecendo as formas encapuzadas. Os sete estão aqui.

Eles juraram arrastar meu espírito para um tormento perpétuo se eu recusasse seu decreto, e parece que cumpriram essa ameaça.

Porque não estou apenas na vida após a morte, estou acorrentada a uma pedra mortal de obsidiana.

E o posicionamento dos patriarcas me diz que estou prestes a ser sentenciada.

Merda.

KASPIAN

Alguns minutos antes

Esses dois querem levar Fallon para sair? *Fora* do palácio?

— De jeito nenhum.

Nox suspira.

— Vamos, Kas. Ela está presa há mais de um ano. Estamos pedindo uma tarde. Um único passeio. O que de tão ruim pode acontecer?

— Não sei — respondo. — Esse é o problema.

— Ou você confia em nós para protegê-la ou não — ele diz, cruzando os braços. — O que vai ser, cara?

Fico olhando para ele.

— Você não pode estar falando sério. Se eu não confiasse em vocês para protegê-la, não teria lhes dado o posto.

— Então me deixe escolher como protegê-la — ele rebate. — Caso contrário, sou apenas uma babá sofisticada encarregado de vigiar a bruxa dentro de uma propriedade já bem protegida. Isso não é muito desafiador, Vossa Majestade.

— Sarcasmo à parte, o Nox tem razão — Bane o interrompe. — Nós dois estamos mais do que equipados para protegê-la adequadamente fora daqui. Principalmente em algum lugar como a lagoa, onde podemos fechá-la por uma tarde e ficar só nós três.

— Não é como se estivéssemos pedindo para ir a um cemitério — Nox acrescenta. — Só queremos levá-la para nadar.

— Então levem-na até a piscina do Vesperus no telhado — sugiro. — É fora do quarto dela, e é o que vocês estão solicitando, certo?

Nox me lança um olhar que diz que está desapontado.

— Isso não vai funcionar, Kas. Prometemos a ela um dia fora do palácio.

— Não é problema meu que você tenha feito uma promessa que não tinha o direito de expressar — digo a ele. — Fallon não tem permissão para sair do palácio. Ponto final.

Bane coloca a mão no peito de Nox, pausando o que quer que o outro homem estivesse prestes a dizer.

— Tudo bem — Bane começa. — Você quer que ela fale. Quer os segredos dela. Mas até agora, nenhum de nós conseguiu conquistar sua confiança.

— Estou ciente — digo sem expressão.

— Bem, ela nunca vai confiar em nós enquanto estiver sendo mantida em cativeiro, e dado que ela acabou de se tornar nossa companheira destinada, acho que é hora de começarmos a explorar alternativas. Tudo o que pedimos é uma tarde. Dê-nos guardas extras se precisar. Mas vamos pelo menos tentar apaziguar a Fallon. Talvez ela nos surpreenda.

— É com a parte da *surpresa* que estou preocupado — lembro a ele.

— E eu entendo, mas nenhum de nós pode saber o que ela vai fazer até que ela faça — ele responde em voz baixa. — Então por que não dar uma chance a ela? Talvez ela nos dê algo em troca. Afinal, estamos vinculados a ela agora.

— Tentamos a mesma abordagem há mais de um ano, sem muito sucesso — Nox acrescenta. — Precisamos de algo novo, Kas. Vamos tentar isso. *Confie* em nós para protegê-la. Por favor.

Passo a mão no rosto e balanço a cabeça.

— Não se trata da minha fé em vocês dois. É a incerteza do que ela pode fazer.

— Mas sabemos o que ela pode fazer — Bane enfatiza. — Nós sentimos isso. E ela não fez nada parecido desde que Nyx a libertou do domínio compulsório de Klas.

— Certo. E agora ele está morto, então sabemos que ele não pode reacender aquele feitiço novamente. — Nox dá de ombros. — Não direi que ela é inofensiva, mas direi que não acredito que ela vai machucar alguém de forma intencional.

— Acho que até você pode concordar com a avaliação do Nox, Kaspian. — Os olhos escuros de Bane brilham. — Ela pode te responder, mas nunca expressou má vontade. Caramba, ela até transmitiu mensagens do Slater no ano passado, quando ele acidentalmente entrou no quarto dela em vez do seu.

— Embora de má vontade — Nox reflete. — Mas ela garantiu que você entendesse a mensagem.

— Ela também foi educada com todos os seus funcionários, não criou confusão além das discussões com você e, em geral, respeitou todos os seus desejos, apesar de não gostar das circunstâncias. — A expressão de Bane é calculista, mas seu tom é simplesmente informativo.

— Vou repetir que está na hora de uma abordagem alternativa — Nox diz. — Deixe-nos tentar. Confie em nós para protegê-la e à nossa Casa. Você sabe que somos leais a você. Sabe do que somos capazes. Tudo o que pedimos é um pouco de fé.

Tensiono a mandíbula.

Isso não tem nada a ver com fé ou confiança em Bane e Nox. Eles provaram seu valor para mim desde o início, conquistando um lugar em minha equipe pessoal semanas depois de nos conhecermos. Eu confio minha vida à eles.

Como faço para que eles entendam que é com Fallon que estou lutando para...

Um grito interrompe meu foco, e sua origem envia um choque gelado em minhas veias. *Fallon.*

— O que foi isso? — Nox pergunta, imediatamente alerta.

Uma lâmina de metal brilhante cai na palma da mão de Bane enquanto ele olha ao redor, em busca da ameaça.

— Fallon — digo, sem me preocupar em elaborar. Meus sentidos vampíricos são superiores aos dos espectros, me permitindo ouvir seus gritos vindos da outra sala.

Nox e Bane desaparecem instantaneamente, adotando as formas etéreas. Presumo que estejam pegando um atalho pela parede, o que não posso fazer.

Então corro para a porta até o alojamento ao lado do meu.

Os espectros já estão corpóreos lá dentro, os dois ajoelhados ao lado do sofá, com as mãos em Fallon, agora inconsciente.

Ela está pálida. Espectral. *Morta.*

Assim como depois da execução de Klas.

LEXI C. FOSS

— Que merda está acontecendo? — questiono. — Por que isso continua acontecendo?

Os olhos escuros de Bane mostram uma nota de medo quando ele olha para mim.

— Não sei. Este não é como os outros episódios.

— Devemos reanimá-la? — Nox pergunta, suas mãos pairando sobre ela enquanto a indecisão guerreia em seu olhar.

— Ela não está... — Bane para, levando a cabeça ao peito dela. — Ela não está morta.

Nox franze a testa.

— Mas não está respirando.

— O coração dela também não está batendo — acrescento, meus ouvidos vampíricos notam falta do som de sua pulsação sedutora.

— Eu sei. — Bane está com a testa franzida quando olha para mim e depois para Nox. — Mas ainda posso sentir nossa conexão. O que significa que ela não pode estar morta.

Nox considera isso por um longo momento antes de dizer:

— Eu também a sinto.

Tensiono o queixo quando percebo que também a sinto dentro de mim, sua alma ligada à minha, apesar de não termos finalizado nossos vínculos.

Porque não a rejeitei.

Ainda quero rejeitá-la? Essa é uma pergunta que está girando em minha mente desde que de repente me vi ligado a ela.

Há alguns dias, eu teria dito: *Sim, com certeza quero rejeitá-la.*

No entanto, agora não estou tão certo. Principalmente porque parece errado pronunciar essas palavras em voz alta. Tudo isso faz parte da magia da alma gêmea, o que torna difícil rejeitar um vínculo predestinado por um motivo.

Nunca pensei que esse tipo de coisa iria me impactar.

Vivi muito tempo sem companheira e estava bem com isso.

Mas Fallon... Fallon está mudando tudo.

E agora ela se assemelha à morte.

— O que devemos fazer? — Nox pergunta, tirando a pergunta da minha boca.

— Esperar — Bane diz. — Exatamente como ontem.

Tensiono o maxilar novamente diante desse plano. Sempre fui um homem paciente, mas esta mulher testa minha paciência a cada passo. Mesmo nisso.

— Vamos dar a ela cinco minutos. Então vamos ressuscitá-la.

— Não acho...

— Ela só ficou fora por cinco minutos ontem — interrompo o argumento de Bane. — Então vamos dar a ela cinco minutos hoje. Depois vamos reanimá-la.

Me recuso a discutir alternativas.

Minha companheira está morta.

Isso é inaceitável. Não quando ainda não tive a chance de decidir como proceder com esse vínculo. Não quando não conheço seus segredos. Não quando não a conheço de verdade.

Se você realmente foi feita para ser minha, então você vai acordar e discutir comigo sobre isso, penso para ela, com os braços cruzados. *Então aproveite o que sobrou da sua soneca, linda. Porque teremos uma longa conversa quando você acordar.*

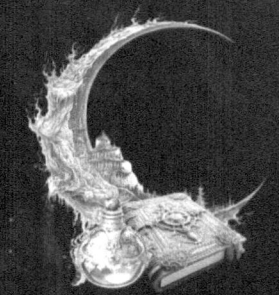

FALLON

— FALLON DOYLE, você foi considerada violadora do decreto número três mil quatrocentos e sete. — A voz masculina profunda pertence a Patrick O'Neely, mas não consigo ver suas feições por baixo do manto.

Os sete patriarcas formaram um arco ao meu redor.

Um deles é meu pai. Ele recuperou sua posição na mesa do conselho depois de garantir meu acasalamento com Klas.

Os outros cinco são figuras masculinas, completando o círculo de liderança do Clã dos Excluídos. Juntos, o poder deles é imenso, superando minhas habilidades e as de todos os outros no caminho.

Não importa que as fêmeas de nossa espécie tendam a ser mais fortes que os machos, porque estes homens foram abençoados com as artes das trevas, permitindo-lhes assim uma irmandade única que supera todas as outras magias dentro do nosso clã.

As matriarcas podem servir como figuras de proa do Clã dos Excluídos para o mundo exterior, mas são inteiramente controladas pelos companheiros do sexo masculino.

Tudo por causa dos homens encapuzados que me cercam agora.

Estremeço quando a presença deles pressiona meu espírito, me forçando a me curvar no plano da morte.

Esta é a fonte do meu poder. Um lugar de onde eu deveria ser capaz de extrair grande energia. No entanto, estou algemada a uma pedra da morte. Sinto muito frio. Estou tão *só*.

Fallon Doyle honrará o Clã dos Excluídos aderindo ao nosso antigo compromisso: companheiros leais morrem com seus amados. Ou esses companheiros serão punidos com destinos piores que a morte. As palavras são um canto, falado por todos os patriarcas ao mesmo tempo, o que cria uma estranha reverberação ao meu redor.

Engulo em seco, sentindo minha alma estremecer com o poder que pesa sobre mim. Ele faz com que me curve ainda mais, encostando a testa na rocha gelada, o que faz a ferroada da morte acertar meu espírito.

— Você falhou em seu dever de companheira, Fallon Doyle — Patrick O'Neely continua. — Você será punida.

— Você será punida — os outros seis patriarcas ecoam.

— Nikolas O'Neely vagueia sozinho pela vida após a morte, sua alma perdida como resultado da conexão cortada. Vamos uni-los mais uma vez, atrair o espírito dele para o seu e permitir que ele administre sua punição por toda a eternidade — o Patriarca O'Neely diz.

Minhas veias gelam, meu coração inexistente parece congelar no peito.

Não estou corpórea aqui. Não de verdade. Mas parece. É uma sensação tão bizarra que mexe com meu estado mental.

Estou viva ou morta?

Eu me sinto viva.

Sinto a pedra da morte. Sinto as vibrações frias no ar. Sinto o poder que prospera aqui. Sinto meu pulso acelerar na tentativa de aquecer minha forma gelada. Sinto minha própria respiração.

Como é possível? Isso faz parte da minha condenação?, me pergunto, curvando os dedos nas palmas das mãos. *Também sinto isso: minhas unhas roídas. Isso é normal?*

Os patriarcas começam a cantar, as palavras em uma língua antiga.

Issy? sussurro, tentando me conectar com minha irmã. *Você está aí?* Ela seria capaz de me dizer o que está acontecendo, que feitiço eles estão invocando agora.

Mas ela está em silêncio.

Separada da minha alma.

Lágrimas ameaçam cair de meus olhos, não por desespero, mas por algo muito mais forte. Muito mais irritado. Muito mais *poderoso*.

Estou cansada de ser um peão.

Estou muito cansada da maneira como o clã trata a mim e à minha irmã.

Exausta de toda essa besteira.

Por que meu espírito é devido a Klas? Acasalei com ele no mundo real, cumprindo minha obrigação familiar de proteger minha irmã. Não foi minha culpa que Klas tenha saído dos trilhos e tentado derrubar a Casa de um Rei. No entanto, sou eu quem está sendo perpetuamente punida por suas ações.

Presa em uma torre dourada.

Interrogada por mais de um ano.

Ordenada a morrer ao lado dele.

Sujeita a caminhar com ele na vida após a morte.

Não. Eu me recuso. Cansei de aceitar tudo.

Preciso encontrar uma maneira de sair daqui, revidar, salvar Issy. *Fugir.*

Nada disso saiu conforme o planejado. Íamos fingir minha morte, então todos presumiram que deixei o mundo para ficar com Klas, assim como fui ordenada a fazer.

E então eu ajudaria Issy a fugir. Para onde, eu não sabia. Foi um plano elaborado rapidamente que explodiu na minha cara durante a execução.

Quando acasalei com quatro machos como resultado de um feitiço...

Eu franzo a testa com o pensamento.

Eu... ainda posso *senti-los*, meus novos companheiros.

Kaspian. Bane. Nox. Nolan.

Isso significa que ainda estou viva?

O canto continua girando ao meu redor, os patriarcas tecendo seu feitiço e me afogando em magia mortal. Arrepios e queimaduras, a sensação me lembra cubos de gelo dançando ao longo da minha pele. Mas em vez de deixar um beijo frio para trás, o toque parece... úmido. Como se o gelo estivesse derretendo com o contato.

O que me faz pensar se estou realmente etérea aqui.

Como estou derretendo o feitiço deles? Isso é normal?

Se os patriarcas estão preocupados, não demonstram. As vozes deles se fortalecem, as palavras repetitivas vêm mais rápido e criam um redemoinho de névoa esfumaçada que gira de forma ameaçadora ao meu redor.

Mas se dissipa quando toca minha pele.

Derrete. Drena. *Desaparece.*

Apenas para girar novamente.

Mais forte agora.

Mais *frio.*

Mas parece que fico mais quente em resposta, com minha alma rejeitando a magia.

O que está acontecendo?

O ar quente sopra em meus pulmões, espalhando mais daquele calor delicioso em minhas veias e afugenta o frio do plano da morte. Dissipa o encantamento, me firmando em um plano que não deveria existir.

Renovam-se as guerras de conflito à minha volta à medida que o canto dos patriarcas se torna mais áspero, mais alto, mais proeminente e o meu espírito revida.

A pedra da morte ressoa abaixo de mim, a atmosfera gelada pulsa em resposta à minha forma em chamas.

Alguns capuzes se levantam para revelar vários pares de olhos vermelhos.

As almas dos patriarcas, penso, sentindo a garganta ficar seca de repente.

Apenas para que outro fôlego saia de mim.

Empurrando. Vendo. *Exigindo* que eu inale.

Então expire.

E inspire de novo.

Meus ossos começam a tremer, minha forma é muito mais existente neste plano do que deveria ser possível. Mas, de repente, me sinto muito viva. Vibrante. Renovada.

Eu me pergunto... empurro as algemas, sua existência é algo que posso sentir mais do que ver, e sinto-as se esticar sob meus movimentos. *Só um pouco mais...*

O vidro se estilhaça ao meu redor, o som é surpreendente. Não. Não é vidro.

Gelo.

Das amarras.

A pedra da morte se transforma em pó debaixo de mim e depois se transforma em um estranho líquido prateado. Olho para ele, confusa, a substância brilhante é estranhamente sedutora.

Depois começa a se infiltrar nas rochas perto dos meus pés, me proporciona outra explosão de vitalidade.

Outra inspiração.

Outra expiração.

Um pulsar.

Fecho os olhos, me deleitando com o contentamento que essa sensação me traz. Isso me lembra uma tarde de verão com o sol batendo em minha pele exposta.

Um suspiro me escapa.

Isto é pacífico.

Esta é a vida.

— Fallon. — A voz profunda me assusta, meus membros paralisam imediatamente.

Os patriarcas estão tentando...

— Fallon — o homem repete.

Só um. Um homem. Não é uma série de vozes.

Meus lábios se curvam.

Patriarca O'Neely?

Não. Aquela voz era muito... calmante... para ser...

— Vamos, pequena chama — o homem sussurra. — Abra seus olhos para nós.

O roçar dos nós dos dedos em minha bochecha acompanha as palavras baixas e o toque afugenta os restos do plano da morte.

Estou aquecida aqui.

Segura.

Viva.

Mas como...?

— Acorde, srta. Doyle — uma voz com sotaque exige. — Agora.

Franzo a testa, meu instinto de me rebelar contra aquele tom severo acelera meu coração. *Talvez eu não queira acordar...*

— Por favor, vaga-lume — um terceiro homem murmura. — Sinto falta das suas lindas íris verdes.

Meu desafio desaparece, meu coração pula um pouco com essas palavras.

— Talvez precisemos de algo mais forte para tirá-la dessa situação — diz o severo.

— Ou talvez você precise melhorar seu comportamento ao lado do leito — a terceira voz responde. — Sério, não sei como ou por que você esquece todas as suas sensibilidades quando a Fallon está presente, mas que tal deixar eu e Bane cuidarmos disso?

O severo grunhe.

E a carícia dos nós dos dedos em minha bochecha arrepia meus sentidos mais uma vez.

Toda a tensão parece derreter do meu corpo, o beijo residual da morte se dissipa junto com ela e me deixa mais confortável do que há muito tempo.

Se esta for a vida após a morte, eu aceito, decido. *Ou talvez isso seja um sonho.*

Independentemente disso, vou aproveitar.

Porque seja o que for, não vai durar muito. Os patriarcas vão me chamar de volta para minha punição a qualquer momento e...

Fallon! Issy grita em minha mente, fazendo meus olhos se abrirem.

— Issy — murmuro. Me sento e quase colido com um dos homens sentados ao meu redor. *Não, não sentado. Ajoelhado.*

Balanço a cabeça, a semântica não importa.

Issy? Eu a chamo. *O que está acontecendo?*

Se esconda... feche... não deixe... Suas palavras estão distorcidas, cada uma delas saindo em um som estridente que me faz estremecer.

— Fallon? — um dos homens pergunta.

— Shh — eu o silencio, precisando me concentrar. *O que está acontecendo, Issy?*

Assumindo... o controle... eu... sinto muito... Suas palavras são um sopro em minha mente e sua agonia perfura meu espírito.

— Os patriarcas — digo para mim mesma, perdido em uma nuvem de confusão. — O que vocês estão fazendo com a Issy?

Olho ao redor, em busca de respostas, e meu coração dispara com tanta força que consigo ouvi-lo martelar em meus ouvidos. Uma marcha perpétua da morte. Uma bomba-relógio.

O som de um relógio em contagem regressiva...

Eu pisco, assustada.

Onde estou? O que aconteceu com o voo da morte?

Não tenho certeza se estou falando em voz alta ou mentalmente. Não tenho certeza de nada. Mas posso sentir a dor de Issy, seus gritos mentais trazendo lágrimas aos meus olhos.

Issy...

Aperto o peito. Sua dor perfura minha alma e me deixa de joelhos.

Porque, de alguma forma, estou no chão.

Há mãos em mim. Mãos que não conheço. Mãos que não me pertencem.

Companheiros, uma parte de mim reconhece.

Mas esse termo me causa choque.

É Klas tentando me arrastar para o túmulo... me possuir... destruir minha alma... me torturar por toda a eternidade.

— Fallon! — um homem grita, o tom é misturado com impaciência e provoca um grito na minha garganta.

Não quero falar com *ele*, aquele que me questiona constantemente.

Puta merda, estou confusa. Perdida. Girando em um mar de presente e passado, enquanto Issy grita na minha cabeça.

Apenas para ficar estranhamente quieto.

Muito quieto.

Como se a voz dela tivesse sido apagada... p*or magia.*

O que eles estão fazendo com você? questiono.

Punindo-a por seus pecados, Issy responde, com a voz monótona em minha cabeça e muito diferente da dela.

Isso me lembra de quando ela emitiu o decreto em nome dos patriarcas. Sem emoção. Não era ela.

Parem, eu imploro.

— Parem de machucá-la!

Você traiu todos nós, Fallon Doyle. Isso não pode ficar impune.

Não fiz nada de errado, digo a eles, tentando desesperadamente me concentrar na voz mental e não na física. *Não é minha culpa que o feitiço tenha repercutido e me amarrado a quatro novos companheiros!*

O silêncio atende à minha proclamação, então tento novamente, preocupada por ter falado as palavras em voz alta e não através do meu vínculo com Issy.

É tudo uma bagunça, um labirinto de confusão perpétua.

Nada nem ninguém deveria ser capaz de tocar esse elo mental. É sagrado, existindo apenas entre mim e minha irmã gêmea.

— O que estão fazendo com você, Issy? — sussurro, com lágrimas escorrendo pelo meu rosto. — Como eles estão fazendo isso?

Eu me sinto destruída.

Traída.

Violada.

Isso não deveria estar acontecendo. Issy não deveria estar sofrendo por mim. Eu deveria protegê-la. Salvá-la. Libertá-la.

Com quem você acasalou, Fallon Doyle? Issy pergunta com aquela voz inexpressiva.

Você já sabe, eu digo de volta para ela. *Você...* eu franzo a testa. *Você não é você.*

Quem? ela exige, com a voz estranhamente alta.

Cubro o rosto com as mãos, os nomes se espalhando pela minha mente por impulso. *Bane. Nox. Nolan. Kaspian.*

Rei Kaspian? Issy pergunta.

Mas não é Issy.

Sei que não é.

E, no entanto, me sinto obrigada a responder: *sim*.

— Por favor, parem de machucá-la. — Levo os dedos até o cabelo, puxando os fios. *Por favor.*

Há vozes murmurando ao meu redor, todos homens, e a preocupação deles é palpável. Mas eu os ignoro em favor do vínculo dentro da minha mente.

Estou esperando uma resposta. Que ela fale. Por *qualquer coisa*.

Parece que uma eternidade se passa. Meu rosto está enterrado nos joelhos enquanto tremo violentamente. O nome de Issy é uma oração que se repete em minha boca.

Preciso que ela fique bem.

Preciso que os patriarcas a deixem em paz.

— Preciso libertá-la — digo para mim mesma. — Issy...

Como isso aconteceu? Comigo a um continente de distância enquanto ela sofre pelos meus supostos pecados? Não é justo. Não é...

O conselho entrará em contato, ela diz, de repente. *Lembre-se da sua lealdade, Fallon Doyle. Comporte-se e você poderá ser recompensada.*

Em resposta, um terremoto percorre meu corpo e meu instinto de soluçar quase sufoca todos os outros impulsos que possuo.

Meu mundo parece desequilibrado.

Inclinado.

Quebrado.

Uma mão agarra minha nuca, apertando-a.

— Quem é Issy?

— Issy? — repito, confusa com o toque acompanhado daquela voz masculina profunda.

— Sim. Nos diga quem é Issy — ele exige, com sotaque familiar. Seu toque é menos conhecido. Mas não é indesejável. É... na verdade, é bem quente. Firme. Macio.

— Vamos, linda — ele murmura. — Nos diga quem é Issy.

Engulo em seco, e minha cabeça começa a se mover de um lado para o outro, negando. Algo sobre o pedido não está certo.

— Eu... eu não posso dizer. — Não devo falar sobre Issy. Não quero revelar que ela está viva. — Tenho que protegê-la.

— Por quê? — ele pressiona, apertando um pouco minha nuca.

Deveria parecer ameaçador, mas não é. Na verdade, me acalma. Me faz sentir segura. *Protegida.*

— Por que você precisa proteger Issy, amor? — ele pergunta, o sotaque inglês soa carinhoso. — Quem é ela?

— Minha... — Pisco um pouco, com a visão fora de foco. Tudo parece muito mais leve aqui. Tão inesperado. Tão *vivo.*

— Sua...? — ele pergunta de leve, roçando o polegar em meu pescoço.

Franzo a testa e minha confusão começa a diminuir enquanto a realidade atravessa a névoa da minha mente.

Não estou mais no plano da morte.

Estou... estou no território de Ouro e Granada.

Deitada... Pisco e depois olho para um par de olhos devastadoramente escuros. *Estou deitada no colo de Kaspian.*

Suas pernas fortes embalam meu traseiro, e ele está com um braço musculoso em volta dos meus ombros.

Estamos no chão.

E há outros dois homens olhando para mim também.

Nox e Bane.

Eles estão sentados ao lado de Kaspian, os três apoiando as costas no sofá.

Franzo a testa, sem saber como acabei aqui. A mesa de centro foi afastada, assim como alguns outros móveis, deixando-nos no centro da sala, apenas com o sofá.

— Quem é Issy? — Kaspian pergunta novamente, seu olhar cintila no meu enquanto eu finalmente me concentro em seu rosto.

Eu olho para ele.

— O quê?

— Nos diga quem é Issy — ele repete.

Balanço a cabeça, minha mente clareando mais e mais a cada segundo que passa. *Issy. Patriarcas. Palavras ditas em voz alta...*

Puta merda.

Quanto eu falei? me pergunto. *Quanto revelei?*

Não consigo me lembrar do que expressei mentalmente e o que expressei fisicamente.

Mas dadas as expressões dos três homens que me estudam com atenção agora, acho que falei muito. Incluindo revelar o nome da minha irmã.

Eles não saberão quem ela é, percebo. *Eles não são do mundo sindicalizado.*

Então, tecnicamente, não custa nada admitir quem ela é, certo?

Só que o meu registo de Ouro e Granada afirma que a minha família está morta. E não refutei esse fato.

Curvo os lábios para o lado. *Talvez eu possa dizer que ela está morta?* De qualquer forma, é nisso que a maioria do sindicato já acredita, então não pode doer.

Direi... direi que é uma lembrança.

Um sonho ruim.

Um pesadelo.

Os espectros estão familiarizados. Este incidente não será diferente.

— Ela é... — Limpo a garganta, o tom rouco da minha voz sugere que fiz muito mais do que falar algumas palavras em voz alta, obviamente gritei em alguns momentos também. — Issy... é a minha irmã.

KASPIAN

— Irmã? — eu repito.

— Minha irmã gêmea — Fallon esclarece. — Sim.

— O que está acontecendo com a sua irmã gêmea? — pergunto. — Como podemos ajudá-la?

Os cílios loiros de Fallon tremulam quando ela pisca, e a surpresa parece colorir seu rosto.

— Ajudá-la?

— Sim, linda. Nos diga quem está com ela para que possamos ajudar a libertá-la. — Não tenho certeza do que aconteceu ou como, mas a dor de Fallon era visceral quando falava sobre a irmã.

Ela não parava de dizer o nome da outra moça e implorando aos patriarcas que parassem com o que estavam fazendo.

Preciso libertá-la.

Tenho que protegê-la.

Nox e Bane ficaram perdidos quando Fallon começou a soluçar, as expressões abatidas combinando com a dela.

Foi quando assumi o controle e a puxei para o meu

colo. Ela precisava de alguém para firmá-la, para mantê-la um pouco lúcida e trazê-la de volta.

Assim como a fizemos respirar de novo.

— Eu... — Fallon se cala, e a surpresa se dissipa lentamente de sua expressão. — Foi um pesadelo. Minha irmã gêmea está morta.

Eu franzo a testa para ela.

— Um pesadelo?

Ela assente, o movimento brusco demais para que eu acredite.

— Às vezes, eu tenho episódios durante o dia. Acho que tive um sobre uma lembrança antiga.

— De algum tipo de *patriarca* machucando sua irmã? — questiono de forma direta, não comprando a mentira dela por um segundo.

Suas bochechas ficaram um pouco pálidas quando mencionei esse termo, *patriarca*, confirmando que é importante notá-lo.

— Sim. Há muito tempo. Antes de conhecer Klas.

Semicerro os olhos.

— Você não espera que eu acredite nessa merda, certo? — Esta deve ser a afirmação mais direta que já fiz a ela. Mas estou cansado desse jogo. — Por que você não tenta me dar a verdade agora, Fallon? Sem mais mentiras.

— Não estou mentindo — ela responde, e sua forma curvilínea começa a se contorcer em meu colo.

Em qualquer outro momento, eu poderia ter aproveitado esses movimentos. Mas agora, tudo o que quero fazer é virá-la e dar um tapa em sua bunda desobediente.

— Você está mentindo — digo a ela. — Isso não foi um pesadelo. Você parecia morta quando entramos e tivemos que forçá-la a respirar. Depois, você gritou e começou a implorar aos *patriarcas* para pararem de machucar sua irmã.

Fallon se encolhe novamente com esse termo. *Definitivamente, é importante.*

— Ele está certo — Bane diz, sua voz muito mais suave que a minha. — Isso não foi um pesadelo, Fallon.

— Você estava gelada até te aquecermos — Nox acrescenta.

Fallon faz uma careta e tenta se desvencilhar das minhas pernas. Penso em prendê-la, mas acho melhor não fazê-lo.

Ela tropeça para ficar de pé, sua postura instável, o que faz com que Bane e Nox imediatamente se levantem.

Não tenho tanto interesse em acalentá-la, então me junto a eles e observo enquanto Fallon começa a andar de um lado para o outro.

Ela está tentando inventar uma nova mentira, o que me irrita, mas fico em silêncio e espero sua próxima tentativa.

— Eu... eu fui para o plano da morte — ela finalmente diz, seus ombros estão ficando rígidos. — É de lá que tiro a maior parte do meu poder, então estou familiarizada com ele. Mas nunca o visitei assim antes. Pelo menos, não até ontem... depois, bem, depois da execução.

Eu me apoio na parede, com os braços cruzados.

— Tudo bem. — No que diz respeito a histórias, esta é bem criativa. Talvez até seja verdade. Mas não me diz nada sobre sua irmã ou os patriarcas.

— Não é um plano corpóreo, mas um ligado ao pós vida. Então é minha alma que vai, o que suponho que faz meu corpo ficar frio.

Esse é outra detalhe que torna essa história um tanto plausível. E faz sentido com suas habilidades de magia da morte. Mas...

— Nunca ouvi falar de um plano da morte antes. — Olho para os espectros. — Algum de vocês já ouviu?

Eles balançam a cabeça.

— Nosso cruzamento para ser espectro é único, para dizer o mínimo — Bane murmura. — Está tudo ligado a rituais na Escócia, não a um plano da morte.

— Não é comum, nem é uma fonte de magia que muitas pessoas podem acessar. Quer dizer, a maioria das bruxas nem sabe que existe. Caramba, nem mesmo muitos faes da morte sabem sobre isso. Mas está ligado aos ritos da minha família e à nossa ligação específica com a magia da morte.

Isso também parece bastante verdadeiro. No entanto, não tenho certeza para onde ela está indo.

— Então você visitou o plano da morte ontem e de novo hoje. Por quê?

— Não sei muito bem — ela diz. — Ontem pareceu ter sido desencadeado pela morte de Klas. E hoje... eu só meio que voltei por razões desconhecidas.

Semicerro os olhos conforme o pulso dela acelera. *Uma mentira*, percebo. Isso sugere que algumas das coisas que ela disse sobre o plano da morte podem realmente ser verdade, mas o resto é uma invenção... particularmente, sua explicação sobre porque ela visitou o plano da morte hoje.

— E eu vi minha irmã lá — ela continua, com pressa, com os batimentos cardíacos cantando alto em uma melodia que soa como *mentira, mentira, mentira* para os meus sentidos. — O que deve ter me levado a um pesadelo quando você me trouxe de volta. — Ela dá de ombros, como se quisesse dizer que é isso.

Meu maxilar tensiona. *Por que essa mulher tem que ser tão irritante?*

Apenas minutos atrás, eu estava disposto a mover céus

e terras para ajudar a irmã dela, tudo porque os gritos de Fallon se assemelhavam a flechas mortais para o meu coração.

E agora, tudo o que quero fazer é estrangulá-la.

Se há algo que odeio na vida, é mentira. Fallon Doyle não exatamente mentiu para mim até hoje. Ela omitiu algumas verdades ou se recusou a me contar coisas. Mas isso? Essa história? É uma mentira flagrante. E não gosto disso. Não depois de tudo o que ofereci a ela ao longo do último ano.

Abrigo.

Comida.

Segurança.

O feitiço mortal de Fallon no ano passado derrubou uma cidade inteira. Embora minha Casa saiba a verdade sobre aquele dia, há muitos constituintes que permanecem inquietos com os dons de Fallon. Foi por isso que designei Bane e Nox para protegê-la. Eu queria garantir sua segurança no caso de alguém decidir vir atrás dela em uma tentativa equivocada de retaliação.

Nunca foi sobre proteger minha Casa, mas sim protegê-la daqueles que possam se sentir prejudicados por ela.

E ela me agradece mentindo?

Inaceitável.

— Vou te dar mais uma chance de me contar a verdade, srta. Doyle — digo, me afastando da parede e indo em direção a ela. — Recomendo que leve essa chance a sério.

— Kaspian. — Bane tenta entrar no meu caminho, mas eu o contorno. Ser um mestre vampiro vem com muitos benefícios, incluindo força e velocidade aumentadas.

Os olhos verdes de Fallon se arregalam enquanto eu a

encurralo, seus pés retrocedem rapidamente em direção às portas de vidro da sacada. Elas estão fechadas, o que a impede de fugir quando suas costas encontram o vidro.

Envolvo a palma em sua garganta, a outra mão vai para seu quadril.

— Vamos começar do começo. Onde está sua irmã?

Sua mandíbula se contrai visivelmente, e as íris esmeralda giram com chamas mal contidas.

— Por que você se importa?

— Porque quero a verdade — grunho para ela.

— Por quê? — ela exige. — Por que você se sente no direito de ter acesso aos meus segredos, Kaspian? Por que teme meus poderes? Você está preocupado que eu possa usá-los para prejudicar seu povo? E você assume que saber mais sobre meu passado, sobre minha irmã, de alguma forma aliviará esses medos?

— Não tenho medo de você, Fallon — digo entre os dentes. — Mas sim, seus poderes são intensos e avassaladores demais para serem aceitos. E saber que você está me escondendo coisas torna ainda mais difícil confiar em você com suas habilidades.

— Então você está preocupado que eu possa me incendiar e colocar a cidade para dormir novamente — ela diz com ironia. — E como está preocupado, tenho que provar a mim mesma, entregando meus segredos. Mesmo aqueles que não têm consequências para nossa situação.

— Você acabou de visitar um plano da morte do qual não sei nada e, essencialmente, morreu no processo. Eu argumentaria que isso é relevante para a nossa situação atual — digo, apertando a mão em volta de sua garganta. — Então pare de brincar comigo e seja direta, pelo menos uma vez.

— Direta — ela repete, uma risada sem humor a seguindo. — Tudo bem. Minha irmã está morta. É uma história terrível que eu não sinto vontade de reviver agora. Fim.

Semicerro os olhos.

— Mais mentiras. — E desta vez não posso apenas ouvi-la em sua pulsação. Posso senti-la contra o meu polegar.

— Como você pode saber? — ela exige. — Você não conhece as minhas verdades. Então não me diga o que é mentira e o que não é.

— Não preciso conhecer as suas verdades para saber quando você está mentindo, Fallon. Sua pulsação me diz tudo o que preciso saber.

Suas narinas dilatam.

— Exceto os meus segredos.

— Exceto isso — eu concordo, furioso com ela.

— Eles não são para você saber — ela diz com os dentes cerrados. — Não me importa que você se sinta no direito em relação a mim e à minha vida. Isso não significa que eu tenha que compartilhar nada com você. Escolho por mim mesma. Eu decido o que compartilho e o que não compartilho. E não há nada que você possa fazer a respeito.

Eu a encaro com raiva.

— É assim que você se sente? Que tudo é sobre direito?

— Não ouvi nenhuma outra razão para você se sentir tão compelido a saber todos os detalhes sobre a minha vida. Então, sim. Parece um direito para mim.

— Eu sou o Rei de Ouro e Granada. É meu trabalho proteger todos nesta Casa. O que significa conhecer todos os detalhes de qualquer ameaça potencial para que eu possa tomar decisões difíceis que protejam meu povo. Isso é um *direito*, Fallon?

Sua mandíbula se contrai novamente, aqueles belos olhos queimam com chamas renovadas.

— Minha história não é uma ameaça.

— O tremor em seu pulso diz o contrário — respondo, fazendo seus olhos se abrirem. — Então, essa já é a terceira vez em trinta minutos que você mentiu para mim, srta. Doyle. Isso é inaceitável.

— Inaceitável é a forma como você está me tratando neste momento, *sr. Antonik*.

— Rei Kaspian — eu a corrijo. — É assim que você deve se dirigir a mim o tempo todo, srta. Doyle, mas tenho sido condescendente com você. Até demais, na verdade. A ponto de eu garantir seu conforto a cada passo, mesmo quando você não o mereceu. Isso muda agora.

Seus olhos se abrem ligeiramente.

— Oh? É agora que você me joga na cela de Klas? Tudo por que você acha que estou mentindo sobre minha irmã?

— Eu *sei* que você está mentindo sobre sua irmã e, até descobrir o porquê, não tenho muita escolha. Você me desrespeitou e desrespeitou minha hospitalidade repetidamente. Talvez uma noite de isolamento a faça perceber como você teve sorte aqui.

— Kaspian — Nox interrompe.

Mas eu o ignoro.

Estou com muita raiva para debater essa decisão.

Eu *odeio* mentiras. Ele sabe disso. Bane também. Os dois testemunharam em primeira mão como lidei com mentirosos no passado. Fallon deveria estar grata por uma noite de isolamento ser a única ameaça que estou fazendo a ela.

— Uau. O destino realmente achou que nós dois seríamos compatíveis? — Fallon resmunga com uma risada sem humor. — Se eu precisava de prova, a tenho agora.

— Prova de quê? — exijo, ignorando o comentário dela sobre o destino. Principalmente porque me atingiu no peito, o lembrete do que somos um para o outro me deixa inquieto.

Companheiros.

E eu acabei de ameaçar minha companheira com o isolamento.

Porque ela não me acha digno da verdade.

Um rosnado surge em minha garganta, mas não o liberto. Em vez disso, intensifico meu aperto, mais furioso com ela do que nunca.

Estávamos tão perto de finalmente sermos sinceros um com o outro, mas ela escolheu a mentira em vez de confiar em mim.

Ela nunca vai confiar em mim. Ela nunca vai entender o quanto valorizo a confiança – de ambas as partes – em um relacionamento.

Porque ela é impossível.

No entanto, ela está certa sobre uma coisa: o destino errou nessa.

Não estamos destinados a ser companheiros.

— Isso não importa — ela resmunga. — Esse comentário foi para mim, não para você.

Franzo a testa enquanto tento me lembrar do que estávamos falando.

Prova, lembro. *Algo sobre prova e destino.*

Que seja. Não preciso saber o que ela quis dizer. Porque ela não quer que eu saiba. Ela não me quer de jeito nenhum. E não vou ficar parado implorando para que ela me aceite.

— Sabe de uma coisa, Fallon? — digo, enfraquecendo o aperto em sua garganta. — Pode guardar seus segredos. Estou cansado de tentar te entender. Cansado de tentar ajudá-la. Cansado de protegê-la.

As pupilas dela se dilatam quando me olha, seu olhar procurando algo.

Mas ela não diz nada.

Não que eu espere que ela diga. Ela deixou muito claro que não importa o que eu faça ou diga, ela não vai confiar em mim.

E, como resultado, nunca vou confiar nela.

É por isso que não tenho escolha aqui.

— Não posso continuar preso pelo destino a alguém que claramente não me entende e nem compreende minhas motivações. O acasalamento tem a ver com respeito mútuo e confiança, nenhuma das quais existe entre nós. E você deixou claro que essas duas coisas são impossíveis de alcançarmos.

Fallon arregala os olhos.

— Kaspian, espere...

— Fallon Doyle, eu re...

Em um minuto, estou pronunciando uma das frases mais difíceis que já tive que dizer em toda a minha longa vida.

E no próximo instante, sou silenciado pelos lábios carnudos de Fallon.

Pisco várias vezes, surpreendido pela sua repentina proximidade e pela forma como ela está se agarrando aos meus ombros.

O que acabou de acontecer?

Sua boca não está se movendo contra a minha. Ela está apenas ali, me silenciando e me impedindo de terminar a frase que romperia meu vínculo com ela.

Quando tento me afastar, ela aperta a pegada e crava as unhas na minha camisa.

Em resposta, aperto sua garganta, lembrando-a de que ainda a mantenho cativa. Tentar me arranhar não vai ajudar. Sou muito mais alto e mais forte.

Caramba, fico surpreso que ela pôde alcançar minha boca quando sua cabeça mal chega ao meu queixo. Ela deve estar na ponta dos pés, daí a necessidade de agarrar meus ombros para equilíbrio...

Seus lábios se mexem, chamando minha atenção. É um leve tremor, que misteriosamente se parece com um convite.

Ela está me provocando. Porque não há como realmente querer que eu a beije.

Mas depois de tudo o que acabamos de dizer um ao outro? Estou inclinado a fazer exatamente isso e ensinar uma lição que ela nunca vai se esquecer.

Movo minha mão da garganta dela para a parte de trás de seu pescoço e passo o polegar pelo seu queixo para posicionar sua cabeça do jeito que quero.

Ela treme, afundando ainda mais as pequenas unhas afiadas em minha camisa.

Sorrio contra sua boca, provocando-a, brincando com o momento duradouro, fazendo-a esperar.

E justamente quando percebo que sua impaciência está prestes a vencê-la, eu ataco.

Fallon queria me provocar para um beijo? Então eu vou beijá-la. Mais do que isso, eu a dominarei.

Ela dá um suspiro quando minha língua entreabre seus lábios, seu choque me encoraja a fazer mais, a dominá-la, a fazê-la se arrepender por ter tentado brincar comigo.

Aperto minha pegada em sua nuca e me pressiono contra ela, a prendendo firmemente entre mim e o vidro atrás dela. Então aprofundo nosso beijo, minha língua explorando a sua, banhando-a com minha experiência e a cobrindo com minhas preferências dominantes.

Ela responde na mesma moeda, sua própria língua combinando com a minha, carícia por carícia enquanto seus braços envolvem meu pescoço.

Caramba, ela tem um gosto bom. Como um vinho delicioso. Envelhecido com perfeição. E reservado só para mim.

Seus seios amplos estão apoiados em meu peito, me lembrando de suas curvas deliciosas. Minha mão arde em seu quadril e meu desejo de explorá-la faz com que meus dedos flexionem de forma involuntária.

Mas isso não foi feito para ser apreciado. Era para ser uma lição. Um aviso. Uma... *alguma coisa.*

A cada roçar de sua língua, me envolvo um pouco mais, minha mente fica nublada com uma fome diferente de qualquer outra.

Seu sangue canta para mim em suas veias, seduzindo minha fera interior.

Eu quero mordê-la. Reivindicá-la. *Prová-la.*

Quem é essa mulher apaixonada? penso enquanto nosso beijo se torna violento por natureza. *Esta não pode ser Fallon. É impossível. Ela é muito... muito irresistível.*

Seus dentes roçam minha língua, a sugestão de perigo me leva adiante enquanto tomo sua boca como refém, minha língua domina cada centímetro dela e garante que ela possa sentir minha reivindicação tácita.

Minha.

Minha companheira.

Minha Fallon.

Exceto...

Não. Não tem "exceto". Só isso.

Minha mente gira com pensamentos, minha fome aumenta a cada segundo. Parece que não provo uma mulher há anos, minhas preferências ultimamente têm sido mais masculinas do que femininas.

Mas Fallon... ela me lembra de tudo que estava perdendo. Aquele delicado toque feminino. A pele macia. *Essas curvas viciantes...*

Quero arrancar suas roupas e penetrar em seu calor sedutor. Posso sentir o cheiro dela, aquele perfume lindo que deixa toda mulher excitada.

Qual será o sabor dela? eu me pergunto. *Doce? Apimentado? Uma mistura dos dois?*

Lambo seu lábio inferior, sentindo minhas presas ansiosas para afundar na textura carnuda e roubar uma prévia do que está por vir.

Mas sua língua me distrai mais uma vez, seguida por um gemido baixo que faz meu pau pulsar de necessidade.

Puta merda, isso é intenso, penso, perdido para Fallon e os sons doces que saem de sua boca. *Como eu poderia rejeitar...?*

Franzo a testa. O pensamento bate na minha mente e me faz arrancar a boca da feiticeira em meus braços.

Que merda é essa?

Eu estava prestes a rejeitá-la, mas então... então ela me beijou. Como uma sedutora.

Só que era mais do que isso.

Porque eu a retribuí o beijo.

Completamente.

Era para ser uma lição. Uma maneira perversa de dizer adeus de uma vez por todas. *Uma punição.*

E olhando para seus lábios inchados, parece que consegui. Só que agora... agora não consigo falar as palavras que preciso dizer.

Ela me enfeitiçou.

A presença dela. Sua beleza. Seu espírito agressivo.

Eu a solto e dou vários passos para trás, com a mente perdida em uma névoa que é toda Fallon.

Preciso de um tempo. Um pouco de espaço. *Alguma coisa.*

Balanço a cabeça, me viro e encontro dois espectros me olhando com interesse.

Bem, um parece interessado. O outro parece profundamente excitado, provavelmente porque tem sido meu parceiro de cama preferido nos últimos tempos.

Limpo a garganta, sem saber o que quero dizer. Nada

disso saiu conforme o planejado. Na verdade, tudo foi muito oposto ao planejado.

E agora não tenho ideia de como proceder.

Ameacei colocá-la na solitária, me lembro, com uma estranha dor que irradia em meu coração.

Perdi a paciência, algo que raramente acontece. Mas Fallon parece trazer à tona o que há de pior em mim.

Principalmente porque odeio que ela não confie em mim. Ela está constantemente com uma expressão cautelosa, como se esperasse o pior a qualquer momento.

E foi exatamente isso que dei a ela hoje.

Ela passou por algo traumático e, em vez de tentar convencê-la a se abrir, exigi suas verdades.

Então ela me colocou no meu lugar, dizendo que não me devia nada.

Estou tentando proteger minha casa e a ela. Mas agora que me acalmei um pouco, posso ver por que ela se sente assim.

Em vez de melhorar, tornei tudo muito pior.

Quase a rejeitei também.

Puta merda.

Coloco a palma da mão na parte de trás do pescoço e solto um suspiro. *Nada disso está dando certo.* Tentamos a mesma coisa por mais de um ano e não chegamos a lugar nenhum.

— Tudo bem — digo, tomando uma decisão imediata. — Vamos tentar do seu jeito.

Nox sorri.

— Sim?

— Mas precisa estar vazio — continuo, ignorando sua excitação. — Só vocês três. Vou fazer algumas ligações para combinar tudo.

Não fico por aqui para elaborar.

Bane e Nox podem cuidar de Fallon durante a tarde.

Enquanto isso, ligarei para Nolan com uma atualização. Talvez ele consiga encontrar essa *Issy* sobre a qual Fallon insiste em mentir.

E talvez ele saiba sobre esses patriarcas infames. Porque só ouvi esse termo com um certo Sindicato Sobrenatural e realmente espero que esse sindicato não seja parente de Fallon ou de sua irmã.

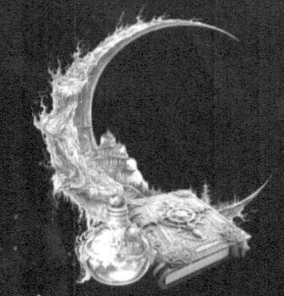

FALLON

Eu beijei Kaspian.

Não foi intencional. Apenas reagi. Ele estava prestes a rejeitar nosso vínculo de acasalamento, e eu sabia que se ele o fizesse, a magia que nos conectava seria óbvia. E a última coisa que eu queria era mais perguntas.

Mais acusações.

Mais *discussão*.

Não quando eu ainda não sabia o que fazer ou como responder à primeira rodada da inquisição.

Mesmo agora, não tenho certeza do que fazer. Finalmente estou livre dos terrenos do palácio, em um local remoto onde eu poderia tentar escapar, e estou...

Bem, estou em um banheiro, vestindo biquíni em vez de tentar correr.

Eu me olho no espelho, em conflito sobre como proceder.

Bane e Nox estão me esperando do lado de fora e são os únicos aqui. Seria bastante fácil pular a extremidade oposta desta área e tentar desaparecer.

Mas não tenho ideia de para onde correria e acabaria com uma Casa inteira de mercenários me perseguindo.

Gostaria que você estivesse comigo, penso para Issy. *Você saberia o que fazer.*

Ela provavelmente me daria um feitiço para criar uma rota de fuga adequada. Mas ela está em silêncio desde que os patriarcas abusaram da nossa conexão mental.

O que está acontecendo com sua gêmea? Como podemos ajudá-la?

As palavras de Kaspian passam pela minha mente pela milésima vez.

O que teria acontecido se eu tivesse contado a verdade? Ele realmente a ajudaria? eu me pergunto. *Ou ele estava apenas tentando descobrir meu segredo mais sagrado?*

Faço uma careta para o meu reflexo.

A confiança é uma via de mão dupla, penso. Como ele espera que eu confie nele quando ele não confia em mim?

Posso ter levado nossa discussão um pouco longe demais, mas nosso relacionamento parece desigual. Ele é a figura de autoridade, o responsável, o rei que pode ditar meu destino com algumas palavras rápidas.

E ele espera que eu conte tudo a ele.

Parte de mim entende o porquê, ele está tentando proteger sua Casa, exatamente como disse, mas outra parte está decidida a se rebelar. Eu não deveria ter que contar nada a ninguém porque não fiz nada de errado.

Klas abusou de mim.

Ele me *usou*.

Mesmo assim, estou sendo punida porque aquele idiota pegou meus poderes e os usou como se fossem seus. Então agora sou fonte de desconfiança, simplesmente porque sabem o que posso fazer.

Suponho que seja o que sinto por Kaspian: sei o que ele pode fazer, por isso também não confio nele.

Semicerro os olhos e balanço a cabeça. Eu poderia

andar em círculos por horas. Mas o que preciso fazer é enfrentar o presente.

Nox e Bane conseguiram me libertar para um mergulho à tarde. É a primeira vez que realmente saio de casa – além da minha varanda, pelo menos – em mais de um ano. Posso ficar aqui chafurdando na indecisão ou sair e me divertir.

Pego uma toalha na prateleira, calço um par de chinelos e vou em direção à porta para encarar meus dois espectros.

Nenhum deles disse muito sobre o que aconteceu antes. Em vez disso, decidiram bancar os guias turísticos na viagem de quarenta e cinco minutos de Reykjavik até a piscina termal. Tudo o que eles fizeram foi me mostrar as instalações e me entregar um maiô, um que Nox comprou para mim antes de partirmos.

Sou grata a eles por não tentarem bisbilhotar. Mas tenho certeza de que o assunto voltará à tona em algum momento. Talvez até lá eu já tenha decidido o que dizer.

Um assobio soa da minha esquerda quando saio do vestiário, a fonte é Nox. Ele já está na água, mas ainda dentro do prédio.

Olho ao redor, notando que há um bar à minha direita, o que parece ser uma área de toalhas na minha frente, e a entrada interna da lagoa à minha esquerda, que é onde Nox está esperando.

— Onde está o Bane? — pergunto.

— Ele está no bar externo — Nox responde. — Já que Kaspian mandou todos para casa enquanto estamos aqui, e Bane não quer que você morra de fome.

Contraio os lábios.

— Ele diz que sua linguagem de amor é a comida, mas acho que ele é obcecado por comer.

— Ele com certeza está obcecado por alguma coisa —

Nox concorda. — Agora, você vai ficar aí a tarde toda ou vai se juntar a mim na água morna?

Olho para a rampa de entrada e vou até lá para colocar a toalha no balcão à minha frente antes de tirar os chinelos dos pés.

Está um pouco frio aqui, mas não muito. Pelo menos não em comparação com o exterior.

— O sol vai se pôr em breve — observo enquanto me viro para Nox. — Haverá luzes na água?

Ele concorda.

— Se acenderão em breve. É automatizado.

Meus dedos dos pés encontram a beira da água, o que provoca uma onda de excitação pelos meus membros.

— Está muito quente.

— Como deveria ser — Nox murmura. — A atividade vulcânica na Islândia é intensa. Normalmente, prefiro os SPAs termais menores. Mas para seu primeiro passeio, este pareceu mais apropriado.

— Primeiro passeio? — repito enquanto continuo a descer a rampa em direção a ele.

— Aham — ele murmura. — Primeiro de muitos, se eu conseguir.

— Você acha que o Kaspian vai permitir isso de novo? — pergunto, esperançoso.

— Se você se comportar, imagino que ele vai permitir isso o tempo todo — ele responde, com os olhos azuis brilhando.

— Defina o que é me comportar.

Ele estende a mão para mim quando me aproximo, sua mão encontra facilmente a parte inferior das minhas costas e me impulsiona para sua forma dura e musculosa. Minhas mãos pousam em seu peito forte, e uma suave lufada de ar me escapa de surpresa.

— Não fugir foi um bom começo — ele murmura. —

Embora eu tenha me perguntado se teria que persegui-la. Você estava hesitando lá.

Arqueio uma sobrancelha.

— Você estava agindo como voyeur de novo?

Ele sorri e começa a me levar de costas em direção a um par de portas na água.

— Acho que é seguro presumir que daqui para frente serei um voyeur constante em sua vida, vaga-lume.

Suas mãos me giram para ficar de frente para a saída de vidro, e seu peito nu encontra minhas costas.

— Empurre para sair — ele diz em meu ouvido, sua proximidade e toque me fazem estremecer.

Nox sempre foi paquerador, mas nunca foi tão ousado comigo antes. Não me importo com a mudança, mesmo que seja um feitiço que nos une.

Embora ele possa se importar quando descobrir, penso, franzindo a testa.

Mas quando eu conseguir quebrar o feitiço, ele estará livre.

Eu... só preciso descobrir como lidar com isso.

Detalhes, murmuro para mim mesmo enquanto pressiono o vidro.

O ar frio imediatamente toca minha pele, me fazendo querer mergulhar na água morna. Nox se aproxima. Sua pele quente é uma sensação bem-vinda contra a minha enquanto atravessamos a barreira de vidro.

O sol poente lança um brilho dourado sobre a água azul-celeste, pintando uma cena de tirar o fôlego que paro para admirar.

Nox não me empurra para frente, apenas mantém as mãos em meus quadris enquanto absorvo tudo.

Tive um vislumbre da vista quando chegamos, mas estar na lagoa em si é uma experiência totalmente nova. Existem rochas de cor obsidiana emoldurando o exterior, fazendo com que a água pareça ainda mais azul. É uma cor única, que parece muito mais fresca do que as cores escuras em que cresci na cidade de Nova York.

— É lindo — murmuro, afundando um pouco mais no calor delicioso.

— Sim — Nox concorda, seus lábios ainda estão perto da minha orelha.

Ficamos assim por um longo momento, sua paciência é uma presença calmante que me faz recostar nele em nosso silêncio confortável.

— Estou surpresa que você não esteja tentando me fazer falar — admito, mais relaxada do que me sentia há meses. — Agora seria um bom momento para a continuação da inquisição.

Ele murmura um pouco, seus braços envolvem minha cintura em um abraço por trás.

— Talvez. Mas sei que você ainda não está pronta para confiar em nós. Então não vou te pressionar. Vamos apenas dar um bom mergulho e aproveitar a noite.

— Tentando me seduzir com gentileza — penso.

— Humm, não é assim que eu te seduziria — ele responde, passando os dedos por meu abdômen, logo acima da parte de baixo da roupa de banho. — Minhas preferências no quarto não são gentis. *Adoradoras*, talvez. *Dominante* também. Mas definitivamente não *gentil*.

Ele me vira e começa a nos mover em direção a uma área mais profunda da lagoa, algo que só noto porque a água sobe a cada passo. Seus penetrantes olhos azuis prendem os meus ao longo do caminho, suas íris cativam e irradiam uma infinidade de emoções.

Adoração.

Respeito.

Luxúria.

— Você não está chateado comigo? — pergunto,

procurando em seu olhar qualquer indício de que ele esteja brincando com minhas emoções.

— Estou desapontado por você estar sofrendo e não nos deixar te ajudar — ele admite. — Mas não, não estou chateado com você, vaga-lume. Estou frustrado por não conseguir resolver o que está te incomodando.

Engulo em seco.

— Mesmo que você soubesse, não seria capaz de resolver. — As palavras me escapam antes que eu tenha a chance de considerar a implicação por trás delas. Basicamente, dizem a ele: *tenho um problema, que nem eu sei como resolver*. Que é mais do que estive disposta a admitir durante todo o tempo que o conheço.

— Minha desenvoltura poderia te surpreender — ele rebate.

— Talvez. — Continuo estudando-o enquanto nos movemos pela água, meu foco nele e não no que nos rodeia. Ele poderia estar me levando para me afogar, e eu nem perceberia até que fosse tarde demais. Mas confio nele para não me machucar.

Porque ele sempre cuidou de mim.

Ele sempre foi bom para mim.

— Você está carrancudo — ele diz, franzindo a testa. — Por quê?

Tento suavizar minhas feições, sem querer mostrar as emoções no rosto. No entanto, eu... estou em conflito novamente.

Passei todo esse tempo guardando meus segredos, com medo de confiar em qualquer um dos meus supostos captores, apenas para perceber de repente que não tenho medo de Nox. E mais do que isso, confio nele para cuidar de mim.

Então por que estou me escondendo? Porque tenho medo de que ele compartilhe meus segredos com Kaspian?

Não, *sei* que ele vai dividir tudo com Kaspian porque esse é o trabalho dele.

Mesmo assim, sinto vontade de falar com Nox mais do que com qualquer outra pessoa. Talvez até com Bane também.

— O que há de errado, vaga-lume? — Nox pergunta baixinho, parando seus passos pela lagoa. — O que foi que eu disse?

— Você não disse nada. — Na verdade, ele nunca me pressionou a falar ou exigiu nada de mim. Ele só pediu para deixá-lo me ajudar ou me confortar quando eu mais precisava.

Nolan o acusou de me *seduzir* para obter respostas.

Mas Nox simplesmente disse que me trata como uma pessoa, não como prisioneira. O que é verdade: ele me trata como se eu significasse mais para ele do que quaisquer segredos que guardo.

Mesmo agora, a maneira como ele me segura com cuidado enquanto avalia minha expressão com seu olhar preocupado mostra que ele se importa.

Só não entendo o porquê.

Eu culparia o vínculo de companheiros forçados, mas eles não existiam até ontem. E ele sempre me olhou assim. A única diferença agora é que ele também está me tocando livremente.

— Você e o Bane aceitaram os vínculos do destino imediatamente. — Pronuncio as palavras com calma, enquanto minha mente processa o que isso significa. — Você nem hesitou.

— Claro que não. — Seus lábios se curvam um pouco. — Nós dois queríamos você desde o início. Achei que tínhamos deixado isso claro.

Eles deixaram. Mais ou menos. É mais porque meu

cérebro não aceitou as declarações de antes, talvez porque pareciam boas demais para ser verdade.

— Você era um desejo proibido que nós dois compartilhamos por mais de um ano — acrescenta. — Mas não poderíamos agir. Você não apenas era nossa pupila para proteger, mas também estava acasalada com outro homem. — Ele dá de ombros. — Agora, um obstáculo desapareceu, enquanto o outro tem muito mais significado para nós.

Franzo a testa.

— Ficar de olho em mim tem mais significado?

— Te *proteger* você tem mais significado — ele corrige. — Kaspian nos designou para protegê-la, Fallon. Ele estava preocupado que alguns membros da Casa pudessem tentar se vingar de você, já que foram seus poderes que Klas usou para subjugar a cidade. Ele queria você protegida.

Abro os lábios e depois os fecho, enquanto minhas palavras se misturam na minha língua.

— Isso... — Não foi assim que entendi nada disso. — Ele não confia em meus poderes.

— Ele não *entende* seus poderes — Nox murmura, passando o polegar pela parte inferior da minha coluna enquanto me segura na água. — E ele está usando isso como principal motivo para querer que você se abra. Mas percebi que há mais que isso.

— Porque eu disse que há mais coisas envolvidas. — A voz de Bane flutua até nós no vento, chamando minha atenção para onde ele está se movendo na água com uma bebida na mão.

Olho entre os dois.

— O que você quer dizer?

Bane chega ao nosso lado e segura a bebida mais perto de mim, o canudo pronto para meus lábios.

— Experimente e me diga se é bom.

Isso não é uma resposta à minha pergunta, mas faço o que ele pede porque praticamente tudo que Bane faz tem um sabor incrível.

E esta bebida não é diferente.

É uma deliciosa mistura de frutas com um toque sutil de álcool.

— Humm, o que é?

Ele dá de ombros.

— Uma mistura de morangos amassados, suco de abacaxi e algumas bebidas alcoólicas mais doces.

Tomo outro gole enquanto ele fala, e um gemido vibra em meu peito.

— Tãããão bom — digo a ele.

Os braços de Nox flexionam ao meu redor em resposta, e seu corpo parece enrijecer.

— Puta merda, se você fala assim quando desfruta de uma bebida, mal posso esperar para ouvir como você soa quando goza.

Quase me engasgo com o líquido em minha boca, suas palavras são inesperadas e muito bem-vindas.

Bane ri e tira o canudo dos meus lábios, apenas para pressioná-lo na boca de Nox.

— De volta ao Kaspian — ele diz enquanto Nox experimenta a bebida. — Ele quer seus segredos porque quer te conhecer. A confiança é importante para ele, mas é muito mais profundo.

— Aham — Nox concorda. — E isso é muito bom.

— Eu sei — Bane responde, seus olhos escuros brilham com aprovação antes de encontrar meu olhar novamente.

— Fallon, todos nós estamos apaixonados por você de uma forma ou de outra desde que te conhecemos. Kaspian não é uma exceção. Ele apenas demonstra seu fascínio de uma maneira diferente.

— Exigindo respostas — Nox murmura. — Hoje, você o assustou ao morrer de novo. Aí você voltou chateada, e ele quis resolver. Mas você não permite, e isso o enfurece.

Bane assente.

— Ele é controlador. No entanto, ele não consegue controlar um problema que não entende. E ele quer controlar... por você.

— Não, ele quer proteger sua Casa de mim — eu o corrijo. — Esse é o seu objetivo principal.

— Isso é o que ele diz a si mesmo, mas é apenas um dos muitos motivos. — Bane dá de ombros. — Algum dia, vocês dois verão isso. Mas esse vínculo entre todos nós faz sentido. Isso explica tudo.

Curvo os lábios para o lado.

— Explica mesmo? Quer dizer, tudo pode ser... não sei, um erro. Um acaso. Quatro companheiros predestinados? Provavelmente é algo temporário causado pela minha visita ao plano da morte. Magia, até. — É o mais próximo que consigo dizer a verdade: que tudo isso se deve a um feitiço rebote.

Mas estou desesperada para que seja mentira.

Para que isso seja real.

Para que esses homens sejam verdadeiramente meus.

— Você não acha que nossos vínculos de companheiros predestinados são reais? — Bane pergunta, um pouco do brilho deixando seu olhar.

— Eu... — paro, tentando descobrir como responder a isso sem dizer por que estou questionando os títulos. — É bom demais para ser verdade, não é?

Ele me considera por um instante e assente.

— Posso entender por que você pensa isso depois de tudo que passou com o Klas. Então vamos fingir que foi um acaso, como você sugeriu, só por um segundo. Como você se sentia em relação a nós antes?

Pisco, assustada com sua pergunta. Não era assim que eu esperava que ele abordasse a possibilidade de tudo isso ser falso.

— Eu... hum... — Engulo em seco, franzindo a testa.

— Certo, que tal eu responder a essa pergunta primeiro? — ele sugere enquanto coloca o canudo entre meus lábios novamente. — Eu me sinto atraído por você há meses, e foi isso que tornou proteger você uma segunda natureza para mim. Os vínculos do destino são apenas uma formalidade, na minha opinião. Ou uma proverbial luz verde, se preferir. Porque significa que agora posso prosseguir com o meu interesse.

Nox assente.

— Isso. Eu concordo com tudo. É apenas uma desculpa para finalmente poder te tocar do jeito que eu queria desde o começo. — Ele franze a testa então, suas íris azuis cintilam. — A menos que você não queira que eu te toque. — Ele abaixa os braços. — Você está duvidando dos vínculos, então não sente o mesmo?

Agarro seus ombros e tiro o canudo da boca.

— Não, não, não é isso que quero dizer. Eu só... estou perguntando... não sei o que estou perguntando. Estou confusa e me perguntando o que estaria acontecendo se não estivéssemos unidos.

Estou estragando tudo ao pensar demais, decido.

Mas também não quero enganá-los.

Argh. Por que isso tem que ser tão complicado?

Porque Daithi O'Neely mexeu com minha alma a pedido de Patrick O'Neely.

Quase faço uma careta.

Merda de patriarca.

Mesmo agora, eles são meus donos. Me controlam. Vinculam meu espírito à vontade deles a milhares de quilômetros de distância.

Eu os odeio. Todos eles. Porque não se trata apenas de Patrick O'Neely e meu pai. Se trata dos sete patriarcas e a propensão deles para comandar todas as situações.

Um dia desses, farei com que paguem, prometo. Não tenho ideia de como, mas farei.

— Esse é um olhar intenso — Nox murmura, trazendo meu foco de volta para ele e Bane. — Espero que não seja para nós.

— Não é — prometo. — Eu... comecei a pensar em algo não relacionado. — *Mais ou menos.* Balanço a cabeça. — Eu só... — Curvo os lábios para o lado. — Na verdade, quer saber? Não quero mais pensar. — É exaustivo e superestimado, e estou cansada desses círculos mentais.

— Podemos ajudar com isso — Nox oferece, seus olhos cintilam ao redor da lagoa. — Podemos nadar para onde você quiser. Basta apontar e nos aventuraremos por ali.

— Não quero nadar — digo a ele. — Eu... eu quero vocês.

É uma declaração ousada, que eu nunca teria feito poucos dias atrás. Mas vem de um lugar profundo dentro de mim que precisa sentir algo diferente de confusão. Algo apaixonado. Algo *quente*.

— Quero vocês dois — sussurro, encorajada pelos brilhos famintos nos olhos de Bane e Nox. Os dois me olham como se eu fosse o centro do universo deles, seu sol pessoal.

Talvez esteja tudo na minha mente.

Talvez eu tenha perdido a cabeça.

Mas não me importo.

Eu preciso disso. Preciso *deles*.

— Por favor — acrescento, engolindo em seco. — Eu...

Nox pressiona os lábios nos meus, silenciando meu apelo. É suave, terno e muito diferente da violência que experimentei com Kaspian. Mas é perfeito. E é exatamente isso que estou desejando.

Ele me faz sentir adorada. Compreendida. *Viva.*

— Você nos quer aqui ou em um cômodo privado? — Nox pergunta depois de um instante, as palavras acariciando minha boca. — Na água ou na cama?

— Eu... — Não sei. Parte de mim quer ficar aqui para que minha confiança permaneça intacta. Mas ter nossa primeira experiência na água pode ser demais. Embora seja romântico e acolhedor, as bordas da lagoa são cercadas por rochas irregulares. *Aonde vamos...?*

— Que tal começarmos por aqui — Bane sugere baixinho, passando os nós dos dedos pelo meu braço. — Depois iremos para um cômodo se as coisas progredirem nessa direção.

Ele provavelmente presume que minha hesitação está relacionada às minhas experiências anteriores com Klas, mas não o corrijo. Em vez disso, assinto.

Porque não quero tomar mais decisões. Isso requer pensar, e não quero pensar.

Eu só quero *sentir*.

Me saciar.

Estar com esses dois homens que deixaram claras suas intenções e desejos.

Apenas existir. Estar viva. *Me sentir querida.*

Nox pressiona os lábios nos meus novamente.

— Tudo bem — ele murmura. — Vamos começar com isso...

NOLAN

KASPIAN LIGOU três vezes enquanto eu me reunia com alguns vizinhos de Klas na Irlanda. Nenhum deles tinha nada de útil a dizer. No entanto, seus resumos deixaram bem claro que Klas mantinha Fallon sob vigilância.

— Não tivemos chance de conhecer a Fallon, ela ficava muito dentro de casa.

— Eu nem percebi que ele estava acasalado até um ano atrás.

— Ela não era muito sociável.

— A única vez que a vi, ela manteve a cabeça baixa e não percebeu minha presença.

Todas as declarações fizeram meu estômago revirar, aumentando minha fúria a cada segundo que passava. Como é que nenhuma destas pessoas notou os sinais de abuso?.

Balanço a cabeça depois de sair da casa do último vizinho, e começo a descer a calçada antes de ligar para Kaspian.

Seu rosto aparece um segundo depois, seus olhos

escondidos por um par de óculos escuros enquanto ele parece focar em algo pelo telefone.

Franzo a testa.

— Está dirigindo?

— Sim. — Ele não parece entusiasmado com isso. — O Nox e o Bane levaram a Fallon para a lagoa. Eu a esvaziei, mas agora sinto que preciso estar lá também.

Arquei a sobrancelha.

— Você a deixou sair do palácio?

Ele aperta a mandíbula visivelmente.

— Nox e Bane me convenceram de que era uma boa ideia.

— E agora você não tem tanta certeza, e é por isso que está dirigindo até lá para ver como eles estão — termino por ele.

— Algo assim — ele murmura. — De qualquer forma, houve alguns desenvolvimentos.

— Estou ouvindo.

Kaspian começa a história sobre como Fallon morreu de novo e voltou em algum tipo de episódio em que ela mencionou a irmã, Issy, e algo sobre "os patriarcas".

Ele continua me contando sobre as mentiras de Fallon, ou o que ele interpreta como mentiras, e termina com:

— Então tentei rejeitá-la, mas ela me beijou. E, bem, agora ela está nadando com Nox e Bane.

Parei de andar em algum momento quando Kaspian disse que Fallon basicamente morreu de novo, e estou boquiaberto segurando o telefone desde então.

— Alguns desenvolvimentos? — repito, usando sua descrição dessas atualizações colossais. — E você a beijou?

— Tecnicamente, ela me beijou. Eu apenas... retribuí. — Ele ajusta os óculos, com o foco ainda na estrada e não no telefone. Conhecendo Kaspian, ele deve estar em um de seus carros esportivos favoritos e conectou o telefone ao painel, daí minha visão de seu rosto.

Está escurecendo, mas como um vampiro mais antigo, ele é mais suscetível à luz do dia, o que explica os óculos escuros. Com qualquer outra pessoa, eu suporia que ele estava tentando esconder seus olhos de mim, talvez para ocultar a emoção que aquele beijo trouxe.

— O beijo não é com o que estou preocupado — ele continua. — São as mentiras e os comentários dela sobre os patriarcas. Isso não é linguagem usual de clã, o que significa que pode estar relacionado a várias coisas, mas só ouvi esse termo sendo mencionado em conversas sobre uma seita de bruxos específica dos Sindicatos Sobrenaturais.

O Clã dos Excluídos, traduzo, ciente da estranha dinâmica política dentro desse sindicato. Embora as matriarcas sejam consideradas o rosto da organização, as bruxas normalmente são mais fortes que os bruxos, existem rumores de um poderoso patriarcado operando nos bastidores.

Infelizmente, ninguém se preocupou em investigar essas alegações. Nem tenho certeza se muitos ouviram falar disso. Só estou familiarizado com os rumores porque é meu trabalho saber dessas coisas.

No entanto, havia ameaças demais para se preocuparem, aquelas que existem dentro de Casas legalmente formadas, não em seitas formadas de maneira criminosa. Daí a razão pela qual ninguém se incomodou em examinar a situação.

Mas talvez tenhamos motivo para fazê-lo agora, penso.

— Sabemos que a Fallon é de Terra de Ninguém, o que tecnicamente inclui aquela área famosa de Nova York — digo, pensando em voz alta. — Claro, pode haver uma série de redes sobrenaturais sobre as quais não sabemos muito em outras áreas, que usam um termo semelhante. Mas, primeiro, devemos pesquisar o que sabemos que existe.

— Concordo. — Ele olha para a esquerda e depois para a direita quando a seta começa a soar pelo alto-falante. — E embora Fallon afirme que a irmã está morta, sei que ela está mentindo. Isso significa que sua irmã está em algum tipo de problema. Também me faz pensar que está relacionado a um sindicato.

— Então você quer que eu vá para a cidade de Nova York para verificar. — É um próximo passo lógico. — Gosto muito mais desse plano do que ficar aqui. Esses vizinhos são inúteis. Eles nem reconheceram os sinais de abuso de Fallon, apenas presumiram que ela era reclusa.

— Muitas vezes, as pessoas fecham os olhos para situações desconfortáveis e justificam isso, dizendo que estão apenas cuidando da própria vida.

Eu resmungo.

— Sim, bem, se ao menos um deles tivesse percebido, a Fallon poderia ter sido salva anos atrás.

— Ela está segura agora — Kaspian diz. — E estará segura daqui para frente também.

Observo seus traços sérios por um momento antes de comentar:

— Não está preocupado com aquele beijo, é? — Porque me parece que ele já está demonstrando sinais de posse.

Na verdade, acho que tem sido assim desde o início. Caso contrário, por que ele insistiria em acomodá-la na suíte de hóspedes pessoal? Não era apenas para mantê-la mais perto dos olhos ou porque ele temia seus poderes, mas porque uma parte dele a queria por perto. Uma parte que agora a reconhecia como sua companheira.

— Só estou esperando que essa teoria sobre o Clã dos

Excluídos esteja errada — ele murmura. — Mas o relato de Klas sobre como conheceu Fallon é vago, na melhor das hipóteses. E ninguém pensou em questioná-lo desde que ele disse que se conheceram durante uma de suas missões, então os antecedentes não foram notados. O que, olhando para trás, parece ter sido proposital.

Eu assinto, concordando com tudo o que ele está dizendo.

— E ser de um dos Sindicatos Sobrenaturais teria tornado sua aceitação na Casa de Ouro e Granada ainda mais difícil — ele acrescenta. — Isso torna minha teoria ainda mais provável de que ela tem laços com o mundo do sindicato.

— O que significa que provavelmente há muito mais nessa história — digo, pensando em todos os detalhes nebulosos em torno de Klas. — A própria origem dele é duvidosa, considerando que cada membro de sua família supostamente está morto. Seus colaboradores no ano passado foram mais amigos do que parentes, deixando seu passado tão ambíguo quanto o de Fallon.

Nada disso é informação nova para Kaspian, pois os registros de Klas estavam vazios desde o início. Mas atribuímos isso à falta de conexões familiares. Agora, parecia que havia mais em jogo.

Mais do que a Fallon não está dizendo.

— Vou ver o que posso encontrar em Nova York — concluo. — Vou investigar os Sindicatos Sobrenaturais, perguntar se alguém conhece *Fallon Doyle*.

— Eu também poderia perguntar ao novo Chanceler de Terra e Esmeralda — Kaspian acrescenta. Seu tom tem uma pontada de desconforto. — Será que ela conhece a Fallon?

— Você pode confiar nela? — pergunto.

— Não posso confiar em ninguém em posição de

poder — ele responde. — No entanto, não vejo como ela poderia usar essa informação contra mim. Talvez ela possa lhe oferecer alguma ajuda enquanto estiver lá também. Isso pode me deixar em dívida, mas será uma boa maneira de testar seu mérito para futuras alianças.

Eu bufo.

— Não preciso de ajuda, Kas. Eu me misturo naturalmente. — É um dos meus talentos: a arte da camuflagem. Minhas asas se retraem. Meu cabelo e olhos mudam de cor dependendo do ambiente. E minhas feições são geralmente fáceis de se esquecer. Tudo isso é um ganha-ganha no que diz respeito à espionagem. — Entrarei em contato quando estiver em Nova York.

Kaspian assente.

— Tudo bem. Devo ter tido a oportunidade de falar com a Chanceler Nikki até lá, então eu te atualizo sobre o que ela sabe também.

Assinto em compreensão, não que o Rei de Ouro e Granada possa perceber.

— Perfeito — digo a ele. — Enquanto isso, divirta-se com a Fallon. Talvez mais alguns beijos e orgasmos dos espectros façam nosso canário cantar, hein?

Encerro a chamada antes que ele possa responder, já que minha sugestão é retórica e não exige resposta. Mas é uma imagem divertida para fantasiar: Fallon gritando de prazer.

Claro, eu negaria o clímax a ela várias vezes primeiro. Eu a faria implorar um pouco.

Não sou reverente como os espectros. Nem faço jogo jogos sensuais como Kaspian.

Sou direto.

Exigente.

E adoro fazer uma mulher gritar de uma forma que ela nunca gritou antes.

Quando eu puxar Fallon para baixo de mim, ela vai se despedaçar de forma tão severa, que vai se esquecer do próprio nome. Essa será a minha recompensa por derrubar suas paredes e forçá-la a uma nova estratosfera de gratificação.

Porque Fallon não precisa que segurem suas mãos. Ela precisa de alguém disposto a testar seus limites. Fazê-la falar.

Resta saber se essas palavras são inocentes ou não.

Talvez ela seja traidora.

Talvez seja um peão.

Não saberemos até que ela se abra. Ou até eu descobrir os segredos que ela está tentando enterrar.

De uma forma ou de outra, a verdade será nossa.

Porque se Nova York não revelar nada, serei forçado a voltar.

E não tenho medo de fazer nosso doce canário sangrar.

NOX

Sou viciado nos lábios de Fallon. Tão carnudos e deliciosos. Tão macios. Tão *meus*.

Minhas mãos percorrem suas curvas, adorando o modo como elas se encaixam perfeitamente em minhas palmas, confirmando que esta mulher foi feita para mim.

Feito para *nós*.

Suas coxas envolvem minha cintura, seu calor pressiona minha virilha, mas não é suficiente. Nossos trajes são muito grossos e a água ao nosso redor distorce a sensação.

Eu quero mais.

Eu *a* quero.

Mas concordei em fazer isso do jeito de Bane, indo *devagar*.

Fallon sofreu muitos anos de abuso. Ela merece ser cuidada. Querida. *Adorada*.

O prazer dela é importante, e se ela estiver satisfeita em apenas me beijar a noite toda, eu permitirei. Não me importo se minhas bolas doem por falta de contato ou se meu pau pulsa com a necessidade de estar dentro dela, são as sensações dela que mais importam.

É por isso que só permiti que minhas mãos subissem pelas laterais do seu corpo e descessem até sua bunda voluptuosa.

Bane está atrás dela, com o peito em suas costas, os lábios em seu ombro e depois em seu pescoço.

Estou plenamente consciente de seus movimentos, de nossas experiências juntos, nos permitindo estar em sintonia um com o outro.

Quando paro de beijá-la, ele segura sua nuca e vira sua cabeça para o lado para devorá-la, e eu assumo o caminho em seu pescoço.

Ela respira fundo contra mim, cravando as unhas em meus ombros enquanto sua metade inferior arqueia apenas o suficiente para aplicar pressão entre suas coxas.

Sorrio contra seu pescoço.

— Gostaria de poder sentir o quanto você está molhada, vaga-lume. Quero te provar.

Ela geme contra a boca de Bane, subindo os dedos pela minha nuca e passando pelo meu cabelo. A mão oposta vai para o pescoço de Bane, apertando cada vez mais sobre nós dois.

— Eu preciso de mais — ela ofega. — Eu... sinto que estou pegando fogo.

— Porque você está, doce chama — Bane sussurra contra sua boca. — Você está ardendo por *nós*, seus companheiros predestinados.

Ela faz um som, que termina em um gemido delicioso, enquanto pressiono meu pau contra seu centro sensível.

— Estamos queimando por você também, vaga-lume.

— É verdade — Bane concorda, movendo os quadris contra os dela por trás. — Você está pronta para ir para um quarto? Ou quer ficar aqui?

Seus cílios tremulam enquanto ela percebe a escuridão ao nosso redor, o sol tendo desaparecido por completo apesar do final da tarde.

O inverno na Islândia proporciona noites muito longas.

Algo que espero que possamos aproveitar hoje.

— Faremos o que você quiser, Fallon — Bane diz baixinho. — Estamos sob seu comando.

Isso não é exatamente verdade, mas estou disposto a participar nesta primeira sessão juntos. Fallon precisa de uma apresentação gentil, que lhe dê confiança e compreensão de como serão as coisas entre nós.

Não somos como seu ex-companheiro, algo que ela entenderá com o tempo. O que torna essa experiência inicial extremamente importante.

Assim que conquistarmos mais confiança, poderei aumentar gradualmente a intensidade e mostrar a ela algumas das minhas preferências. E, ao mesmo tempo, dominarei suas expectativas ao longo do caminho.

Porque ela sempre virá em primeiro lugar. *Minha Fallon. Meu vaga-lume. Minha companheira.*

— Para o quarto — ela diz, arqueando-se para mim novamente. — Vamos para o quarto.

Sorrio contra seu pescoço, pairando os lábios sobre seu pulso acelerado.

— Como quiser, vaga-lume. — Mordisco a pele macia e depois passo a língua nela. — Encontrarei você e o Bane lá com a chave.

Kaspian tem uma suíte no local que raramente usa, pois prefere seus aposentos no palácio. Felizmente, há uma chave reserva na área da recepção.

E como já fiquei aqui uma vez, sei exatamente onde fica.

Passo os lábios pela bochecha de Fallon, em seguida, coloco-a nos braços de Bane para que possam nadar juntos de volta. Ela não protesta e ele também não, os dois imediatamente se beijam, o que os deixa gemendo atrás de mim.

Sorrio em antecipação.

Quando Fallon disse que nos queria, todo o meu plano para a tarde mudou. Originalmente, eu pretendia mostrar a lagoa, talvez fazer um tratamento facial com lama com um pouco da sílica natural encontrada ao redor da borda da água.

Mas tudo mudou no momento em que ela disse:

— Por favor.

Meu pau pulsa com a lembrança daquela única palavra, meu desejo de ouvi-la de novo é uma necessidade que pulsa dentro da minha mente.

Quero que ela me implore para fazê-la gozar com a língua. Para que eu transe com ela. Depois, me implore para fazer tudo de novo.

E de novo.

E de novo.

— Puta merda — murmuro quando saio da água dentro do prédio principal.

É melhor que Bane não perca tempo. Preciso despir Fallon e adorá-la com a boca. Explorá-la com as mãos. Devorá-la com a língua.

Pego dois roupões fofos atrás do balcão de toalhas e os apoio na bancada para Fallon e Bane antes de pegar um para mim.

A área adjacente do hotel não fica muito longe, mas mudo para minha forma de espectro para atravessar as paredes, ansioso para garantir que tudo esteja pronto.

Faço uma pausa quando chego à área de recepção, e arregalo os olhos ao ver Kaspian encostado na mesa com a chave já na mão.

Ele não pode me ver em minha forma fantasmagórica,

mas está claramente me esperando porque está girando o item em um dedo.

— Sei que você está aqui, Noxious — ele diz, usando meu nome completo em vez do meu apelido.

Apareço na frente dele e arqueio uma sobrancelha.

— É aqui que você me dá um sermão e diz que não posso transar com a Fallon? Porque tenho certeza de que essa não é uma decisão sua.

Podemos transar muito juntos, mas não estamos comprometidos um com o outro.

— Não, eu ia te dar permissão para ficar no meu quarto. — Ele estende a chave. — Embora eu suspeite que você iria usá-lo de qualquer maneira.

— Ia — admito, aceitando a chave. — E nós dois sabemos que você não veio até aqui para nos dar acesso à sua suíte. — Cruzo os braços. — O que está acontecendo? O Nolan encontrou alguma coisa?

Kaspian balança a cabeça.

— Ainda não. Mas ele está a caminho de Nova York para verificar uma pista.

— Que pista? — pergunto, com a testa franzida. A cidade de Nova York é o lar de uma infinidade de sindicatos sobrenaturais. Certamente Fallon não está relacionada a eles.

— Fallon mencionou patriarcas algumas vezes esta manhã enquanto sofria com seu *episódio*. — A expressão de Kaspian fica nublada. — Eu só ouvi esse termo ser mencionado como um boato, especificamente em relação ao Clã dos Excluídos.

Arqueio as sobrancelhas.

— Por que você não disse algo antes?

— Porque é apenas um palpite — ele responde. — E espero estar errado sobre ele.

Bem, isso só me confunde mais. Posso entender que ele

esteja desconfortável com uma ligação com um Sindicato Sobrenatural, afinal eles são organizações mafiosas que lidam com magia perigosa e outras coisas sinistras, mas uma associação não implica culpa imediata.

— O que importa se você estiver certo? — pergunto. — Não podemos escolher de onde viemos, Kas. Nascer na Terra de Ninguém não é crime, é apenas um destino infeliz.

A expressão de Kaspian fica ainda mais sombria.

— É um Sindicato Sobrenatural cheio de atividades ilegais. Se ela for do Clã dos Excluídos, pode haver atividades nefastas em jogo.

— E você veio aqui para nos avisar agora? Horas mais tarde? — pergunto em voz alta. — Você poderia ter poupado uma viagem a todos nós expressando suas preocupações mais cedo, você sabe, depois que a Fallon mencionou os patriarcas. — Não que eu estivesse reclamando de poder sair com Fallon, mas toda essa conversa destruiu meus planos para a noite.

Supondo que Kaspian esteja aqui para nos fazer voltar, de qualquer maneira.

Mas então por que oferecer seu quarto?

— Não, não estou aqui para isso. Você perguntou sobre o Nolan, e eu simplesmente... — Kaspian para e suspira. — Olha, só estou aqui porque senti que precisava estar mais perto. Não consigo explicar o motivo, porque eu mesmo não entendo. — Ele estremece com a admissão, quase como se sentisse que isso o fazia parecer fraco.

— Ah. — Sorrio. *Este* é um sentimento que eu entendo muito bem. — Você quer dizer que está aqui porque não conseguiu ficar longe da Fallon. — Esse foi um bom motivo para interromper nosso pequeno encontro. Muito melhor do que lançar dúvidas sobre a origem de Fallon e insinuar que ela pode estar abrigando más intenções associadas ao seu clã criminoso em casa.

Passei mais de um ano com Fallon. A fêmea não tem um osso perverso em seu corpo.

Apenas uma língua muito safada, decido. *Uma que ela afia sempre que Kaspian está por perto.*

Ele não confirma nem nega, em vez disso diz:

— Presumo que você planeja passar a noite aqui?

— Se você permitir — eu me esquivo.

Suas íris escuras percorrem meu roupão, e um brilho calculista surge em seus olhos.

— Você vai fazer com que valha a pena?

— Está desejando um show? — contra-ataco. — Porque Bane e eu estamos prestes a criar uma obra-prima e sei o quanto você gosta de assistir.

— Gosto — ele murmura. — Quais são as chances de Fallon me permitir o prazer de observar?

— Podemos perguntar a ela. — Embora eu não tenha certeza se isso vai de acordo com o lento plano de introdução de Bane.

— Humm, não — Kaspian diz, percebendo minha incerteza ou sua hesitação é por conta própria. — Ela não está pronta para nós três. Mais especificamente para mim. Mas posso precisar que você passe por aqui depois que terminar, só para me dar um gostinho dela.

— Passar por onde? — pergunto.

— Vou ficar com o quarto ao lado da minha suíte. Tecnicamente é minha também, projetada para convidados.

— Prefere que peguemos esse quarto?

— Não, minha suíte é melhor. — Ele sorri e acrescenta: — E a cama também é maior.

— Estou familiarizado.

— Eu sei.

— E passarei por aqui depois que ela estiver dormindo. Você sabe, para agradecer e dar aquele gostinho que você pediu.

— Bom. — Suas íris cintilam com uma fome mal contida. — Você também irá detalhar seus orgasmos para mim.

— Como se você não fosse ouvir através da parede — digo.

— Ouvir não é o mesmo que ver. Quero descrições.

— Você as terá, alteza.

Ele assente, aparentemente satisfeito.

— Então vá agradar nossa companheira.

Meus braços caem para os lados, então jogo a chave dele no ar e a pego.

— Pode deixar.

— Muito bem, Nox — ele diz quando começo a me virar.

Arqueio uma sobrancelha para ele.

— Quando é que não fui minucioso, Kas?

A diversão flerta com sua expressão.

— Apenas se certifique de que possa ouvir os gritos dela.

— Ah, você vai ouvir muito mais do que isso. — O que sei que irá agradá-lo.

Fallon pode me chamar de *voyeur*, mas Kaspian é quem realmente gosta de assistir. Ele pode passar uma noite inteira sem se tocar, enquanto observa as aventuras sensuais ao seu redor com uma fome mal contida em seus olhos.

São naquelas manhãs depois de uma noite de diversão que ele mais me usa.

Eu amo seu tipo de diversão sexual. É exclusivamente dele.

Espero que Fallon também goste.

Mas isso é aventura para outro dia.

Ela requer uma introdução lenta primeiro. Então cuidarei das necessidades de Kaspian por ela, apenas para manter seu lado sombrio sob controle. E em algum momento, alcançaremos novos níveis de prazer como grupo.

Talvez eu até deixe Kaspian demonstrar suas inclinações comigo primeiro. Supondo que Fallon goste disso, de qualquer maneira.

Tudo será no ritmo dela, sendo tudo escolha dela.

Porque ela é nossa companheira.

E o prazer dela sempre estará em primeiro lugar.

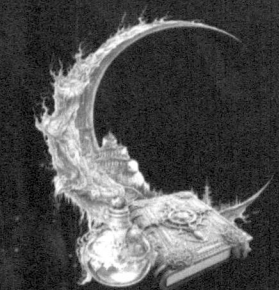

FALLON

Ai1, estrelas, vou explodir e eles mal me tocaram.

Bane insistiu em tomar banho quando chegamos ao quarto, dizendo algo sobre a sílica na água e como ela estragaria meu cabelo.

Achei que era uma desculpa para me despir.

Mas ele me deixou de biquini e se concentrou em lavar meu cabelo enquanto Nox ensaboava minha pele.

Suas mãos estão em todos os lugares e em lugar nenhum ao mesmo tempo.

Tocando. Acariciando. Esfregando. *Lavando.*

É uma tortura erótica que me faz me contorcer entre eles. Se eles não tirarem a roupa de banho logo, farei isso por eles.

Nunca me senti tão carente antes. Tão ousada. *Tão faminta.*

Os.lábios de Bane acariciam o ponto sensível atrás da minha orelha enquanto as palmas das mãos de Nox se movem para cima e para baixo em minhas pernas. Ele está de joelhos diante de mim enquanto o peito quente de Bane queima minhas costas.

O dilema é demais.

Não é o suficiente.

Está me deixando *louca*.

Um gemido me escapa enquanto Bane passa os dentes pelo meu pescoço, apertando meus quadris.

Eles estão me seduzindo. Me drogando com sua presença. *Provocando* cada nervo do meu corpo.

Os dedos de Bane brincam com as tiras da parte de baixo do biquíni enquanto o toque de Nox alcança meus tornozelos.

Espero, prendendo a respiração, torcendo para que Bane puxe as tiras e me liberte.

Mas ele não faz isso.

Bane apenas brinca com o nó, provocando meus sentidos.

Eu me inclino para trás em sua força muscular, e viro a cabeça para encontrar seu olhar.

— Você está me torturando.

— Estou? — ele pergunta, com os olhos escuros brilhando com diversão.

— Vocês dois estão — acuso quando a boca de Nox toca a parte interna da minha coxa.

É uma sensação elétrica, que se intensifica quando ele passa os dedos pelas minhas panturrilhas até os joelhos.

Olho para suas íris azuis vibrantes, notando o sorriso nas profundezas brilhantes.

— Me torturando mesmo — grunho enquanto passo os dedos por seu cabelo úmido. — Vocês não podem me lavar direito enquanto eu ainda estiver com essa roupa de banho.

— Isso soou como um convite para tirá-lo, Nox? — Bane pergunta em meu ouvido.

— Foi o que me pareceu, Bane — Nox responde. —

Mas acho que ela precisa dizer isso claramente. Exigir que o tiremos. Nos diga exatamente o que ela quer.

— Humm, concordo. — A respiração de Bane é quente contra minha pele, suas palavras são um murmúrio baixo que faz meu coração disparar. Seu sotaque escocês está um pouco mais forte agora, mais profundo. Raramente noto isso, sua cadência só aparece em certas frases de vez em quando.

Mas ouço neste chuveiro, na maneira como ele fala no meu ouvido.

Ainda é sutil.

Assim como o sotaque de Nox.

Mas é tão atraente. Me faz pensar se alguma das minhas raízes irlandesas está aparecendo. Eu também às vezes tenho um sotaque. Normalmente, quando as emoções estão exacerbadas.

Como agora.

— Diga o que você quer, moça — Bane murmura. — Me peça para desamarrar essas tirar e eu o farei.

— Depois você pode me dizer onde quer minha boca — Nox acrescenta, suas palavras soando contra minha coxa. — Me diga como usar a língua. Me deixe lamber essa boceta doce e provar seu prazer delicioso por mim mesmo.

Bane geme.

— Se você deixá-lo fazer isso, precisarei provar também. Mas posso começar pelos seus seios, moça. Sugar seus mamilos. Te deixar louca.

— De que cor você acha que eles são? — Nox pergunta, seus olhos azuis indo para o homem atrás de mim. — Rosados? Um marrom escuro?

— Rosados com certeza. — Bane acaricia meu pescoço. — Quer que a gente tire o top? Para vermos se estamos certos?

Estou ofegante entre eles, suas palavras acendem um fogo dentro de mim que queima sem controle.

Quero tudo o que eles acabaram de dizer.

Tudo e mais...

— Tire — imploro. — Essas peças... são demais. Muito restritivas. Muito...

Bane puxa as tiras da parte inferior enquanto Nox agarra o triângulo entre minhas coxas, os dois trabalhando em conjunto para arrancar o tecido da minha pele.

O sutiã é o próximo, mas Bane cuida disso sozinho.

— Rosados — ele grunhe e a vibração provoca arrepios em meus braços.

— Lindos — Nox diz com um olhar reverente, enquanto permanece de joelhos.

Engulo em seco, de repente consciente do fato de que ele está quase no nível do meu sexo. Klas sempre exigiu que eu me depilasse, algo que não fazia há mais de um ano. Agora, os pelos estão apenas aparados.

Eu deveria ter depilado? Raspado mais? Me preparado para isso?

Bane mordisca o lóbulo da minha orelha.

— Pare de pensar, doce chama. Nos deixe te adorar.

— Você é perfeita — Nox ecoa. — Agora nos diga o que você quer.

Estremeço quando encontro seu olhar mais uma vez, sua luxúria brilhando para mim através de piscinas gêmeas de safira de necessidade.

— Tudo — digo a ele. — Eu quero tudo. — *Tudo o que eles disseram. Tudo o que eles querem fazer. Tudo o que pode existir.*

Porque nunca me senti assim antes. Tão livre. Tão viva. Tão *segura*.

Klas só me usou para seu próprio prazer.

No entanto, Nox e Bane... eles não são *ele*. Eles estão me perguntando o que eu quero. Me pedindo para dizer o que fazer. *Me beijando como se eu valesse alguma coisa para eles.*

Pode ser que tudo seja o feitiço. Um encantamento sombrio e distorcido. Mas não posso deixar de me entregar a isso agora.

Um dia, encontrarei uma maneira de libertar Bane e Nox. É o mínimo que posso fazer depois do quanto eles foram bons para mim.

E se eles me odiarem por ceder a essa luxúria inspirada pela magia? me pergunto. *Eles vão usar isso contra mim para sempre? Ou estavam falando sério quando disseram que me queriam desde o início?*

Talvez seja verdade. Afinal, também me senti atraída por eles.

É isso que torna impossível recusá-los.

Especialmente quando Nox está olhando para mim com intenções deliciosas em seus impressionantes olhos azuis.

Aperto seu cabelo com mais força, sentindo de repente como se precisasse estar firmada ou poderia cair.

— Acho que você deveria se sentar, Bane, e puxar a Fallon para seu colo. — O tom suave de Nox provoca um arrepio na minha espinha.

— Só se a moça concordar em tirar meu calção de banho primeiro. — A boca de Bane ainda está perto da minha orelha, seu corpo quente marca toda a minha pele exposta. — Vai me ajudar, pequena chama?

— Sim. — Me viro em direção a ele, e minha ansiedade faz com que Nox ria enquanto se afasta para me deixar mover.

Bane não parece divertido como ele, sua expressão é de admiração enquanto seu olhar percorre meu estado nu.

— Nox estava errado. — Seu sotaque escocês está em alta agora. — Você é muito mais que linda, minha moça. Você é perfeita. Esplêndida. A criatura mais maravilhosa que já vi.

Sinto as bochechas esquentarem com seus comentários, e desvio os olhos para seu torso esculpido. *Músculo sólido. Assim como Nox.*

Eu já sabia disso, principalmente depois que passamos um tempo na lagoa.

Mas isso não me impede de olhar para Bane mais uma vez. Ele me chama de perfeita, mas honestamente, esses dois homens redefinem o termo.

— Você vai devorá-lo com os olhos ou despi-lo, vaga-lume? — Nox crava os dentes na minha bunda no segundo seguinte, me fazendo ofegar.

Não foi uma mordida forte, apenas uma mordidinha, mas foi tão inesperada que fico paralisada por um instante quando sua língua toca o mesmo lugar.

Por que isso é bom?

Ele me morde novamente na nádega oposta, e o movimento me acorda de uma forma que eu nunca poderia ter previsto.

Porque *gosto* dessa sensação. Dói um pouco. Mas sua língua afasta a dor e deixa uma carícia reconfortante.

A palma de mão de Bane sobe pelo meu braço até o pescoço, onde ele envolve minha nuca.

— Tire minha roupa, pequena chama. — Ele se inclina para roçar a boca na minha. — Tire e nós a recompensaremos.

Eu gosto dessa ideia.

Também quero ver Bane inteiro. Ele é muito mais alto do que eu, todos eles são, e musculoso também.

Engulo em seco enquanto levo os dedos para a frente de seu calção de banho para afrouxar o laço.

Então, gradualmente, começo a puxá-los para baixo.

Para baixo.

Para baixo.

Para baixo.

Estrelas...

Ele é bem proporcional ao seu tamanho. *E está muito duro.*

Mordo o lábio enquanto a peça cai no chão de ladrilhos. Nox se aproxima de mim e Bane tira a peça, os dois trabalhando juntos para deixar o espectro nu na minha frente.

— Quer me tocar? — Bane pergunta, segurando minha nuca.

Eu concordo.

— Fale em voz alta, vaga-lume — Nox diz, afundando os dentes em meu traseiro mais uma vez. — A comunicação é importante para nós.

— Sim — sibilo enquanto ele dá outra mordida. Dou um gemido e ele afasta a dor mais uma vez com a língua.

Bane pressiona os lábios nos meus em um beijo gentil.

— Me toque, doce chama. Coloque fogo em mim.

Pressiono a palma da mão em seu abdômen rígido, e minha mão pálida contrasta com a pele bronzeada. Então, desço meu toque.

Tão musculoso e suave. Tão quente. Tão masculino...

Ele tem covinhas nos ossos do quadril.

Estrelas, quero lambê-lo...

Mas primeiro, preciso senti-lo. Explorá-lo. *Conhecê-lo.*

Desço mais os dedos, até os pelos curtos e escuros que emolduram sua circunferência impressionante. *Ele é muito grosso*, penso. *Longo também.*

É um complemento perfeito para sua estrutura muscular.

Envolvo a mão nele, amando a forma como sua excitação quente marca minha pele.

Ele queria que eu o queimasse, mas é o contrário.

— O que acha, vaga-lume? — Nox pergunta, subindo

e descendo as mãos pelas minhas coxas. — O tamanho dele te impressiona?

— Tudo nele me impressiona — admito enquanto o acaricio de cima a baixo, e meu olhar encontra o de Bane. — Você é muito mais perfeito do que eu.

Ele sorri.

— Somos perfeitos juntos. — Ele aperta minha nuca. — O ajuste ideal. — Bane me puxa para si, fazendo com que meus seios se apoiem em seu peito. — Agora é hora de recompensá-la, moça. *Por completo.*

Nox geme contra minha coluna, movendo a boca para a parte inferior das minhas costas.

— Me deixe ver primeiro o quanto ela é apertada.

— Humm — Bane geme. — É bom ter certeza de que ela está preparada. — Sua boca reivindica a minha antes que eu possa perguntar o que ele quer dizer, mas posso adivinhar.

Eu disse que queria tudo.

Parece que meus espectros estão dispostos a obedecer.

Envolvo os braços no pescoço de Bane enquanto sua língua abre meus lábios, em um beijo sedutor e terno. É exatamente como ele: paciente e compreensivo, mas reforçado pela experiência. Ele está me dizendo com a boca que sabe como me fazer sentir bem, mas vai esperar até que eu esteja pronta antes de realmente começar.

Eu retribuo o beijo, confirmando que já estou. Eu o quero. Eu *os* quero.

A boca de Nox percorre a parte inferior das minhas costas até o quadril e desce até a coxa. Estremeço com seus toques sensuais, sentindo meu corpo vivo com uma infinidade de sensações.

Bane acaricia a base da minha garganta com o polegar enquanto sua mão livre corre pela lateral do meu corpo, provocando minha carne e fazendo meus mamilos contraírem em seu peito firme.

Mais. Mais. Mais, canto na minha cabeça.

— Abra as pernas — Nox diz, pressionando os dedos na parte interna das minhas coxas. — Preciso de acesso à sua doce boceta.

Um raio atravessa meu ser enquanto eu obedeço. Ninguém nunca fez isso comigo antes.

Me ajoelhei inúmeras vezes por Klas, mas ele nunca fez isso para mim. Nunca se preocupou em me *preparar*. Ele esperava que eu mesma cuidasse disso.

E fiz porque era necessário. Mesmo quando demorou vários minutos apenas para fazer meu corpo reagir.

Mas isso não será um problema agora. Posso sentir a umidade se acumular entre minhas coxas, e meus músculos internos se contraem em antecipação às intenções de Nox.

Nem tenho certeza do que ele planeja fazer. No entanto, isso não importa porque é ele. São *eles*.

Confio neles, percebo, sentindo meu coração acelerar enquanto Bane assume o controle do nosso beijo. Confio neles para me ajudar a ter prazer.

Posso até confiar que eles farão mais do que isso.

A constatação deveria me enervar, mas isso não acontece. Em vez disso, me sinto... segura.

Protegida.

Feliz.

E transmito isso a Bane com meu beijo.

Mas é Nox quem parece responder, deslizando a cabeça entre minhas coxas para permitir que sua boca acesse minha carne sensível.

Gemo contra Bane enquanto a língua de Nox me abre, seus movimentos são conhecedores e perfeitos, e me exploram da melhor maneira.

Bane continua a acariciar a lateral do meu corpo, enquanto a outra mão marca minha nuca.

Isso me faz focar no presente. Me mantém de pé. Garante que estou estável e capaz de aceitar muito mais.

É exatamente o que Nox me dá enquanto sua boca suga meu clitóris.

Um som estranho me escapa, acompanhado por um tremor violento que quase dobra meus joelhos.

Nunca experimentei tanta intensidade. Que *loucura*.

Outro ruído ininteligível sai da minha boca, mas é engolido por Bane.

— Deliciosa — Nox murmura, sua voz de alguma forma se eleva acima dos chuveiros que derrubam água ao nosso redor. — E tão molhada.

Bane geme contra minha boca, acariciando meu pescoço com o polegar.

— Claro que sim — ele responde, com a voz rouca. — Ela é perfeita.

— Ela é nossa — Nox diz enquanto seu toque circunda meu núcleo. — Agora, vamos ver quantos dedos você consegue tomar, vaga-lume. Você precisará de pelo menos três para estar pronta para o Bane.

BANE

MINHA PEQUENA CHAMA tem gosto de tentação.

A forma como ela se contorce, a maneira como seus braços me apertam e como sua língua dança com a minha é o suficiente para me levar perto do limite antes mesmo de estar dentro dela.

Mas não consigo me afastar ou me conter.

Ela é viciante. Uma luz ardente que me atrai como uma mariposa.

Eu a quero mais do que quero respirar.

E sei que Nox sente o mesmo.

Fallon se agarra a mim enquanto a ele a penetra com os dedos. As ações dele são intencionais.

Assim como sei que a boca de Nox a está aproximando do limite do orgasmo, levando-a lentamente a um ápice que pode destruir a todos nós.

Mas ele não vai deixá-la gozar até que eu esteja dentro dela.

Saber disso me faz sorrir contra sua boca ansiosa, passo a mão em suas curvas enquanto a seguro contra mim com a oposta em volta de sua nuca.

— Você gosta do que ele está fazendo com você, moça? — pergunto à minha querida chama. — Ele está te fazendo queimar?

— Sim. — Ela estremece. — Gosto do que vocês dois estão fazendo comigo.

Meu sorriso se amplia.

— Boa resposta, doce chama.

— Boa resposta mesmo — Nox ecoa, fazendo-a estremecer. Provavelmente porque ele falou as palavras contra o clitóris dela. — Ela está pronta.

— Hum. — Mordo seu lábio inferior. — Você se lembra do que o Nox disse sobre se sentar no meu colo?

Ela assente. Suas íris verdes cintilam de luxúria enquanto ela olha para mim com uma expressão bêbada de amor.

— Sim.

— Muito bem — eu a elogio. — Vou sentar no banco do chuveiro, depois quero que você se vire para Nox e deslize no meu colo.

— E enquanto você faz isso, o Bane vai guiar o pau em seu doce calor — Nox acrescenta. — Então, quando você estiver sentada, vou devorar sua boceta enquanto ele te come.

Os cílios de Fallon tremulam e suas bochechas florescem com um lindo tom de rosa.

— *Ah.*

Eu a estudo.

— Ah, sim? Ou, ah, não?

— Sim — ela responde de pronto a palavra que nunca me cansarei de ouvir de seus lindos lábios.

Eu a beijo, recompensando sua honestidade com um toque sutil da minha língua, então dou um passo para trás em direção ao banco na parede do box. É tudo feito de mármore, mas está quente devido ao vapor produzido pelo tempo prolongado sob a água quente.

Me sento enquanto ela me observa pelos olhos semicerrados, com a expressão faminta, enquanto acaricio com firmeza o meu pau que pulsa.

— Estou muito pronto para você, Fallon.

Ela estremece visivelmente e umedece o lábio inferior. Esse pequeno movimento sedutor inspira uma fantasia imediata dela de joelhos e envolvendo aquela boca deliciosa em volta do meu pau.

Puta merda, essa mulher vai me matar. Eu a quero mais do que jamais quis alguém em toda a minha existência. Ela é *perfeita*. Forte e inteligente. Esplêndida.

Sensual também, penso, maravilhado quando ela se aproxima e se vira para sentar no meu colo como esperado. Agarro seus quadris, ajudando a guiar sua bunda contra minha virilha.

Suas curvas são o paraíso, me tentando a pressionar contra ela e reivindicá-la como minha.

O sexo irá solidificar nosso vínculo conjugal para o resto da vida, unindo nossas almas para a eternidade. Nem preciso pensar no que isso implica. Aceitei esse destino quando o espírito dela beijou o meu.

Beijo seu ombro enquanto Nox avança, e seu olhar encontra brevemente o meu para verificar.

Ela está pronta, seus olhos me dizem.

Eu sei, respondo, descendo as mãos até suas coxas para abrir mais suas pernas, apresentando sua boceta para ele.

— Linda — ele elogia, seu nariz encontra o joelho dela. — Você é tão linda, vaga-lume. — Ele começa a beijar a parte interna de sua coxa. — Humm, quero ver você colocar o pau do Bane em sua doce boceta. Você pode fazer isso por mim, vaga-lume? Pode levantar esses lindos quadris e ajudá-lo a penetrar em você?

Fallon estremece em meu colo e assente.

— Sim. — Ela se inclina um pouco para frente para apoiar as palmas das mãos nas minhas pernas, e seu movimento me garante melhor acesso ao ápice sedutor entre suas coxas.

— *Puta merda* — sussurro. Sentindo meu pau pulsar ao ver sua forma ansiosa mudando para a posição certa.

Passo o braço em volta de seu abdômen, precisando segurá-la enquanto deslizo a outra mão entre nós.

Suas pernas se apertam em resposta enquanto arrepios percorrem seus braços. Nox se eleva, sua altura permite que ele fique quase no mesmo nível de Fallon sentada enquanto ainda está de joelhos, e se inclina para beijá-la.

Ela se derrete por ele, proporcionando a distração que preciso para me posicionar no santuário entre suas pernas.

Fallon paralisa no momento em que a cabeça alcança sua entrada, mas Nox faz algo com a língua para convencê-la a voltar ao momento.

Espero um pouco e, em seguida, gradualmente penetro sua boceta contraída.

Três dedos podem não ter sido suficientes, penso, com as paredes dela me apertando. *Apertada pra caramba...*

Fallon parece concordar, seus membros ficam tensos ao meu redor enquanto crava as unhas em minhas pernas.

Me movo devagar, tentando dar tempo para ela se aclimatar.

Enquanto isso, Nox continua a devorá-la, com as palmas das mãos em seus seios, provocando-a, adorando-a, fazendo-a ter prazer.

Solto meu pênis e alcanço ao redor dela para acariciar o polegar contra seu clitóris. Ela resiste em resposta, me levando mais fundo em seu centro escorregadio.

Um gemido ressoa em meu peito, e esse movimento quase me desfaz. Já faz muito tempo desde que experimentei uma mulher assim, e o fato de ser Fallon, *minha companheira*, torna tudo muito mais intenso.

Xingo contra seu ombro, provocando uma risada de Nox.

— Bom assim, hein? — ele provoca.

— Incrível pra cacete — corrijo, apertando seu torso com o braço.

Ele recua para me ver penetrar o pau nela, com o olhar faminto.

— Puta merda, Fallon. Você está tomando o pau dele tão lindamente, vaga-lume. — Ele se acomoda entre nossas pernas abertas, com o foco onde nossos corpos estão se unindo. — Eu poderia vê-lo te comer a noite toda.

Fallon geme. Seu corpo cai contra o meu enquanto ela se aproxima de mim, me forçando ao máximo.

Outro palavrão escapa dos meus lábios enquanto o gemido de Fallon se transforma em um ronronar carente.

Porque Nox agora está se deliciando com sua boceta como um homem faminto.

Posso sentir a barba por fazer perto de onde me juntei a Fallon. É pecaminoso. Sedutor. *Provocativo*. Seu toque combinado com o calor escorregadio que se contrai ao meu redor me obriga a me mover. Para estocar. *Tomar*.

Fallon grita, e o som é uma alegria em meus ouvidos, me persuadindo a dar mais a ela. A me mover mais rápido.

Não vou durar muito. Não posso. Isso tudo é demais. Eufórico demais.

Sua cabeça está apoiada em meu ombro, seu corpo tenso e quente entre mim e Nox. Seguro seu queixo e inclino sua cabeça para poder devorá-la com a boca.

Ela me aceita por completo. Sua língua dança com a minha enquanto Nox e eu a levamos mais perto do limite com nossas atenções conjuntas.

Posso senti-la pulsar ao meu redor, seus músculos internos se contraem enquanto ela se aproxima do ápice.

Nox grunhe contra ela, e a vibração parecendo reverberar através dela e dentro de mim. É erótico pra caramba e me obriga a estocar nela com mais força. Mais rápido. De forma mais poderosa do que antes.

Fallon ofega e seu peito sobe e desce em antecipação. Este ângulo é tão intenso, que me permite sentir cada centímetro do seu núcleo enquanto entro e saio dela.

— Seja uma boa menina e goze para o Bane, vaga-lume — Nox murmura. — Ele precisa sentir você chegar ao clímax. Isso o forçará a gozar também. Então posso lamber vocês dois até ficarem limpos.

Fallon solta um ruído ininteligível enquanto seus músculos internos se apertam ao meu redor.

— Humm, você gosta dessa imagem — digo contra sua boca. — Você prefere que eu goze na boca dele em vez de na sua boceta, doce chama?

Ela não responde imediatamente, seja porque está debatendo ou porque está muito envolvida nas sensações para falar. Mas depois de algumas estocadas, ela sussurra:

— Dentro de mim, por favor.

— É a minha preferência também — digo a ela antes de beijá-la novamente.

Sei que ela está usando anticoncepcional, porque levo seus suprimentos mensais, tornando a proteção desnecessária. Principalmente porque doenças não são algo com que precisamos nos preocupar.

O que significa que posso gozar dentro dela.

Mas não até que ela goze.

Porque preciso senti-la. Preciso vivenciar tudo com ela. Preciso *conhecê-la*. Bem e de verdade. De forma íntima. *Para sempre*.

Passo os dentes pelo seu lábio inferior carnudo.

— Goze para mim, doce chama — imploro a ela. — Goze para *nós*.

Ela respira fundo, abre os cílios enquanto seguro seus seios, apertando seus mamilos. Nox segue o exemplo abaixo, algo que sinto mais do que vejo, seu *timing* quase sempre em sintonia com o meu.

— Ah — Fallon geme. — Ah, *estrelas*...

Suas paredes internas me apertam enquanto todo o seu corpo fica rígido.

E então ela grita, o som bem-vindo ecoa no recinto de mármore e vidro, e me aperta como um laço.

— *Puta merda* — xingo. Seu clímax exige reciprocidade, sua boceta me aperta de forma tão severa, que não tenho escolha a não ser segui-la até o ápice em uma explosão que sinto em minha alma.

Tudo fica escuro. Então aceso. Quente e depois frio, apenas para ficar quente novamente quando meu esperma se derrama dentro dela, reivindicando minha companheira de dentro para fora.

Minha. Minha. Minha.

— Nossa — uma voz profunda corrige.

Eu o ignoro, muito consumido pela deusa sensual em meu colo, com seu corpo pulsando e levando o meu à beira da insanidade divina.

Juro que Fallon goza de novo, sua atração orgástica muito intensa para ser proveniente apenas de um clímax.

Mas estou muito perdido nas sensações para tomar nota, muito destruído pela perfeição do momento para me importar com qualquer coisa que não seja o nosso prazer mútuo.

Ela é meu par ideal. Minha companheira. A outra metade do meu espírito.

Não percebi o quanto estava perdido até encontrá-la.

— Não admira que eu tenha desejado você o tempo

todo. Você é impecável — murmuro, com meus lábios contra sua orelha. — Vou te valorizar e adorar pelo resto de nossas vidas, pequena chama.

Ela estremece contra mim, seu corpo cheio e totalmente saciado.

Nox ainda está ajoelhado entre nossas pernas, com os olhos brilhando de malícia.

— Minha vez — ele diz.

Murmuro de acordo e puxo Fallon para cima para liberar meu pau de seu calor delicioso. Mas antes que eu possa entregá-la a ele, Nox a puxa de volta e se inclina para lambê-la até deixá-la limpa.

Ela estremece e geme, levando as mãos para o cabelo dele para afastá-lo.

Mas ele é implacável, e logo ela está se contorcendo de novo, presa demais em sua boca para se preocupar em se recuperar. O nome dele sai da boca de Fallon, seguido pelo meu, e eu a beijo, ajudando-a a se fixar no presente enquanto Nox faz sua mágica entre as coxas dela.

Não fico nada surpreso quando ele a leva ao orgasmo novamente, nem fico chocado ao me ver endurecendo contra ela mais uma vez.

Estamos apenas começamos nosso tempo juntos. Não só por esta noite, mas por toda a eternidade.

— Você está pronta para o Nox te comer, pequena chama? — pergunto a ela. — Porque ele tem uma surpresa que você ainda não viu.

Ela abre os olhos, revelando piscinas gêmeas de êxtase esmeralda.

— Surpresa? — ela repete, parecendo adoravelmente exausta.

— Aham — murmuro, aproximando os lábios de seu ouvido. — É uma surpresa que você vai gostar.

— Que tipo de surpresa? — ela pergunta.

Em vez de responder, seguro seu queixo e viro seu rosto na direção de Nox em pé. Ele tirou a sunga em algum momento enquanto estava ajoelhado, provavelmente para poder se acariciar enquanto devorava Fallon.

Fallon pisca, sem entender imediatamente.

Então seu olhar vai para o pau de Nox.

E os piercings formando uma progressão em seu pênis.

Ela abre os lábios e eu acaricio seu pescoço.

— Parece intimidante — digo a ela. — Mas acredite em mim, você vai adorar. O Nox vai se certificar disso.

Ele estende a mão para ela então, e eu a solto.

— Quarto? — pergunto.

— Quarto — ele repete, puxando-a para fora do box, e a envolve em uma toalha fofa. — Agora que o Bane me ajudou a aliviar o estresse, podemos realmente começar.

NOLAN

PORTAIS SÃO MUITO MAIS RÁPIDOS que aviões, penso enquanto entro em um beco em Nova York. *Muito mais discretos também*.

Felizmente, um bom amigo meu acasalou com uma rainha bruxa. Embora os dois possam ter fugido para governar o mundo das bruxas no ano passado, o legado da minha amizade com o companheiro da rainha das bruxas me proporcionou alguns favores.

Como o acesso a portais de poções mágicas muito difíceis de encontrar.

Com um pouco do líquido, fecho o portal e observo o ambiente mal iluminado. Quando deixei a Irlanda, a noite estava caindo. O que significa que é tarde aqui. Mas o sol não brilha tanto lá em cima, graças aos imponentes arranha-céus ao meu redor.

Ainda um buraco de merda, percebo, depois de apenas alguns passos. Está tudo degradado com um toque distópico devido a décadas de atividades criminosas. Existem algumas áreas agradáveis, aquelas que pertencem às famílias dos chefes dos sindicatos, mas a cidade está quase toda em ruínas.

Infelizmente, nunca me importei muito com a cidade de Nova York. No seu auge, era lotada. E os edifícios sempre sufocaram minhas asas, algo que não mudou até agora.

Estou com as penas recolhidas, o que me dá a aparência de um homem normal andando pela rua. No entanto, posso sentir minhas plumas ansiando por liberdade, para voar para o céu e escapar dessas estruturas altas demais ao meu redor.

Giro os ombros, ignoro a sensação e me concentro na rua vazia.

O Clã dos Excluídos está sediado em Staten Island, o que faz com que...

Um arrepio de advertência acaricia minha nuca, fazendo com que meus pelos se arrepiem por baixo da jaqueta de couro. Continuo indo em frente, em um ritmo constante enquanto avalio o que me rodeia, procurando o que quer que tenha despertado meus instintos.

Não há ninguém por perto, nenhum indício de habitação e, ainda assim, sei que não estou mais sozinho. É uma perturbação repentina que faz minhas mãos coçarem para pegar uma de minhas armas.

Atrás de mim, percebo, a sugestão sutil de magia faz cócegas em meus sentidos de maneira errada.

Mas não me viro. Em vez disso, mantenho a cabeça erguida, fingindo não notar. Não até que eu tenha um ponto de vista melhor.

Chegando mais perto, penso, sentindo a magia se fortalecer nas minhas costas. *Filho da puta corajoso.*

Claro, eu sou o visitante aqui. E esta parte da cidade de Nova Iorque é governada por bruxas.

Faço uma pausa ao chegar ao próximo cruzamento,

fingindo interesse nas placas, ao mesmo tempo consciente da presença que se aproxima.

Cinco, começo a contar. *Quatro. Três. Dois.*

Minhas asas se abrem quando me viro, já puxando a arma e mirando diretamente na cabeça de uma bruxa que se aproxima. Seus olhos negros se arregalam, as palmas das mãos se erguem.

Mas não é um gesto de rendição.

É um gesto de agressão, algo que fica claro à medida que um encantamento brilhante se forma diante dela.

Semicerro os olhos.

— Eu não faria isso se fosse você, bruxa.

— Não faria o quê? — ela questiona. — Me proteger?

Arqueio uma sobrancelha.

— É você quem está me espionando. — Olho para ela pelo cano da arma. — Me diga o porquê.

Seu cabelo cor de obsidiana balança em um vento invisível, seu poder aumentando à medida que o encantamento diante dela cresce. Quero puxar o gatilho, minha intuição me diz que essa mulher é uma ameaça. Ela pode parecer delicada, mas as aparências enganam. Fallon é uma prova disso.

E esta mulher também é, algo que a energia crescente diante dela confirma enquanto pulsa no ar.

— Quem é você? — Seu tom é sublinhado com comando.

Um comando que ignoro.

— Alguém com quem você não quer brincar — eu aviso. — Apenas siga em frente e me deixe em paz. Isso vai salvar a sua vida.

Seus lábios se curvam um pouco.

— Minha vida vai ficar bem, arcanjo.

Bem, isso é interessante. A maioria dos sobrenaturais não

consegue adivinhar minha origem tão rapidamente. Pelo menos não quando escondo minhas asas.

— O que você fez com a Fallon? — ela pergunta, me fazendo parar.

— O quê?

— A aura dela está em você. Me diga por que e considerarei te deixar viver. Chamas negras cintilam em seus braços enquanto ela fala, enquanto a energia continua a pulsar na sua frente.

Fico olhando para ela por um longo momento enquanto meus instintos guerreiam.

Então faço algo que nunca pensei que faria.

Abaixo a arma.

— Você conhece a Fallon. — O que significa que preciso dessa bruxa viva para que ela possa me contar sobre minha companheira. — Como?

Aquela sobrancelha preta dela de alguma forma se ergue ainda mais.

— Você não é muito bom em responder perguntas, não é?

— Eu poderia dizer o mesmo sobre você — respondo. — Me diga como você conhece minha companheira.

Agora as duas sobrancelhas estão arqueadas.

— *Companheira*? — Ela dá uma risada. — Isso não é possível. Nikolas é seu companheiro.

Nikolas?

— Sou seu companheiro de segunda chance — esclareço. — O *Nikolas* está morto. O Rei de Ouro e Granada o executou no início desta semana.

Nikolas deve ser o nome verdadeiro de Klas, me dou conta, surpreso por um detalhe tão importante estar faltando em seus arquivos. Mas parece que isso foi omitido propositalmente.

— Segunda chance...? — Ela para, e um pouco do

fogo ao longo de seus braços morre. — Ah, merda... — As chamas desaparecem completamente. — Quando isto aconteceu?

— Quando *o que* aconteceu?

— O acasalamento — ela diz entre dentes. — Quando você se tornou seu companheiro de segunda chance?

Franzo a testa, a preocupação em sua voz é muito diferente do tom de comando de momentos atrás.

— Me diga como a conhece e considerarei responder.

Porque, até agora, ela não me deu muitas informações, mas revelei um detalhe importante sobre minha ligação com Fallon. Também abaixei a arma, apesar daquela esfera de energia girando em torno dela.

Se ela quiser mais detalhes, precisará me dar um motivo convincente.

A bruxa deve ver a determinação em minha expressão, porque ela suspira e atrai o encantamento esférico de volta para si.

— Fallon é minha prima.

Agora é minha vez de arquear uma sobrancelha.

— A semelhança familiar é inquietante — digo, observando seu cabelo preto, pele escura e olhos amendoados.

Esta mulher não se parece em nada com minha bruxa loira curvilínea.

Ela bufa.

— Não somos parentes de sangue. A tia dela me adotou quando eu era criança. — Ela cruza os braços delgados. — O vínculo de companheiro aconteceu logo após a execução? — ela pergunta, nos levando de volta à conversa sobre o acasalamento de segunda chance.

— Sim. Depois que ela voltou do plano da morte — digo, observando-a com cuidado para ver se aquela viagem ao *plano da morte* a surpreende. — Ela se uniu a nós quatro no momento em que começou a respirar novamente.

— Os quatro...? — A mulher arregala os olhos. — Ah, essa porcaria de feitiço... — Parece que ela está falando mais consigo mesma do que comigo, mas suas palavras me deixam instantaneamente alerta.

— Que feitiço?

— Aquele que a uniu a Nikolas — ela murmura, passando os dedos pelos cabelos enquanto começa a andar. — Os patriarcas sabem? — ela pergunta. — Deixa para lá. Claro que sabem. Ou vão saber. Com quem ela acasalou?

Ela para e olha para mim, as chamas negras aparecem em seus braços novamente.

Contraio a mão com a necessidade de levantá-la, sua expressão ameaçadora imediatamente me coloca na defensiva.

Exceto que seu olhar passa por cima do meu ombro no segundo seguinte enquanto ela diz baixinho:

— Não podemos ter essa conversa aqui.

Olho por cima do ombro e encontro a rua ainda vazia, mas os cabelos da minha nuca me dizem que ou é uma fachada ou está prestes a mudar.

— Por aqui — a bruxa diz enquanto uma porta aparece magicamente na parede de um prédio.

Fico olhando para o encantamento enquanto ela se aproxima.

— Por que eu deveria te seguir?

— Porque sei como quebrar o feitiço de companheiro predestinado — ela diz. — E provavelmente sou a única que vai te contar a verdade por aqui.

Feitiço de companheiro predestinado.

— Você está dizendo que não é real?

— Estou dizendo que não temos tempo para discutir

isso aqui — ela responde ao chegar ao encantamento. — Me siga ou vou localizá-lo mais tarde. É o que eu faço.

Ela desaparece pela soleira sem olhar para trás, me deixando na calçada.

Semicerro os olhos. Provavelmente é uma armadilha. Mas não sou facilmente subjugado, mesmo que seja levado a um lugar onde não possa usar minhas asas.

Além disso, vim aqui em busca de respostas, e esta mulher claramente conhece Fallon. O que significa que os instintos de Kaspian estavam certos: ela é do Clã dos Excluídos.

Mas preciso de mais informações.

Principalmente sobre esse suposto feitiço.

Certo. Passo o polegar pelo cabo da arma e vou em direção à porta. *Vamos ver aonde você vai*.

Passo pelo encantamento, esperando uma emboscada.

Mas me encontro em um telhado a pelo menos cinquenta andares de altura. Minhas asas se abrem automaticamente, a altura provoca meus sentidos.

— Isso é impressionante — a bruxa diz de uma espreguiçadeira próxima. — Elas também se misturam com o ar ao seu redor.

— Eu me camuflo naturalmente. — É uma explicação que ela não merece, mas estou muito envolvido com o ambiente para me preocupar em revelar detalhes tão triviais. — Onde estamos?

Porque isto não se parece com Staten Island.

— Manhattan — ela responde. — No topo de um prédio abandonado.

— Sei. — Não sei por que ela escolheu este local, mas me sinto muito confortável aqui. — Me conte sobre esse feitiço.

— É um feitiço de companheiro predestinado que os

patriarcas gostam de usar para forçar laços entre companheiros arranjados.

Eu a encaro.

— Isso é...

— Ilegal? Magia sombria? Uma grande merda? — Cada sugestão rivaliza com os comentários em minha mente. — É uma prática que remonta a décadas. É como os machos controlam as fêmeas do nosso clã.

Eu a olho boquiaberto.

— Por que eles fazem isso?

— Para drenar nosso poder, é claro — ela responde com a voz açucarada. — Fallon foi dada ao sobrinho de Patrick O'Neely, o Nikolas. O ritual foi realizado, e suponho que a morte de Nikolas tenha quebrado o feitiço, o que fez com que a alma dela se prendesse à sua e... você mencionou que são quatro companheiros?

Minhas penas se agitam ao vento enquanto tento processar o que ela está me dizendo.

O acasalamento não é real.

Mas parece ser.

— Tem certeza de que é um feitiço? — questiono, ignorando sua pergunta.

Ela franze a testa.

— Bem, talvez possa ser o destino. Mas você mencionou quatro...?

Sim, essa parte torna tudo um pouco mais complexo. A maioria das almas só tem um companheiro. Fallon ter quatro é incrivelmente raro.

O que dá credibilidade à teoria do feitiço.

No entanto, parte de mim discorda veementemente dessa noção. *Por que estou sob algum tipo de encantamento?* me pergunto. *Estou sendo enganado por esses sentimentos pela magia sombria?*

Se for esse o caso, por que a Fallon não disse nada?

— Presumo que a Fallon saiba sobre esse feitiço? — pergunto.

— Ah, sim — a bruxa responde. — Todas nós sabemos.

— Mas você mencionou uma maneira de quebrá-lo?

Ela sorri.

— Estar aqui conversando com você é uma prova disso.

Arqueio uma sobrancelha.

— Não estou entendendo.

— Meu *companheiro arranjado* nunca permitiria isso — ela explica. — Mas ele está indisposto. — Ela inclina a cabeça. — Os patriarcas querem que nós mulheres sejamos fantoches. Eu simplesmente retribuí o favor.

Eu balanço a cabeça.

— Sua solução é transformar a Fallon em uma marionete? — *Isso significa que sou tecnicamente um agora, por causa desse feitiço?*

— O quê? Não. De jeito nenhum. — Ela se senta ereta na velha espreguiçadeira e balança a cabeça. — Claramente não estou explicando direito. Vamos começar do começo.

Isso seria apreciado, penso.

Só que ela olha para mim no segundo seguinte e diz:

— Na verdade, não. Você precisa me dizer por que está aqui primeiro. Então vou considerar te contar mais.

Hum. É um pedido razoável. Ela também me deu provas suficientes de sua utilidade para me fazer querer revelar um pouco mais sobre minhas intenções aqui.

— A Fallon não foi tão aberta sobre seu passado. Então o Rei de Ouro e Granada me enviou aqui para ver se poderíamos descobrir mais sobre sua origem.

Ela franze a testa.

— Se você está aqui, então ela foi, ao menos, um pouco acessível.

— Ela mencionou *patriarcas* hoje cedo. Embora esse possa não ser um termo familiar para a maior parte do mundo, o rei Kaspian e eu o reconhecemos. E com a Fallon sendo uma bruxa, parecia provável que estivesse relacionado.

— Ela sabe que você está aqui?

— Não.

A fêmea engole em seco.

— Bom. Isso significa que os patriarcas não serão capazes de arrancar isso dela. Mas imagino que agora eles saibam que o feitiço ressoou. O que... é bom ou muito ruim. Especialmente para... *Merda*. Ela sai da espreguiçadeira e começa a andar de um lado para o outro, semelhante ao que fazia na rua. — Deve ser por isso que não tive permissão para vê-la.

— Ver quem? — pergunto, embora a afirmação pareça ter sido apenas para a mulher diante de mim. Porém, como estou aqui ouvindo, gostaria de fazer parte da conversa.

— Issy. — Ela paralisa, suas íris de obsidiana girando em pânico.

— A irmã da Fallon. — Cruzo os braços. — Ela a mencionou ao falar sobre os patriarcas. Depois alegou que a irmã estava morta, mas o rei Kaspian sabe que ela está mentindo.

A fêmea pisca algumas vezes.

— Espere... você o mencionou algumas vezes. Ele é...? Ele é um dos companheiros ao qual o feitiço se apegou?

Meu queixo treme enquanto debato se devo ou não compartilhar essa informação.

Mas parece que não preciso, porque a bruxa balança a cabeça.

— Isto é ruim. Muito ruim. Ela retoma o ritmo. — Os patriarcas vão forçar Fallon a usá-lo. E vão usar a Issy para obrigá-la a fazer isso.

Fico olhando para ela.

— Esta é a parte onde você deveria começar desde o início. — Porque vou precisar de tantos detalhes quanto puder reunir.

A fêmea faz uma pausa mais uma vez e seu olhar escuro encontra o meu.

— Como posso saber que posso confiar em você?

— Pode confiar que farei qualquer coisa para proteger o Rei Kaspian. E agora, você me disse que o vínculo de companheiro predestinado da Fallon conosco é um feitiço um que vou quebrar, mesmo que isso signifique matá-la. Especialmente porque você acabou de insinuar que os patriarcas tentarão usá-la para chegar até Kaspian. Então ou você começa a falar ou eu volto para a Islândia e cumpro meu dever.

As palavras são dolorosas de pronunciar, minha alma imediatamente repreende a ameaça de matar minha suposta companheira. Mas falo sério.

É meu dever proteger o Rei de Ouro e Granada. Minha promessa. E farei o que for necessário para realizar isso.

— Ou eu poderia te matar — a bruxa oferece.

— Você poderia tentar — respondo. — Ou pode começar a falar e, talvez, cheguemos a um acordo que beneficie a ambos. Supondo que você se preocupe com sua *prima*.

Ela semicerra os olhos.

— Só porque não somos parentes de sangue não significa que ela não seja minha família. E acredite em mim, farei o que puder para protegê-la. Assim como você a seu rei.

— Então vamos conversar e ver se conseguimos encontrar algum ponto de apoio mútuo. — Porque me parece que nossos objetivos podem estar um tanto alinhados.

A bruxa me estuda por um longo momento, com chamas escuras dançando em suas íris. Meus dedos flexionam, me preparando para sacar a arma novamente enquanto minhas asas tensionam atrás de mim.

Porém, depois de vários instantes, a feiticeira suspira.

— Meu nome é Ayla. — Não é exatamente a história que quero, mas parece ser a versão dela de uma oferta de paz.

— Nolan — respondo.

Ela assente.

— Bem, Nolan. Para entender o que está acontecendo, precisamos voltar no tempo, até a noite em que Ishara matou acidentalmente vários membros do Clã O'Neely.

Arqueio a sobrancelha.

— Ishara?

— Ishara Doyle. Issy. Irmã da Fallon. — Ayla se senta novamente. — Suas ações foram um acidente, mas criaram uma divisão significativa entre o Clã O'Neely e o Clã Doyle. Essa fenda foi curada pelo acasalamento arranjado da Fallon com Nikolas O'Neely. Mas suspeito que você o conheça como Klas.

Sim, adivinhei essa conexão no início da conversa.

— A maior parte do Clã dos Excluídos acredita que a Issy está morta. Ela não está. O Patriarca Doyle a mantém trancada com um único propósito: controlar a Fallon. — Os olhos de Ayla brilham com uma fúria mal contida. — Só sei disso porque sou considerada da família. E os patriarcas acreditam que sou uma boa bruxinha na coleira.

— Entendo. E a Fallon?

— A Fallon é... complicado. — Ayla engole em seco.

— Ela é poderosa. A Issy também é. Mas o pai delas tem sugado a energia da morte delas desde o nascimento e usado o vínculo gêmeo contra elas. — Ela levanta as pernas vestidas com jeans e envolve os joelhos com os braços, com uma expressão desconfortável no rosto.

Só esse olhar já me diz que não vou gostar do que Ayla vai dizer.

— Fallon e Issy se preocupam mais uma com a outra do que qualquer outra coisa no mundo, e o Patriarca Doyle usa isso para garantir a obediência dela, torturando a Issy. — Ela estremece com qualquer visão que esteja passando por sua mente. — Essa é a única razão pela qual Fallon criou um vínculo de companheiro com Nikolas. Ela poderia ter lutado contra o patriarcado, mas eles estavam com a Issy.

Estou começando a ver a imagem na mente de Ayla. Não literalmente, mas uma de minha autoria.

A imagem em que um pai abusa das filhas da pior maneira possível enquanto brinca com as suas vidas como se fossem cartas em um jogo de póquer.

— Fallon mencionou um feitiço de obediência — eu me esquivo. — Um que ela não poderia quebrar.

Ayla assentiu.

— O Patriarca O'Neely acrescentou isso ao acasalamento para garantir que a Fallon não pudesse quebrar o vínculo de companheiro. Eles sabem que ela é poderosa. E farão tudo e qualquer coisa que puderem para manter o domínio sobre ela *e* a Issy.

O que explica por que Fallon não disse nada durante o último ano, apesar do feitiço de obediência ter sido quebrado: ela está preocupada com a vida da irmã.

— São elos poderosos com o plano da morte — Ayla continua. — Principais fontes de poder. Tenho quase certeza de que essa é a outra razão pela qual o Patriarca

Doyle manteve a Issy viva: eles precisam da energia dela para manter o patriarcado.

— Vou precisar que você detalhe mais esse *patriarcado* — digo a ela. — Nomes, estrutura, atores-chave. Tudo o que você puder me dar.

— Por quê? — ela pergunta, com uma expressão sem humor que combina com a incredulidade de seu tom. — Você realmente vai fazer algo a respeito?

— Eu poderia — digo a ela, e minhas asas desaparecem.

— Uma Casa se envolvendo em um caso do Sindicato Sobrenatural para fins altruístas? — ela bufa. — Ah, tá.

— Vocês não foram convidados para participar dos Testes do Chanceler de Terra e Esmeralda? — Me mantenho inexpressivo.

— Não é a mesma coisa. A liderança foi comprada. Ou tentaram comprá-la, de qualquer maneira. — Seus lábios se contraem como se estivessem se divertindo. — Mas a Nikki não entrou no jogo deles. Para ser justa, nem eu.

Eu franzo a testa.

— Você participou?

— Sim. — Ela inclina a cabeça. — O Clã dos Excluídos me indicou. E por indicar, quero dizer que me *forçou* a participar. Porque todos os sindicatos tinham que apresentar um concorrente e precisavam de uma mulher do nosso clã para ser o rosto. Não podemos arriscar que alguém perceba que são os patriarcas que seguram as cordas das nossas marionetes, certo?

A amargura em seu tom rivaliza com a minha própria irritação com toda a situação.

Mas ela está certa. A maioria das Casas não se envolveria com esses assuntos triviais. Se uma organização criminosa quisesse controlar seus membros com magia sombria, a liderança mundial permitiria, a menos que essas atividades começassem a impactar alguém ou algo importante.

Alguém como um Rei de Casa.

— A interferência de Ouro e Granada não será altruísta — digo a ela, voltando ao seu comentário sarcástico sobre uma Casa se envolver em negócios sindicais. — Fallon Doyle está ligada ao Rei de Ouro e Granada por um feitiço ilegal de magia sombria. Isso é motivo para interferência.

Ayla estremece.

— Ela não teria feito isso de propósito.

— Eu nunca disse que fez — respondo. *Nem estou confiante de que seja um feitiço*, penso, ainda em conflito nessa parte. — Mas permanece o fato de que o Clã dos Excluídos instigou tudo isso ao colocar Nikolas e Fallon no território de Ouro e Granada. Vou presumir que eles tinham um motivo. Eu quero esse motivo.

— Eu não sei.

— Não, mas você tem alguns detalhes de que preciso, como os nomes dos patriarcas e outras informações relevantes. Você também mencionou ser capaz de quebrar o feitiço do companheiro predestinado.

Ela passa os dedos pelas ondas escuras do cabelo, cujas pontas descem até os quadris esbeltos.

Não se parece em nada com a Fallon, penso, de repente sentindo falta das curvas da minha companheira. *Falsa companheira*, eu me corrijo. *Talvez.*

Balanço a cabeça e acrescento:

— Preciso de todos os detalhes que você puder me dar, Ayla. Incluindo informações sobre como quebrar o feitiço. — No mínimo, posso usar essas informações para testar a veracidade da afirmação.

Ou, pelo menos, oferecê-la a Fallon.

Ninguém merece ficar preso a um *acasalamento arranjado*.

Embora ela possa ter escondido esses segredos de nós, não foi por motivos nefastos. Ela queria proteger a irmã.

Fallon provavelmente presumiu que não a ajudaríamos também.

A maioria dos líderes das Casas não gosta dos Sindicatos Sobrenaturais, e Kaspian não é diferente. Caramba, ele comentou sobre isso várias vezes durante os Testes do Chanceler de Terra e Esmeralda. Fallon provavelmente também ouviu algumas dessas declarações.

Provavelmente isso a fez se sentir presa, como se não pudesse expressar a verdade sem correr o risco de ser mandada de volta.

E considerando tudo o que Ayla acaba de revelar, só posso imaginar o que os patriarcas fariam se colocassem as mãos em Fallon novamente agora.

Isso não vai acontecer, eu juro. *Companheiros de verdade ou não, Fallon Doyle está sob minha proteção. E não vou entregá-la a esses idiotas.*

Não, vou matar todos eles.

Entregar as cabeças para ela em um caixão.

Então observá-la queimar seus restos mortais.

Está decidido, penso, pousando meu olhar em Ayla mais uma vez.

— Comece com Patrick O'Neely. Me conte tudo o que você sabe.

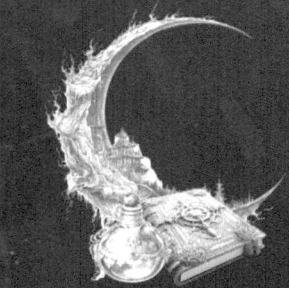

FALLON

Ah, estrelas, estou prestes a detonar...

Só que Nox afasta a boca e me deixa implorando embaixo dele, precisando de mais. Ele está me provocando pelo que parece uma eternidade, me levando ao limite com a boca e as mãos, apenas para parar quando estou no limite.

— *Nox.*

— Fallon — ele murmura, curvando a boca em um sorriso contra meu clitóris. — Você acha que já está pronta para mim?

Eu gemo, minha metade inferior se contorcendo em resposta.

— Eu já disse que estou.

— Bem, só quero ter certeza. — Seus olhos azuis brilham com intenções maliciosas. — Quando te deitei nesta cama há uma hora, você disse que não tinha certeza se conseguiria aguentar mais.

Sim. Eu disse. Principalmente porque seus piercings me intimidavam. Mas agora... agora sinto que vou morrer se ele não me comer.

Bane se estende ao nosso lado na cama, com a cabeça apoiada preguiçosamente em uma das mãos enquanto olha para mim com um sorriso.

— Acho que ele quer que você implore, doce chama. — Ele se inclina para roçar os lábios nos meus antes de pressionar a boca em meu ouvido. — Talvez você devesse perguntar se pode prová-lo. Aposto que essa boca poderia deixá-lo louco.

As pupilas de Nox se dilatam em resposta, confirmando as palavras sussurradas de Bane.

— Seria justo — digo sem fôlego.

— Seria? — Nox pergunta, levantando um pouco para que eu possa ver o quanto deixei sua boca e queixo molhados. — Quer me provar, vaga-lume?

— Sim. — Quero muito infligir a ele este tormento prazeroso. Embora Nox possa ser o primeiro homem que fez sexo oral em mim, sei como usar minha boca em um homem.

E estou muito ansiosa para demonstrar esse conhecimento agora.

— Tudo bem. — O olhar de Nox me diz que ele vê isso como um desafio, que pretende vencer.

Mas estou *muito* motivada para fazê-lo perder.

Pressiono seu ombro, querendo que ele se mova para que possamos trocar de posição. No entanto, ele me impede com a palma da mão na minha barriga.

— Vou até você — ele diz, me confundindo quando começa a subir pelo meu corpo.

Estou prestes a perguntar o que ele quer dizer quando estende a mão para Bane e o beija enquanto paira sobre mim.

Entreabro os lábios em surpresa, e meu corpo de alguma forma aquece ainda mais com a visão.

Porque *estrelas sagradas*, isso é sexy.

Suas línguas duelam acima de mim, seu abraço se torna selvagem enquanto Bane rosna contra a boca de Nox.

Minhas coxas se apertam, acendendo um inferno que queima em minhas veias. Quero ver mais. Experimentar sua paixão. Sua virilidade. O *calor* deles.

Mas o beijo termina de forma quase tão abrupta quanto começou, me deixando ofegante e com mais sede do que nunca.

— Puta merda, ela tem um gosto incrível — Bane diz, lambendo os lábios. — Quero mais disso.

— Eu também — Nox murmura. — Por que você acha que estou me entregando à boceta dela há tanto tempo?

— Para atrasar sua gratificação.

— Um bônus adicional — Nox responde. — Mas o motivo principal é o que acabei de compartilhar com você. Sinta-se à vontade para saborear enquanto eu como sua boca. Suas penetrantes íris azuis voltam para as minhas, e seus lábios se curvam em um sorriso. — Agora, quem é *voyeur*?

— Dois espectros gostosos se beijando na minha frente? — Minha voz está rouca, mas continuo mesmo assim. — Eu seria uma tola se não assistisse.

— Então você não se importa com um pouco de ação entre homens? — Ele pergunta, segurando minha bochecha.

Balanço a cabeça.

— É muito excitante.

— Hum, bom saber — ele murmura, roçando o nariz no meu. — Porque suspeito que você vai nos deixar loucos e vamos querer retribuir o favor. — Ele morde meu lábio inferior. — Agora, que tal você me fazer uma demonstração com essa sua bela boca?

É uma pergunta retórica porque ele já está se movendo quando termina de falar.

Um fogo se acende dentro de mim quando ele coloca os joelhos em cada lado da minha cabeça, colocando seu comprimento impressionante perto da minha boca. Ele é mais longo que Bane, mas não tão grosso.

No entanto, os piercings de metal que decoram seu pau lhe dão um apelo perigoso que faz meu interior dançar em apreciação.

— Me lambe. — Sua cabeça encontra minha boca. — Envolva esses lábios lindos no meu pau e me mostre o que você pode fazer.

As chamas dentro de mim queimam mais, meu desejo de fazer exatamente o que ele diz é uma necessidade abrasadora em minhas veias.

Quero agradá-lo. Aprender suas preferências. Prová-lo. E acima de tudo, demonstrar minha capacidade de impressioná-lo.

Meu olhar se prende ao dele enquanto abro os lábios ao redor de seu pau para provar o líquido pré-ejaculatório que permanece em sua ponta. Gemo assim que atinge minha língua, e meu desejo por ele me leva a tomar mais. Engolir. Sugar. *Devorar.*

Seus piercings de metal são suaves contra minha língua, as pontas são tentadoras e únicas. *Como vai ser tê-lo dentro de mim?*, me pergunto enquanto o levo ainda mais fundo, forçando a cabeça no fundo da minha garganta.

— Puta merda, Fallon — ele ofega, os olhos azuis escurecem enquanto ele olha para mim. — Olhe para você tomando meu pau. — Sua mão envolve minha nuca antes de deslizar um pouco para ajudar a inclinar minha cabeça para um impulso mais profundo. E a mão oposta vai até a cabeceira da cama para se manter firme. — Você é tão perfeita.

— Muito perfeita — Bane ecoa enquanto se acomoda entre minhas coxas.

Estremeço quando sua boca encontra meu clitóris, meu estômago aperta com desejo renovado. Eu estava tão perto de gozar antes, tão perto da beira daquele penhasco arrebatador, que estou quase que imediatamente de volta lá agora.

O nome de Bane vibra em minha boca, o som abafado por Nox empurrando seu comprimento ainda mais para dentro da minha garganta.

Ter um homem entre minhas pernas enquanto outro estoca em minha boca é tão erótico. Tão intenso. *Tão avassalador.*

— Você quer que ela goze enquanto você estoca sua boca? — Bane pergunta contra minha excitação latejante. — Ou quer que ela goze ao redor do seu pau?

— Humm, as duas escolhas são muito tentadoras — Nox responde, apertando minha nuca com mais força. — O que você quer, Fallon? — Ele se retira até a ponta. — Como você quer gozar?

Tremo, tanto pelo olhar de expectativa em seu rosto quanto pelo timbre profundo de sua voz. Quase posso ouvir suas raízes escocesas. Elas não são tão proeminentes quanto as de Bane, mas ainda estão lá. Persistente. Fazendo carinho. *Provocando.*

Ele arqueia uma sobrancelha.

— Gostaria que eu decidisse por você, vaga-lume?

Considero a opção e aceno com a cabeça.

— Sim. Eu confio em você. — E quero o que ele quiser.

Não, isso não é verdade.

Quero as duas opções.

Mas não tenho certeza se meu corpo permitirá isso. Nunca experimentei um prazer como esse, o ataque interminável aos meus sentidos me deixa exausta, saciada e... carente.

Ah, estrelas, talvez eu possa fazer as duas coisas...

Não sei. Não conheço meus próprios limites.

No entanto, falo sério: confio em Nox.

Na verdade...

— Confio em vocês dois.

Bane geme em aprovação contra mim, a vibração percorre minhas veias e deixa um beijo formigante para trás.

Suspiro quando seus lábios cobrem meu ponto sensível, e sua língua faz todo tipo de coisas maliciosas que alimentam minhas chamas. É como se ele tivesse acendido um fusível que faz a contagem regressiva com a batida do meu coração. Posso ouvi-lo bater em meus ouvidos. Sentir o martelar em meu peito. Minhas veias esquentarem. Me preparando. Me *levando* mais perto.

— Boa escolha — Nox murmura enquanto penetra de volta a minha boca, seus olhos presos nos meus. — As duas opções são vão bem.

Não me lembro de ter expressado isso em voz alta.

Mas talvez eu tenha feito isso.

Ou talvez eles leiam mentes.

Não importa porque o turbilhão dentro de mim está fora de controle. Gemo o nome de Bane, depois o de Nox, e então percebo que nenhum dos dois é inteligível porque minha boca está ocupada demais para produzir o som adequado.

Pare de pensar, digo a mim mesma. *Apenas sinta. Experimente. Abrace-os. Isso. Tudo isso.*

Agarro a cabeça de Bane, segurando-o contra mim enquanto minha mão oposta vai para o quadril de Nox. Não quero deixá-los ir.

Eles são meus.

Meus espectros.

Meus companheiros.

Desmorono com esse último pensamento, meu mundo se despedaça quando Nox atinge o fundo da minha garganta com um gemido. Ele diz algo sobre o quanto sou boa, mas estou muito consumida pelo que Bane está fazendo com minha metade inferior para me concentrar.

A razão pela qual eu queria Nox em minha boca era para poder demonstrar minha capacidade de agradá-lo. No entanto, perdi esse objetivo de vista no momento em que Bane começou a me lamber.

Foi demais.

Ainda é demais.

Mas estou muito envolvida no momento para desviar o curso.

É perfeito de uma maneira única, um alívio da realidade da qual anseio escapar.

Nox sai da minha boca, sua língua substitui seu pau no que parece ser um intervalo de segundos. Então eu o sinto me penetrar lá embaixo.

É isso, penso, com minhas pernas envolvendo seus quadris. *Eu finalmente consigo sentir...*

Ele entra em mim, fazendo com que minhas paredes internas se apertem ao redor dele, seus piercings provocam uma sensação que faz meus dedos dos pés se curvarem em resposta.

É... eu estou... eu estou tão...

— Preenchida — eu sussurro. — Eu me sinto preenchida. — *E... e... — Ah, estrelas...*

Minha mente se fragmenta quando ele começa a se

mover, seus quadris se movimentam com os meus de uma forma que me rouba o fôlego. Nunca senti nada assim. Nunca imaginei que esse tipo de prazer pudesse existir.

É diferente do que foi com Bane.

Mas os dois são incríveis por si só. Únicos em seu próprio jeito, me proporcionando duas experiências muito especiais que guardarei para sempre.

E espero experimentar de novo.

E de novo.

Porque eles são meus.

Eu me recuso a deixá-los.

Há um pensamento incômodo em minha mente, ameaçando meu estado utópico. Mas ignoro e me concentro em Nox.

Ah, e Bane... Ele está esticado ao nosso lado novamente, passando a palma da mão entre nossos corpos e descendo em direção ao ápice entre minhas coxas.

Estremeço quando ele roça meu centro, seu toque conhecedor. *Perfeito.*

Nox segura meu seio, sua língua domina a minha e seus quadris me envolvem em uma dança sem fim.

— Goze para nós de novo, doce chama — Bane diz. — O Nox precisa sentir essa linda boceta apertando seu pau.

Já estou perto de novo, a sessão de uma hora com a boca de Nox me preparou mais do que eu imaginava.

Juntamente com todo o resto... é uma maravilha que eu não tenha caído em um estado permanente de êxtase.

— É isso, Fallon — Bane convence. — Monte em nós dois. Encontre o seu prazer e se deleite com ele.

Nox grunhe. O som é uma vibração contra meu peito que me faz ofegar debaixo dele. É de natureza tão viril, me lembrando do beijo compartilhado e me fazendo pensar como seria quando transassem um com o outro.

Duro. Forte. Masculino.

Como seria estar entre eles? Um na frente? Um por trás?

Todo o meu corpo se apodera desse pensamento e meu interior pulsa.

Eu quero isso. Quero saber. Quero muito mais.

E digo isso a Nox com a língua.

Estendo a mão para Bane, encontrando sua dureza e lhe acaricio, esperando que minha mensagem seja transmitida. Ele sibila em resposta, pressionando o polegar em meu centro, e sua boca encontra minha orelha. — Você é uma garota tão boa pegando o pau de Nox assim, Fallon. Mas preciso que você goze. Dê a ele esse presente. Assim como você me deu.

Eu aperto mais seu pau, suas palavras me impulsionando para frente.

Esses dois espectros vão me comer até a morte prematura com todos esses comentários sexuais e toques habilidosos.

— *Agora*, Fallon — Bane exige, fazendo meu interior estremecer em resposta.

Fico tensa, chocada por já estar no limite novamente.

Nox aperta meu mamilo, e é tudo que preciso para atingir um clímax que escurece minha visão. Mal percebo os dois homens grunhindo em aprovação, suas palavras de elogio navegando em algum lugar comigo nas nuvens enquanto meu corpo flutua e convulsiona.

A euforia queima minhas terminações nervosas.

Meus membros tremem.

E minha visão permanece cega.

Até que de repente me vejo olhando para uma piscina de íris azuis líquidas cheias de prazer. O gemido de Nox ressoa sobre mim, seu próprio êxtase toca o meu e nos deixa tremendo juntos de felicidade orgástica.

Posso sentir seu sêmen dentro de mim, me marcando como sua, me reivindicando, assim como Bane fez.

Tudo parece tão real. Tão definitivo. Tão diferente de tudo que Klas e eu já fizemos.

Talvez não seja um feitiço, penso. *Talvez isso seja mesmo o destino...*

Beijo Nox, esperando com tudo que sou que esses espectros sejam realmente meus. Então beijo Bane com o mesmo vigor, o mesmo desejo, e suspiro quando ele retribui meu fervor com a língua.

Os dois homens se revezam, nosso abraço fica mais pesado à medida que a exaustão me atinge.

Meus olhos estão fechados.

Meus lábios estão se movendo.

Meu corpo ainda está tremendo com tremores residuais.

Mas posso sentir o sono pesando sobre mim.

Deve vencer em algum momento, porque quando abro os olhos novamente, os espectros estão deitados na cama ao meu lado, com os cobertores cobrindo seus quadris.

Eles olham para mim com expressões reverentes que fazem meu coração disparar. Sinto como se estivesse existindo em um sonho.

Quando me elogiam pela forma como os aceitei, meu coração dispara. Quando Bane me surpreende com comida, meu coração incha. E quando Nox me diz que pretendem me devorar novamente como sobremesa, meu coração quase para.

Apenas para acelerar enquanto os dois me guiam para um novo nível de prazer.

É tão sobrenatural.

Arrebatador.

Inacreditável.

No entanto, é tudo real.

Vivi um pesadelo durante a maior parte da minha existência. Mas esta é uma fantasia que ganha vida.

Algo que aproveito até não conseguir mais manter os olhos abertos.

Enquanto adormeço, um pensamento permanece em minha mente. *Espero que esse sonho nunca acabe...*

KASPIAN

MEU PAU pulsa na minha mão enquanto penso nos gritos de Fallon.

Nox e Bane foram meticulosos, transando com ela noite adentro. Parte de mim quer lembrar a Nox que ele me deve uma visita, mas não quero afastá-lo de nossa companheira.

Seu prazer é viciante. Mal posso esperar para experimentar por mim mesmo. Prová-la. Penetrá-la. *Fazê-la minha.*

Eu a imagino de joelhos para mim agora, com todo aquele cabelo loiro caindo pelo colchão de sua cabeça enquanto eu a inclino sobre a cama e a pego por trás.

Aquela bunda curvilínea empurraria minha virilha com cada estocada, me proporcionando uma fricção deliciosa.

E ela estaria tão molhada. Tão apertada. Tão pronta para que eu a comesse forte e rápido.

Solto um gemido, e seu nome deixa meus lábios enquanto me acaricio com mais força, sua visão nítida e real em minha mente. Seus seios balançando enquanto eu estoco nela. Aqueles gemidos baixos e deliciosos escapariam de seus lábios carnudos.

Humm, eu entrelaçaria os dedos naquele cabelo e puxaria sua cabeça para trás para expor seu pescoço esbelto. Isso provocaria minhas presas, me faria desejá-la ainda mais.

Então seu pulso acelerado me levaria ao limite, me forçando a mordê-la. Prová-la. Reivindicá-la.

Puta merda, quase posso sentir o gosto dela agora. Seu batimento cardíaco é um ritmo constante em minha mente, mesmo enquanto ela dorme.

Solto meu pau para evitar explodir, meu corpo inteiro tenso de necessidade.

Mas quero esperar.

Quero saborear o tormento e deixar meu desejo crescer.

É viciante. Me consome. Delicioso.

Venho fazendo isso há horas, me deleitando com as atividades no quarto ao lado enquanto me torturo. Estava guardando tudo para Nox, mas parte de mim quer dar para Fallon.

Esse desejo por ela é imenso, o vínculo do destino domina meus pensamentos. No entanto, para ser honesto comigo mesmo, sempre me senti atraído por Fallon. Especialmente por sua boca desobediente.

Ela me enfrenta quando outros normalmente não o fariam. Isso me irrita e ao mesmo tempo me deixa duro. Ela é uma pirralha que desejo domesticar.

E, ainda assim, eu não a queria de outra maneira.

Fecho a calça novamente e me levanto para andar pelo quarto de hóspedes, ocupando a pequena área em apenas alguns passos.

O que preciso fazer é sair, mas não posso. Embora eu saiba que esta área é segura, sinto um desejo intrínseco de proteger os espectros e minha companheira. Quase como se todos fossem meus para proteger.

Passo os dedos pelo cabelo, continuo me movendo e quase suspiro de alívio quando meu telefone toca. Recebi algumas ligações esta noite por motivos de trabalho, mas a que mais esperei ainda não aconteceu.

Mas o nome de Nolan aparece agora.

Aceito a chamada imediatamente.

— Você foi voando para Nova York? — pergunto sem dizer olá. — Esperava uma chamada há horas.

— Usei uma poção de portal que me levou até lá dez minutos depois de desligarmos — ele responde enquanto seu rosto aparece em uma tela diante de mim.

Franzo a testa para ele.

— Por que você não me ligou quando chegou? — Foi isso que combinamos.

Claro, eu não teria nenhuma atualização dele. Mas já se passaram quase doze horas desde a última vez que nos falamos.

— Porque a prima da Fallon me emboscou na chegada — ele brinca.

Alguém bufa ao fundo e ele inclina a câmera para que eu possa ver a mulher de cabelos escuros sentada à sua frente.

— Prima? — repito.

— Prima adotiva — ele esclarece. — Seus pais biológicos desapareceram no portal Arcádia e a tia da Fallon a adotou.

— Entendo. — Eu encaro a mulher. — E você conseguiu emboscar meu melhor assassino?

— Ele estava encharcado pela aura da Fallon. Eu o senti chegar e pensei que fosse ela, então rastreei o fio da alma e descobri... — Ela acena para ele. — Um arcanjo com roupa de couro.

Agora é Nolan quem bufa ao fundo.

— Você tem um nome? — questiono, arqueando uma sobrancelha.

— Tenho. — Ela não dá mais detalhes.

— Ayla — Nolan responde por ela enquanto vira a câmera novamente. — Ela tem sido muito informativa.

— Bom. Me conte tudo.

Nolan suspira e acena com a cabeça.

— Você vai querer se sentar para isso.

———

Uma hora depois, ando pelo quarto por motivos muito diferentes dos anteriores.

Nolan e eu desligamos há cinco minutos, e suas palavras finais foram:

— Vou fazer um reconhecimento por Staten Island no início da manhã com Ayla como minha guia.

Ele planeja documentar onde vivem os sete patriarcas e tomar nota da segurança deles.

Porque Ouro e Granada está prestes a declarar guerra ao Clã dos Excluídos.

Eles enviaram um emissário ao meu território. Um emissário que atacou o nosso antigo rei. E deram uma bruxa a ele para emprestar poderes mortais.

Através de um feitiço de acasalamento forçado.

Que se despedaçou após sua morte.

E se recuperou juntando a alma daquela bruxa com outras quatro almas.

— Puta merda — murmuro, passando a mão no rosto.
— *Puta merda.*

Nox e Bane estão no quarto ao lado agora, completamente inconscientes de que estão sob um feitiço de acasalamento. Enquanto Fallon...

Fallon está plenamente consciente e não disse uma palavra a respeito.

Essa é a parte que mais me irrita. A mulher sabia que seu feitiço de acasalamento se recuperou e não disse nada. Em vez disso, seguiu adiante.

— Porque ela está protegendo a irmã — Nolan disse, com a voz tensa. — Não gosto de saber que ela não tenha nos contado nada disso, mas depois de tudo que Ayla compartilhou, entendo por que escolheu ficar em silêncio.

Não sou tão compreensivo quanto Nolan. Embora Fallon certamente não tenha tido uma vida fácil, longe disso, ela está no território Ouro e Granada. E levamos *muito* a sério a lealdade à nossa Casa.

Quando eu disse isso a Nolan, ele respondeu:

— Um argumento justo, mas Fallon alguma vez jurou fidelidade a Ouro e Granada?

Fecho as mãos em punhos enquanto ando, e suas palavras ecoam repetidamente na minha cabeça.

Como isso pode ter chegado a este ponto? me pergunto, furioso com todos esses desenvolvimentos. *Como acabei enfeitiçado por uma bruxa do Clã dos Excluídos?*

Posso ouvir a bruxa gemer no quarto ao lado, me dizendo que os espectros decidiram começar outra rodada. E eu *odeio* que meu corpo reaja a isso. *Odeio* que meu corpo reaja a ela.

Porque não é real.

Ela não é realmente minha.

E também não é deles.

Algo que ela sabe, mas optou por não admitir.

É tão errado dizer que ela não é nem de longe tão inocente quanto finge ser.

— Ela estava protegendo a irmã — Nolan argumentou a certa altura. — E provavelmente está muito ciente de como a maioria dos líderes das Casas se sente em relação aos sindicatos. Por que ela confiaria que nós a ajudaríamos?

Por que ela fingiu que o destino nos acasalou?, penso agora. Porém, durante a conversa, permaneci em silêncio, principalmente para não dizer algo que não deveria.

Mas talvez eu deva dizer alguma coisa.

Talvez devesse *gritar*.

Outro gemido chega aos meus ouvidos, me fazendo grunhir.

Paciência e pensamento estratégico sempre foram dois dos meus pontos fortes. No entanto, não consigo recorrer a nenhuma dessas habilidades agora.

Meu coração e minha alma estão muito envolvidos no conhecimento de que fui enganado por *magia sombria*.

E ela sabe disso. Ela sabe.

Essa é a parte que não posso perdoar. Ela nos envolveu nessa confusão e não nos considerou dignos de saber a verdade.

Caramba, ela está até transando com dois de seus companheiros falsos agora.

— O feitiço pode ser quebrado — Nolan confirmou trinta minutos atrás. — A Ayla forneceu instruções sobre como fazer isso. Vou te mandar uma mensagem. É a Fallon quem tem que realizá-lo.

— E se ela se recusar? — perguntei. — Outra bruxa pode quebrar o feitiço?

— Sim — Ayla disse. — Mas eu conheço a Fallon. Ela vai querer fazer isso por conta própria.

Bufo de novo, assim como fiz antes, sem acreditar na ideia de que Fallon seguirá em frente. Ela é a mulher que escondeu todos esses detalhes de nós para começar e concordou conscientemente com a afirmação de Nox e Bane.

— O sexo não o tornará permanente como o faria em

um vínculo com um companheiro predestinado — Ayla também me disse. — E, ao contrário de um vínculo predestinado, você não pode rejeitar a conexão. A única saída é quebrar o feitiço. Ou quando um companheiro morre.

— Ou vai se recuperar — murmurei.

— Isso não é normal, mas a Fallon é uma bruxa forte — Ayla respondeu. — Os O'Neely precisaram lançar feitiços sobre ela para torná-la complacente.

Complacente, repito para mim mesmo. *Certo*.

Não há nada de complacente em Fallon Doyle. Ela é uma rebeldezinha impetuosa cujos gemidos fazem minhas bolas doerem.

— Droga — digo, indo em direção à porta. — Preciso que isso pare. Agora.

Chega de transa.

Chega de pensar.

Não há tempo para estratégia.

Os espectros estão começando a fazê-la gritar, e ela não merece isso. Ela não merece nenhum de nós. Não depois de tudo que nos escondeu.

Um falso feitiço de companheiro predestinado.

Rosno baixo, lívido com a existência da magia sombria. Zangado com Fallon por nos esconder a verdade.

E furioso por não ser real.

Vivi tanto tempo sem vínculo com ninguém. O que está bem. Não estou ansioso para encontrar uma companheira. Mas para finalmente experimentar esse vínculo apenas para que seja devido a um feitiço...

Puta merda.

Levo a mão ao peito, minha respiração fica ofegante.

Puta. Merda.

Fallon Doyle vai me libertar dessa insanidade.

Depois vou visitar o clã dela e deixar aqueles patriarcas saberem que eles mexeram com o Rei errado.

Magia ou não, tenho um exército inteiro de mercenários à minha disposição.

Staten Island vai queimar.

E Fallon Doyle…

Bem, veremos, penso, com a mão na maçaneta. *Tudo bem, companheirinha. Vamos ver se você consegue mentir bem agora...*

FALLON

Estou voando.

Voando pelo céu.

Perdida em algum lugar em uma nuvem eufórica de masculinidade e graça.

Línguas. Mãos. Dedos.

Nox e Bane estão por toda parte, possuindo meu corpo, reivindicando meu espírito e me enchendo de uma esperança diferente de tudo que já encontrei.

Porque tudo parece incrível.

Tão encantador.

Nunca experimentei a vida desta forma, tão quente, vibrante e *vivaz*.

Eu poderia viver aqui para sempre, neste momento, e morrer como a mulher mais feliz do mundo. Tudo por causa de...

Um estalo atravessa o ar, fazendo com que nós três paralisemos. Então Nox e Bane se levantam no momento seguinte, o movimento repentino me deixa com frio e exposta na cama.

— Que merda é essa? — Nox exige enquanto uma

forma familiar entra na sala.

Arregalo os olhos e imediatamente agarro os lençóis para puxá-los sobre meu corpo nu, a necessidade de me esconder faz com que eu me encolha.

Porque Kaspian parece... *chateado*. O que não deveria ser novidade para mim, uma vez que pareço enfurecê-lo constantemente. Mas há algo diferente agora. Ele parece irritado. Lívido. *Perigoso*.

Engulo em seco enquanto ele continua em frente. Movo as pernas para ajudar a me impulsionar para cima da cama até que minhas costas batam na cabeceira.

— Kaspian. — Nox se coloca entre nós, bloqueando momentaneamente minha visão do vampiro furioso. — Que merda você está fazendo?

— Deixem-nos. — O tom exigente de Kaspian faz com que os músculos de Nox se contraiam e seus ombros ficam rígidos.

— O quê?

— *Deixem-nos*. — Kaspian soa exatamente como o Rei de Ouro e Granada, e nada como o homem com quem costumo falar.

Isso me faz querer desaparecer de vista. *O que aconteceu?*, me pergunto, sentindo meu coração na garganta. *Por que ele está falando assim?*

Ele está irradiando fúria a tal ponto que quase posso sentir o calor na minha pele.

Tento me esconder um pouco mais nos cobertores, esperando ingenuamente que isso sirva de barreira.

Mas não acontece.

Posso não ser capaz de ver Kaspian perto de Nox, mas sua ira queima tanto que o quarto está cheio dela.

— Não. — A resposta de Nox me choca profundamente. Assim como sua postura protetora. —

Não, eu não vou fazer isso. Não quando você está tão perto de cair em uma fúria sangrenta.

— O quê? — Kaspian parece ainda mais irritado. — Eu sou o seu rei. Você fará o que eu disser, quando eu disser.

— Quase sempre — Nox admite. — Mas não quando você está se comportando dessa maneira perto da nossa companheira.

Kaspian dá uma risada sem humor.

— Ela não é nossa companheira — ele diz, suas palavras me encharcam em um balde de água gelada. — É a porra de um feitiço.

Meus lábios se entreabrem. *Ah, não...*

— Não é verdade, *srta. Doyle*? — Kaspian pergunta em um tom suave que arrepia meus braços. Ele olha para Nox, os olhos escuros cintilam com intenção selvagem. — Se importa de contar para eles, ou eu devo?

Um gemido baixo sai da minha boca e as palavras me falham.

C-como?

Como ele sabe?

O que ele vai fazer?

O que...? O que Bane e Nox...? Olho para meus espectros, os dois homens que passaram as últimas horas me fazendo sentir tão especial, tão *querida*, e meu coração bate forte. *Isso é? Não é... Eles não são...*

Mas parecia *tão* real.

Tudo foi tão intenso. Tão bonito. Tão... *tão parecido com um sonho.*

Kaspian emite um som incrivelmente ridículo.

Um som que eu mereço, penso com um estremecimento.

— Eu... eu não...

Ele zomba novamente.

— Não o quê? Não pretendia nos enganar com esse estratagema?

— Do que você está falando, Kaspian? — Bane pergunta com cuidado, seu comportamento tão calmo como sempre. E, de alguma forma, isso parece partir meu coração ainda mais.

Ele sempre foi tão gentil comigo. Tão compreensivo. Mas depois disso... depois que Kaspian contar a verdade...

— Os patriarcas do Clã dos Excluídos amarraram a alma de Fallon à alma de Klas... espere, não, *Nikolas O'Neely*, usando magia sombria. Quando o executamos, o feitiço se rompeu e a alma de Fallon se uniu a quatro novos companheiros.

O resumo de Kaspian lança gelo em minhas veias.

Como ele sabe de tudo isso?

Nox lentamente se vira para olhar para mim, avaliando meus olhos azuis.

— Isso é verdade, Fallon?

Meu coração se parte um pouco mais com a forma como ele me me faz a pergunta, como se fosse confiar na minha resposta mais do que nas palavras de seu próprio rei.

Mas é a preocupação em sua expressão que me mata. A preocupação de que Kaspian possa estar certo. Bane tem um olhar parecido enquanto olha para mim. Os dois espectros esperam que eu confirme as afirmações do rei deles.

Engulo em seco e minha visão fica embaçada enquanto meu tumulto interno ameaça se libertar.

Como passei de aproveitar a melhor noite da minha vida para vivenciar o pior momento da minha existência?

Porque isto dói mais do que a cerimônia que me uniu a Klas. Dói mais do que todas as torturas que ele me infligiu.

Dói mais do que o veredicto de suicídio e minhas visitas inesperadas ao plano da morte.

Isso... estou no *inferno*.

Tive minha esperança destruída em segundos.

Percebi que todo esse prazer vai durar pouco.

Porque esses homens não são verdadeiramente meus. Não importa o quanto eles se sintam conectados à minha alma. Tudo foi resultado de um feitiço.

E agora eles sabem.

Agora eles vão me odiar para sempre.

Vão me deixar com a agonia de uma linda lembrança, destruída pela minha realidade, que é um pesadelo.

Engulo em seco novamente e tento limpar a garganta. Os três homens estão olhando para mim. Bane com preocupação. Nox com suspeitas crescentes. Kaspian com puro ódio.

Eu os machuquei por não dizer a verdade. *Mas... mas...*

— Eu esperava que fosse real — admito em um sussurro. — Eu... — Não é uma desculpa. Não é boa, de qualquer maneira. — Foi diferente com vocês. Com todos vocês. — Até com Kaspian, na verdade. — Eu nunca quis Klas, mesmo com... a magia. Sempre foi forçado. — Olho para baixo. — Mas não com vocês.

Curvo os ombros e de repente me sinto mais derrotada que nunca.

Admitir como me sinto, o quanto estou desesperada para que isso esteja realmente ligado ao destino, só me faz sentir mais inferior. *Fraca*. Porque eu sei a verdade. Sei que o destino nunca seria tão gentil comigo.

No entanto, uma parte ingênua e esperançosa de mim queria muito que isso fosse real.

Mas não é.

É um feitiço.

E quando o quebrarmos, estes homens nunca mais vão

querer olhar para mim. Nunca mais vão querer *falar* comigo. Me tocar. Ficar comigo.

Fecho os olhos enquanto tento conter as lágrimas.

Preciso ser forte. Preciso enfrentar isso. *Enfrentá-los.* É o que eu mereço. Eu deveria ter contado a verdade.

Mas eu... eu precisava proteger... faço uma careta. *Issy.*

Eu me forço a encarar o olhar cruel de Kaspian.

— Como...? — *Como você sabe de tudo isso? Você sabe a verdade sobre Issy?* Não consigo perguntar, meu coração está ainda mais partido.

Porque se ele souber sobre o Clã dos Excluídos, tudo estará acabado de qualquer maneira. Ele vai me mandar de volta. Ou talvez ele simplesmente me mate.

— Vou quebrar o feitiço... quando descobrir como. — As palavras são um sussurro. Fecho os olhos novamente enquanto a dor arrepia meu interior.

Por que nunca foi assim com Klas? Por que ele era mau? Por que eu o odiava?

Talvez essa dor venha por saber o que eu poderia ter nesta vida. Bane e Nox estavam...

— Eu sei como quebrá-lo — Kaspian diz. — A Ayla me contou.

— A-Ayla? — Forço meu olhar de volta para o dele, e a frieza em seus olhos escuros me faz tremer. — Você conversou com a Ayla?

— Quem é Ayla? — Bane pergunta, sua voz ainda exalando calma.

— A prima adotiva da Fallon. — Kaspian cruza os braços enquanto Nox se move para o seu lado, e os dois homens olham para mim com expressões conflitantes. Kaspian parece pronto para me matar enquanto Nox... Nox parece... contemplativo. Talvez ele também esteja pensando em me matar, mas de formas mais criativas.

— Entendo. — Bane não se junta a eles. Ele escolhe se

sentar ao meu lado na cama. — E ela afirma que tudo isso é um feitiço, que ela te disse como quebrar.

Kaspian olha para ele.

— Sim. Então a Fallon vai quebrá-lo. — Ele se concentra novamente em mim, a expressão severa me mantém cativa. — Agora.

Meu lábio inferior ameaça tremer, a ideia de romper os vínculos com esses homens me faz sentir frio. Mas assinto, ciente de que não tenho escolha neste assunto.

Eles não são meus. Mesmo que eu os queira.

— Nunca tive a intenção de machucar ninguém — digo, com um leve tremor subjacente às minhas palavras. — Eu... eu...

— Você só queria proteger sua irmã — Kaspian responde entre dentes. — Às custas de todos ao seu redor.

Enrolo os dedos nos cobertores.

— Eu ia encontrar uma maneira de quebrá-lo, de libertar todos vocês.

— Claro — Kaspian diz. — Vou acreditar nisso depois de todas as outras mentiras que você contou.

Estremeço, suas palavras são um golpe direto em mim.

Por que ele acreditaria em qualquer coisa que eu tenho a dizer? Não confiei nele antes. E não tenho intenção de confiar agora. Não é como se ele fosse me ajudar depois de tudo isso. Então, qual seria o objetivo?

Ele vai me fazer quebrar os vínculos forçados e me condenar publicamente pelo feitiço ou me mandar de volta para o Clã dos Excluídos.

De qualquer forma, meu momento de felicidade acabou.

A realidade voltou.

— Me diga o que a Ayla disse. — Minhas palavras são baixas, mas firmes. Não vou lutar com ele. Nem vou prolongar isso por mais tempo. — Como faço para quebrar o feitiço?

— Espere um minuto — Bane diz, apoiando a mão em meu joelho, seu toque me queimando mesmo através dos cobertores. — E se eu não quiser que ela quebre o feitiço?

Kaspian arqueia uma sobrancelha para ele.

— O quê?

— Não tenho certeza se acredito que seja um feitiço — Bane continua. — A Fallon é minha companheira. Posso sentir em minha alma. Pode ser o resultado de magia relacionada ao destino, mas certamente não é *forçado*.

— Eu concordo — Nox interrompe antes que Kaspian possa falar. — Também não parece forçado para mim.

— Porque vocês estão encantados com a magia dela. — Kaspian me olha. — Todos nós estamos.

Bane balança a cabeça.

— Não. A própria Fallon disse que é diferente conosco. Mas com o Klas, parecia forçado. Ela o odiava, mas o obedecia por causa daquele encantamento de obediência. Assim que Nyx o quebrou, ela foi capaz de lutar contra ele.

— Não quero lutar contra isso — Nox acrescenta. — Mesmo ouvindo o que você acabou de dizer, eu... não me sinto zangado ou traído. Apenas confuso. Porque tudo parece certo demais para ser um feitiço. Muito natural.

— Como o destino — Bane diz.

Nox assente.

— Como o destino.

Kaspian solta um suspiro.

— Vocês dois passaram várias horas transando com ela. Claro que se sentem *conectados*. Assim que o feitiço for quebrado, verão o que eu vejo: um encantamento obscuro e manipulador que está nos unindo *de maneira ilegal*. E ela... — ele aponta para mim — não nos contou sobre isso.

Não há nada que eu possa dizer a respeito, então fico quieta.

Ele não vai se importar que eu queira proteger minha irmã. Também não vai se importar que o feitiço não tenha sido criado por mim. Tudo o que ele vê é o uso de magia sombria para criar um vínculo fabricado.

Não importa que eu desejasse que fosse real ou que tudo parecesse bom por um minuto.

Ele está certo em me odiar. E assim que o feitiço for quebrado, meus dois espectros se juntarão a ele nesse ódio.

— Apenas me diga como quebrá-lo, Majestade — peço, encerrando a conversa. Não há mais nada a dizer aqui. Seguirei as instruções que Ayla te deu e depois aguardarei seu julgamento. Não pode ser pior do que o que o Clã dos Excluídos fará comigo.

Também não pode ser pior do que me sinto agora, decido, sentindo meu peito doer com o conhecimento de que estou prestes a destruir a única felicidade que realmente conheci.

Mas é a única maneira.

Os espectros não eram meus de verdade. Sei disso desde o momento em que percebi que estávamos ligados.

Nada nesta vida pode ser verdadeiramente prazeroso. Não para mim, de qualquer maneira.

Sou um ser da morte.

Destinada a ficar sozinha.

Eternamente.

KASPIAN

SEMICERRO os olhos para a loira na cama.

Isso tem que ser fingimento. Algum tipo de estratégia para evitar o julgamento.

Porque esta não é a Fallon que conheci. Esta é uma forma submissa que eu nunca vi antes. E não estou nada satisfeito com o desenvolvimento. Principalmente porque me deixa desconfortável e não aprecio essa sensação.

Não quando sei que estou certo.

Ela mentiu e omitiu informações importantes. Informações que mexem não apenas com a minha vida, mas também com a das pessoas ao meu redor.

Um feitiço de acasalamento forçado.

Algo que claramente deixou meus espectros encantados porque eles estão *me* encarando com acusações nos olhos. Como se *eu* tivesse feito algo errado, não a Fallon. Tudo porque ela está encolhida na cama, esperando minhas instruções.

Apenas me diga como quebrá-lo, Majestade.

Suas palavras passam pela minha cabeça. Principalmente a última. É a primeira vez que ela se dirige a mim de maneira formal, sem nenhum pingo de sarcasmo.

E agora ela nem me olha.

Sua cabeça está inclinada em direção aos joelhos, todo o seu comportamento fechado e assustado, como se ela estivesse antecipando o pior de mim.

Ela sofreu abusos de autoridade durante toda a vida, penso, me lembrando de tudo o que Ayla e Nolan disseram. *Ela está esperando o mesmo abuso agora? De mim?*

Meu coração dói, esse pensamento me apunhala com a nitidez de uma adaga certeira.

Os comentários sobre Klas voltam à minha cabeça. Ela chamou de *forçado*, uma palavra que Bane também usou propositalmente, mas para dizer que não se sente *forçado* a estar com ela. Até Nox disse que parece natural para ele.

Eu a estudo por um longo momento, tentando decifrar como esse vínculo realmente me faz sentir. *Além* da raiva, que não está tanto relacionada ao vínculo quanto à traição. Não aprecio mentiras, em especial quando elas me impactam diretamente.

E, neste caso, as mentiras dela se aplicam muito a mim.

Em especial no que diz respeito ao vínculo de acasalamento.

No entanto, a ideia de rejeitá-la me incomoda. O que não faz sentido. Ayla disse que a rejeição não funcionaria para com o feitiço. Ela também disse que o sexo não solidificaria o vínculo.

Então Bane e Nox terem transado com Fallon não deveria importar. No entanto, os dois se sentem ligados ao destino dela. *Por causa do feitiço ou algo mais?*, me pergunto, semicerrando ainda mais os olhos. *E se...?*

Franzo a testa, não querendo terminar esse pensamento.

No entanto, ele sussurra em minha mente: *e se isso for real?*

A ideia de machucar Fallon de alguma forma me incomoda. Observando-a agora, tenho essa necessidade intrínseca de resolver as coisas e encontrar a mulher forte escondida sob sua forma submissa.

Esta não é a minha Fallon. Ela é mais forte que isso. E ainda assim, eu a perturbei.

Posso ver na maneira como ela desvia o olhar.

Pode ser culpa. Mas, de alguma forma, sei que há mais.

É o feitiço? Ou é algo totalmente diferente?

Pelo que Ayla disse, a magia sombria cria um elo que permite aos homens do Clã dos Excluídos acessarem o poder através dos parceiros arranjados. O feitiço de obediência é lançado para garantir que a mulher não consiga lutar contra a conexão.

Não existem laços românticos.

Nem inclinações sexuais.

Nenhum sentimento envolvido.

Porque, como disse Ayla: *isso criaria um conflito para o companheiro masculino, e o patriarcado não pode permitir. Eles precisam de seus homens no comando em todos os momentos, não influenciados pelo amor ou afeição.*

Então, por que me importo com os sentimentos de Fallon agora? Por que sinto que destruí algo precioso?

Engulo em seco enquanto olho para ela, e um pouco da minha ira se dissipa. Ela não nos contou a verdade porque estava protegendo a irmã. É um motivo admirável, mesmo que eu não aprecie.

Mas o que mais importa é o motivo pelo qual não gosto da mentira: *não gosto que ela não confie em mim.*

Quero ser digno da confiança dela. Digno de seus segredos. Digno *da Fallon.*

Esses sentimentos já estão comigo há algum tempo, e é

por isso que ela me frustra constantemente. Sabendo tudo o que sei agora, ainda estou frustrado pelo mesmo motivo.

Porque preciso que ela tenha fé em mim.

Eu cuido do que é meu. Sempre cuidei. É um dos meus pontos fortes, uma base fundamental de quem sou como mestre vampiro e líder.

Mas Fallon nunca acreditou que eu faria o que era certo.

Ela sempre brigou comigo, escondeu suas verdades e não gostou de mim o tempo todo.

Só agora entendo o porquê: eu represento uma figura de autoridade na vida dela. E até agora, todos aqueles que foram encarregados do seu destino falharam.

E não estou agindo melhor agora, digo a mim mesmo.

Nox e Bane estão convencidos de que isso é real.

E se eles estiverem certos?

Então significa que eu estraguei minha chance de felicidade. Porque não há nenhuma maneira de Fallon me aceitar.

A menos que eu resolva essa confusão, penso, meu olhar em seu lábio trêmulo.

Ela ainda está esperando que eu diga como desfazer o feitiço. A pose obediente que eu desejava há poucos dias, agora odeio.

Por causa do que isso implica.

Ela está se curvando a mim como seu superior, não porque seja minha companheira ou porque me respeita. Mas porque ela me *teme*.

Não quero que ela tenha medo de mim.

E isso não tem nada a ver com um feitiço de acasalamento forçado.

— Preciso de um momento a sós com a srta. Doyle — digo a Nox e Bane.

Os espectros me olham, as expressões indicando desconforto.

— Não corro o risco de um frenesi de sangue — digo, abordando a preocupação anterior de Nox em relação ao notório desejo vampírico de transar, lutar ou se alimentar em resposta a emoções fortes... especialmente raiva. — Só preciso ter uma conversa particular.

— Se vai forçar a Fallon a desfazer esse acasalamento, então merecemos estar aqui para isso — Bane responde.

— Sim — concordo. — Eu só preciso falar com ela a sós por um minuto. — Olho entre os dois homens e acrescento: — Por favor.

Nox arqueia uma sobrancelha, ciente de que não costumo acrescentar banalidades, a menos que sinta que sejam necessárias.

Bane me encara por um instante. Então ele aperta o joelho de Fallon e sai da cama para pegar uma calça em uma gaveta próxima. Tecnicamente, a calça é minha, mas não digo nada para dissuadi-lo. Ele pega outra para Nox.

— Estaremos no corredor. — O olhar de Bane encontra e sustenta o meu. — Não quebre nossa confiança.

Com essa afirmação, ele se dirige para a porta.

Nox não o segue de imediato, sua atenção se volta para Fallon.

— Chame se precisar de nós, vaga-lume. Não nos importamos com o feitiço. Ainda somos seus.

Ela pisca, fazendo com que uma das lágrimas que permanecem em seus cílios caia.

Mas não responde.

Também não olha para ele.

O que faz com que ele me dê um olhar irritado antes de ir em direção à porta.

— Não quebre nossa confiança, Kas — ele ecoa, me fazendo suspirar.

Estraguei tudo vindo aqui com raiva. Não é um comportamento típico. Mas ouvir tudo o que Ayla e Nolan disseram me irritou, e andar de um lado para o outro não me acalmou.

Eu precisava ver Fallon. Questioná-la. *Exigir* respostas.

Mas não foi isso que eu fiz.

Eu a peguei de surpresa e quebrei suas barreiras de Fallon com algumas palavras incisivas, reduzindo esta mulher forte a uma casca, exalando meu domínio sobre ela.

Normalmente, ela revidaria.

Mas algo nesta situação a destruiu.

E eu *odeio* ser a causa.

— Fallon. — Não consigo evitar o toque de comando em minha voz. É principalmente para tentar chamar sua atenção. — Preciso que você faça algo por mim.

Ela dá um pequeno aceno de cabeça.

— Sim, Majestade.

Merda. Essa palavra novamente. Me atingiu da pior maneira. Prefiro muito mais seu discurso sarcástico a essa formalidade derrotada.

— Preciso que você me rejeite — digo.

Ela franze a testa.

— O quê?

— Quero que você me rejeite — reitero.

Seus olhos verdes me lembram uma esmeralda líquida enquanto ela olha para mim, a tristeza perfura minha alma.

— Sinto muito, Alteza, mas não entendo. A rejeição não vai quebrar o feitiço. — Sua carranca se aprofunda. — Foi isso que Ayla contou?

— Não, ela me disse que a rejeição não afetará o feitiço.

— Ainda não entendo — ela diz. — O que a rejeição vai fazer?

Me sento na cama perto das pernas dela, mas tomo cuidado para não tocá-la.

— Me rejeitar nos dirá se o vínculo é real ou não.

Seus olhos cheios de lágrimas me estudam por um instante.

— É magia sombria, não destino — ela sussurra, baixando o olhar mais uma vez. — Sei que não devo desejar qualquer outra coisa.

Seguro seu queixo e retorno seu olhar para o meu com gentileza.

— Provavelmente é magia sombria — admito. — No entanto, gostaria que você me rejeitasse. Não deve acontecer nada, mas pelo menos nós dois vamos saber.

Ela engole em seco.

— Fazer isso implica ter esperança.

— Suponho que sim. Mas preciso saber que isso não é real. E acho que você também.

— Não é real. — Sua voz está um pouco mais forte, mas a dor em sua expressão é de partir o coração.

Odeio machucá-la. Mas deve ser Fallon a rejeitar nosso vínculo. É a única maneira de ter certeza se é destino ou feitiço.

— Prove — eu a desafio. — Prove para mim que não é real. Me rejeite.

Um pouco da água em seu olhar chia quando um toque de fogo entra em seus olhos.

— Por quê? Assim você terá mais provas para sua sentença formal?

— Quem disse alguma coisa sobre uma sentença formal? — pergunto, arqueando uma sobrancelha.

Ela entreabre os lábios, mas nenhum som sai por um longo momento, como se minhas palavras de alguma forma a tivessem chocado. Não consigo ver o porquê ou como. Eu não disse nada sobre *condená-la* por suas ações.

— Entendo — ela finalmente murmura, limpando a garganta. — Tudo bem.

— Entende o que, exatamente? — pergunto em voz alta, sem saber como chegamos a esse ponto vago da conversa.

Em vez de me responder, ela balança a cabeça.

— Eu farei o que você quiser, Majestade.

— Fallon...

— Kaspian Antonik, eu rejeito você.

Olho boquiaberto para ela, surpreso por ela ser capaz de falar as palavras tão claramente e sem vacilar. De forma tão infalível. Tão *completa*.

Eles navegam através de mim.

Me cercam.

Ecoam em meus ouvidos.

Acertam o meu peito.

— Eu... — Paro, incapaz de expressar o que pretendia dizer. Porque não tenho ar suficiente nos pulmões.

É como se ela tivesse sugado a minha vida, desmantelado minha alma, demolido minha razão de ser, *matando meu coração.*

O nome dela é uma bênção em minha língua, uma bênção que não consigo expressar. Tudo dói. Queima. *Corta minhas veias.*

Puta merda.

Meus joelhos estão fracos e nem estou de pé.

Minha visão está embaçada.

Meu mundo... está *acabando.*

É real.

Tudo isso... é real.

E ela me rejeitou sem nem piscar.

Porque é o que eu mereço. Eu a maltratei a todo momento, tentando forçá-la a se abrir comigo, mesmo quando ela deixou claro que não estava pronta. Usei meu poder para intimidá-la. Forcei minha entrada aqui para exigir uma explicação enquanto ela estava com seus verdadeiros companheiros.

Os companheiros que ela não rejeitou.

Os companheiros que ela realmente deseja.

— Kaspian? — Sua voz causa arrepios pelo meu corpo enquanto os pedaços fraturados da minha alma imploram para que ela retire as palavras. Que não me rejeite. Que ela me *queira*.

Preciso dizer essas palavras para ela. Preciso rejeitá-la.

Mas não posso.

Porque não quero rejeitar minha companheira.

Eu... eu mereço isso: sua antipatia e rejeição. Fiz tudo errado.

Ela precisa de alguém em quem possa confiar abertamente. Não alguém a quem ela se sinta obrigada a obedecer.

Passo a palma da mão pelo rosto, e tudo ao meu redor fica subitamente desequilibrado.

Tudo parece quebrado. Errado. *Devastado*.

Fico de pé, apenas a mão de Fallon no meu ombro me segura.

— *Kaspian*. — Há um tom mordaz em sua voz que me faz olhar para ela, com meu coração em frangalhos.

Ela me odeia.

Como deveria ser.

De repente, me sinto fraco, uma sensação que não sei se já experimentei.

Não, não é fraco, eu percebo. *Vulnerável*.

— É... — Seu olhar procura o meu. — É real...

Minha garganta está apertada, então assinto em vez de falar.

— Eu... — Ela olha para mim. — Você precisa... me rejeitar de volta.

Balanço a cabeça e me forço a dizer:

— Não. Você não merece minha rejeição. — Seguro sua bochecha. — Mas eu mereci a sua.

Ela arregala os olhos.

— O quê?

— Eu duvidei de você. Exigi seus segredos. Duvidei do vínculo predestinado entre nós. — Cada afirmação parece uma flecha atravessando meu coração. — Tratei você como uma prisioneira, não como uma companheira, Fallon.

— Porque eu coloquei sua cidade para dormir — ela me responde, e seu tom faz com que minhas sobrancelhas se levantem em surpresa. — Quero dizer, não exatamente eu, mas Klas usou *meu* poder. Você teve todo o direito de me questionar. E tenho guardado segredos. Obviamente.

A Fallon que conheço parece estar voltando à vida diante de mim, seu desespero e tristeza desaparecem atrás de um véu sedutor de energia feminina ardente.

Como estive cego, penso, olhando para a bela criatura pulsando com raiva crescente. *Não é de admirar que eu mesmo a tenha interrogado todas as vezes. Eu* queria *falar com ela, conhecê-la.*

Ela é a razão pela qual não procuro companhia feminina há mais de um ano. Achei que fosse resultado do tédio ou do meu fascínio pelos espectros, mas agora vejo a verdade.

Sempre foi por causa dela.

Eu pediria a Nox e Bane uma atualização sobre seu bem-estar todas as vezes antes de acabarmos na cama de alguma forma. Mas havia uma razão pela qual só falar sobre Fallon me deixava com fome.

Uma razão que venho negando há muito tempo.

Ela estava destinada a ser minha.

Mas eu a tratei tão mal, *tão mal*. Deveria estar cuidando dela e fazendo-a se sentir segura. Em vez disso, eu a afastei.

Sou um companheiro horrível.

— Eu também duvidei dos vínculos — ela diz, atraindo meu foco para sua boca deliciosa. — Eu... eu esperava que fossem reais. Mas não pensei que o destino me daria essa oportunidade. E presumi que a magia sombria nos uniu. É por isso que fui capaz de rejeitá-lo com tanta facilidade... não achei que isso faria alguma coisa.

Passo o polegar por sua bochecha, me deleitando com a textura macia de sua pele.

— O destino te deve vários companheiros dignos. Principalmente depois de tudo que você passou.

— Ainda acho que a magia tem algo a ver com isso. — Ela se inclina para o meu toque. — É bom demais para ser verdade, Kaspian. Quatro companheiros? Em que mundo isso acontece?

— Não é incomum — digo. — Mas suponho que também seja raro. — Olho para a porta e depois de volta para ela. — Pelo menos, seus companheiros não se importam em compartilhar.

Bem, Nolan talvez sim.

Mas dada a maneira como ele a defendeu, tenho quase certeza de que ele aceitou a situação.

— Me desculpe por ter duvidado de você. — Coloco uma mecha de seu cabelo dourado atrás da orelha. — Sinto muito por muitas coisas.

Ela franze a testa.

— Fui eu quem mentiu e omitiu a verdade sobre, bem,

tudo. Eu também te disse que meus segredos não eram da sua conta. Mas deveria ter contado sobre o feitiço.

— Isso exigiria que você explicasse todo o resto também — aponto. Porque não há como eu não ter exigido uma explicação completa.

— Foi exatamente o que eu disse a mim mesma, mas não significa que esteja certo. Eu deveria ter contado a verdade.

— Talvez você tivesse feito isso se eu tivesse dado motivos para confiar em mim. — Olho para sua boca antes de olhar para ela mais uma vez. — Exigi sua confiança sem conquistá-la.

— Você também me colocou em uma suíte de hóspedes durante o último ano, me perguntou todos os dias o que poderia fazer para me deixar mais confortável e adiou a execução de Klas por se preocupar com minha sanidade. — Ela parece frustrada consigo mesma. Talvez até frustrada comigo, não tenho certeza. — Sinto muito por não confiar em você.

— Você estava protegendo sua irmã, Fallon. — Tiro a palma da mão do rosto dela. — Entendo seu medo e hesitação. Mas não sou um patriarca.

— Eu sei. — As palavras saem em um suspiro. — Você é... você é o *Kaspian*. — Suas pernas se movem sob os cobertores enquanto ela se aproxima de mim.

Fico quieto, hipnotizado por seus movimentos.

Então ela fica de joelhos, fazendo com que os lençóis caiam.

— Você é *meu* Kaspian — ela diz, levando as mãos ao meu rosto. — É por isso que preciso desfazer minha rejeição.

Seguro seus pulsos.

— Você não precisa desfazer nada, Fallon. Eu ganhei...

Seus lábios roçam os meus, interrompendo minhas palavras.

Assim como quando tentei rejeitá-la.

Tento dizer seu nome, mas ela me silencia com a língua. Eu deveria afastá-la, dizer que não precisa fazer isso, informá-la de que estou bem vivendo com sua rejeição...

Caramba, eu deveria fazer muitas coisas.

Mas não posso.

Não quando seus lábios carnudos estão contra os meus.

Não quando ela está ajoelhada diante de mim. *Nua.*

E molhada, penso enquanto inspiro profundamente, meus sentidos vampíricos me permitindo sentir o cheiro de sua doce excitação. *Puta merda... Como posso dizer não para isso?*

É mesmo certo recusá-la? Recusar *isso*?

Eu disse a ela para me rejeitar. Ela obedeceu porque eu ordenei.

Se ela quiser desfazer a rejeição, quem sou eu para impedi-la?

Eu a quero. Eu a queria há meses. Um ano. Talvez desde o primeiro momento em que a vi. *Porque ela sempre foi feita para ser minha.*

Esse feitiço a prendeu ilegalmente a Klas.

Se não existisse, eu teria conhecido Fallon como minha companheira desde o instante em que coloquei os olhos nela.

Ele roubou mais de um ano de nós...

Então arruinei nosso primeiro dia como companheiros.

Agora, me recuso a perder mais um segundo.

Solto seus pulsos, passando as mãos por suas curvas para puxá-la ainda mais para perto de mim. Suas coxas se abrem sobre as minhas enquanto eu a guio para meu colo, seu corpo se ajustando perfeitamente ao meu. Como se ela pertencesse a esse lugar.

Porque ela pertence.

Porque ela é minha.

As palavras passam pela minha mente enquanto eu as sussurro em sua língua. *Minha. Você é minha. E eu sou seu.*

Ela quer desfazer a rejeição.

Quero desfazer também.

Mas nunca vou forçá-la.

É por isso que darei a ela o controle. Pela primeira vez, deixarei que ela assuma a liderança. É um presente que nunca dei a ninguém durante minha existência. O domínio corre em meu sangue, minha necessidade de estar no comando é um instinto que nunca ignorei.

Mas por ela, vou me curvar.

Para ela, vou conceder.

Porque Fallon Doyle é a futura rainha da Casa de Ouro e Granada.

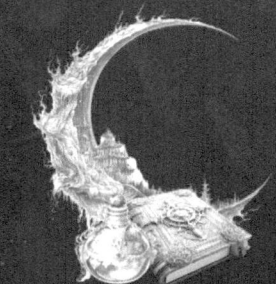

FALLON

É REAL. Tudo isso é real.

Nox e Bane.

Kaspian.

Nolan também.

Estou tão envolvida na euforia que tudo que consigo pensar é em curar o vínculo entre mim e Kaspian.

Ele é a razão pela qual sei que isso é real.

Eu estava me sentindo tão perdida e desanimada, pronta para me submeter ao meu destino mais uma vez, mas ele me tirou da escuridão e me trouxe de volta para a luz.

Exigindo que eu o rejeitasse.

E então ele não retribuiu, dizendo que eu não merecia sua rejeição.

Mas eu mereci a sua.

Suas palavras percorrem meus pensamentos, sua resignação perfura minha alma. Tenho que consertar isso. Tenho que consertar nosso vínculo. É uma necessidade intrínseca que não entendo totalmente, mas cansei de pensar. Cansei de viver em minha mente e questionar tudo em minha vida.

Isso é real, penso de novo. *Isto está realmente acontecendo.*

A língua de Kaspian dança com a minha, em um ritmo lento e sedutor. É tão completo e provocativo que faz minhas coxas apertarem as dele.

Ele está usando um de seus ternos, sem paletó e gravata. As mangas da camisa estão enroladas até os cotovelos e o botão de cima da camisa social está aberto.

É casual para Kaspian.

E sexy pra caramba.

Posso sentir sua excitação através da calça. Ele está excitado desde que me puxou para seu colo, talvez até antes disso.

É uma provocação no meu sexo, me encorajando a atacá-lo. Então eu o faço, e sou recompensada com um grunhido.

Preciso dele dentro de mim.

É assim que consertamos esse vínculo quebrado, como faço dele meu mais uma vez.

Estou dividida entre ir devagar e saborear o momento, e me apressar para nos completarmos.

Mas já estou excitada por ele, uma sensação amplificada por todas as provocações que Bane e Nox me infligiram antes da chegada de Kaspian.

Balanço os quadris, pressionando meu centro aquecido contra ele, e gemo quando roço em sua ereção.

— Puta merda, faça isso de novo, linda. — Kaspian geme. — Se esfregue em mim de novo.

Ele empurra sua dureza em mim, fazendo outro som sair do meu peito. Agarro seus ombros e arqueio, sinto minhas veias inflamarem com uma segunda onda de intensidade escaldante.

— Estou ouvindo vocês há horas. — As palavras são

um sopro contra minha boca. — Ouvir seus gemidos de perto é uma experiência totalmente diferente, especialmente eu sendo a causa deles.

— Você estava ouvindo? — pergunto, minhas palavras saem apenas em um sussurro.

— Sim — ele responde, levando as mãos indo para meus quadris enquanto ele gira em minha direção mais uma vez. — Eu gosto de ouvir, Fallon. — Sua língua traça minha boca. — Também gosto de assistir. — Ele me beija de leve. — Sabe o que eu gostaria?

Estremeço contra ele e balanço a cabeça, sem saber o que ele dirá.

— Vê-los transar com você, juntos. — Seus lábios percorrem minha bochecha até minha orelha. — Assistir Nox tomar sua bela bunda enquanto Bane penetra em sua boceta. — Ele mordisca o lóbulo da minha orelha. — Eu me sentaria em uma cadeira ali e me acariciaria enquanto você os agrada. — Sua boca vai até meu pescoço. — Mas eu não me permitiria gozar.

— N-não? — gaguejo, sentindo meu coração bater descontroladamente no peito. Porque a imagem de tudo isso... é... é intimidante da melhor maneira.

Tomar Bane e Nox ao mesmo tempo.

Tudo isso enquanto Kaspian assiste.

Estrelas...

— Não — ele murmura. — Eu esperaria até que terminassem de te limpar. Então eu te deixaria melada de novo. — Ele aperta meu pulso, me fazendo paralisar quando um choque de gelo afasta as chamas que circulam em minhas veias.

Kaspian faz uma pausa e se afasta, seu olhar perscrutador.

— Fallon? — ele pergunta.

Engulo em seco e meu coração dispara nas costelas po

um motivo totalmente novo. Kaspian é um vampiro. *Ele vai querer me morder. Se alimentar de mim. Me usar.*

— Fallon — ele repete e segura meu rosto. — Fale comigo.

Seus olhos quase pretos queimam nos meus, e a cor me lembra as íris de Klas. Exceto que o olhar de Kaspian é diferente. Ele olha para mim com compaixão e preocupação. Não maldade e intenção sombria. A maldade está aí, mas não é a mesma. É... é Kaspian.

— Linda, fale comigo — ele pede, acariciando as maçãs do meu rosto com os polegares. — Você não quer que eu assista?

Pisco para ele.

— O quê?

— Você não quer que eu te veja com Bane e Nox? Isso te incomoda?

Curvo os lábios.

— N-não. — Não, essa ideia não me incomoda em nada. Na verdade, reacende as chamas dentro de mim. — Eu...

Limpo a garganta.

Este é Kaspian. Preciso contar a verdade a ele. Chega de segredos.

Além disso, ele já sabe. Expliquei como Klas acessou meu poder. Mas Kaspian não deve perceber como isso me fez sentir. Como as *presas* me fazem sentir.

— Klas usou meu sangue para... absorver minhas habilidades. — Não tenho certeza se isso é algo que todos os vampiros podem fazer ou não. Mas Klas era híbrido de vampiro-feiticeiro. Suas habilidades eram exclusivas dele. — Ele fez isso me mordendo. De forma dura.

— Humm — Kaspian murmura e seus olhos escuros brilham com uma emoção que não consigo definir. — Então você não gosta de ser mordida.

— Eu... eu não gosto de ser mordida por ele — digo.

— Não sei quanto a mais ninguém. — Porque Klas é o único vampiro que já se alimentou de mim.

Kaspian passa os dedos pelo meu cabelo, afastando os fios do meu rosto e pescoço.

— Quer que eu tire essas memórias de você, Fallon? Que as substitua pelo que as presas de um vampiro poderoso podem fazer?

Seu olhar vai para meu pescoço antes de retornar para minha boca.

— Ou prefere que eu não te morda? — ele continua, sua expressão neutra, sem revelar nada sobre suas preferências. — Farei o que você quiser, amor. Apenas me diga seus limites e eu os respeitarei.

— Eu... — Eu paro, meu foco caindo em seus lábios carnudos. — Não sei.

— Então podemos resolver esse limite outro dia — ele responde, roçando a boca na minha. — Não vou te morder sem permissão. — Kaspian me dá outro beijo. — Não farei nada com você sem permissão, Fallon. Você está no comando aqui. Você me dirá o que quer e eu te darei.

Estremeço contra ele. Seus dedos fazem magia em meu crânio enquanto ele massageia minha cabeça e penteia meu cabelo mais uma vez.

Este macho é encantador.

E duro.

E meu.

Ou ele será, de qualquer maneira. Assim que reacendermos nosso vínculo.

— Me beije, Kaspian — eu sussurro.

Ele o faz, desta vez com um gesto exigente de língua que faz tudo dentro de mim se derreter. Ele é um ser de controle. Um mestre vampiro. Um *rei*.

Mas ele está me deixando liderar. Posso sentir na

maneira como ele não me pressiona, apenas me segura contra si enquanto devora minha boca.

É impressionante a percepção eufórica de que esse homem poderoso está me concedendo autoridade sobre ele. Ele disse que eu estava no comando, que ele me daria tudo o que eu quisesse.

Isso não deve ser fácil para ele, algo que fica evidente na maneira como suas coxas ficam tensas embaixo de mim. Ele está se contendo, se forçando a ser paciente, quando nós dois sabemos que esse vínculo parcialmente rejeitado deve estar o matando.

Porque é real, penso novamente.

Talvez eu nunca supere esse fato. Talvez nunca seja capaz de aceitar que *esta* é a minha vida. *Quatro companheiros. Um dos quais é um rei.*

— Kaspian — gemo, me arqueando para ele. — Preciso de você.

— Temos outro limite para discutir — ele diz, e suas palavras me fazem abrir os olhos. Não tenho certeza de quando os fechei, mas provavelmente foi quando ele começou a me consumir com a boca.

Olho para ele, esperando sua explicação.

— Você quer que Nox e Bane nos assistam? — ele pergunta, com a cabeça inclinada um pouco para o lado e indicando os dois espectros escondidos logo após a porta, seus olhares famintos enquanto observam minha posição em cima de Kaspian.

Os dois estão sem camisa, usando apenas calças pretas de cintura baixa.

Umedeço os lábios ao ver toda aquela graça masculina.

Eles são meus, penso. *Verdadeiramente meus.*

— Depois de ouvi-los brincar com você a noite toda, gostaria muito de fazê-los assistir sem que pudessem se tocar — Kaspian continua, com a atenção voltada para mim. — Porque agora é a minha vez, amor. E tenho sido muito paciente. Mas a decisão é sua, Fallon. Farei o que você desejar.

Nox e Bane me observam com a mesma intensidade que Kaspian, os três homens esperando pela minha resposta.

Quero que eles assistam enquanto Kaspian me come?

— Sim — murmuro, e meu interior pulsa com necessidade intensificada. Estar cercada por esses homens me faz sentir viva de uma forma que nunca experimentei antes. É tão diferente de qualquer fantasia que já imaginei, tão fantástico que mal consigo acreditar que está acontecendo comigo.

O destino lhe deve vários companheiros dignos. Principalmente depois de tudo que você passou.

Os comentários de Kaspian pairam em minha mente, a adoração e a maneira sincera com que ele disse essas palavras é como um beijo em minha alma.

Porque ele acredita que eu mereço tudo isso.

Talvez eu mereça, penso, olhando para ele agora. Mas preciso valorizar isso.

É por isso que preciso reacender esse vínculo e reparar o que quebrei. Kaspian pode ter exigido que eu o rejeitasse, mas só eu posso decidir consertar isso.

E ele está garantindo que eu tenha essa escolha não apenas em aceitar nosso acasalamento, mas em como isso será feito.

— Deixe-os assistir — digo a ele. — Quero que eles assistam. — Porque meus espectros me fazem sentir segura. Porque eu quero que eles se envolvam também. Pelo menos à sua maneira. Eles podem não conseguir me tocar desta vez, mas Kaspian mencionou outras ideias.

Observá-los transar comigo enquanto ele se dá prazer.

Me tomar quando terminarem.

Um tremor percorre minha espinha. *Sim, sim. Eu quero tudo isso.*

Mas primeiro, quero Kaspian.

Para senti-lo em minha alma novamente. Para completar este vínculo. Para torná-lo verdadeiramente meu.

Ele é todo poder e graça, um vampiro elegante envolto em roupas caras. Quero desmantelar sua aparência elegante, criar mais rachaduras na máscara formal que ele usa constantemente.

Quero vê-lo perder o controle.

Porque embora ele tenha me permitido liderar, posso dizer que ele ainda está no comando. Ele é o dominante neste quarto. Está apenas me dando o espaço e o tempo que preciso para abraçar isso, a capacidade de definir nosso ritmo, de dizer não, se eu desejar.

Cravo as unhas em seus ombros e o beijo enquanto minha metade inferior pressiona sua ereção. Ele grunhe em resposta, e ele afasta as mãos do meu cabelo e as leva até meus quadris.

Curvo os lábios contra os dele, adorando o jeito que ele me agarrou.

Mas ele não dita meus movimentos. Kaspian apenas me guia enquanto eu me movo.

Passo os dedos pela camisa dele, ignorando os botões, e vou direto para o cinto. Ele abre os lábios sob os meus, sua expiração é quente e mentolada enquanto ele estremece em resposta.

Meu nome sai de sua boca, mas não o deixo terminar, deslizo a língua na dele enquanto abro a fivela e começo a passar o couro pelas presilhas.

O cinto cai no chão atrás de mim quando termino de abri-lo.

Vou até o botão da calça para abrir e me levanto para começar a puxar o zíper para baixo.

Kaspian sorri, apertando meus quadris com mais força.

Eu entendo o porquê quando sinto sua excitação se libertar.

Sem cueca. Apenas o homem duro e suave.

Pressiono a carne quente contra a dele, sem perder tempo para sentir toda aquela força masculina exatamente onde eu quero.

— *Puta merda*, Fallon — ele diz, e seu aperto se torna contundente. — Eu nem estou dentro de você ainda e estou viciado em sua boceta.

— Espere até você prová-la. — A voz de Nox soa profunda e tão próxima do meu ouvido que suspeito que ele esteja bem atrás de mim.

Mas não consigo desviar o olhar de Kaspian.

Ele me olha com tanta admiração que fico bêbada com sua presença. Perdida pela reverência em seu rosto. A necessidade pura e não adulterada que irradiava dele.

Este é o verdadeiro Kaspian.

Não o rei com a máscara formal. Mas meu futuro companheiro.

E ao vê-lo agora, percebo que já testemunhei vislumbres dele antes. Vislumbres que nunca entendi de verdade. Momentos de necessidade acalorada enquanto discutíamos, os quais eu confundi com algo totalmente diferente.

Porque eu estava alheia à nossa conexão.

A *magia sombria* me cegou, me tornou incapaz de ver meus companheiros como eles realmente são. Mas eu os vejo agora. Eu os *sinto*.

Até mesmo Kaspian.

Apesar da rejeição, ele ainda está lá, perto do meu

espírito, me implorando para aceitá-lo mais uma vez. Para permitir que sua alma se junte à minha.

Eu quero isso, penso, me mexendo no colo dele mais uma vez. *Quero todos eles.*

É impulsivo. Talvez até imprudente. Mas me recuso a lutar contra o destino. Esses homens deveriam ser meus. Entendo isso agora.

E cansei de questionar tudo.

Estico a mão entre nós, envolvendo Kaspian enquanto o inclino para cima, em direção à minha entrada úmida.

Suas pupilas dilatam, sua intriga é um beijo palpável para meus sentidos.

— Não rejeito você, Kaspian Antonik — digo a ele enquanto desço, acolhendo-o dentro de mim. — Eu te *aceito*.

Ele empurra para cima, me forçando a levá-lo ao máximo.

— Eu também te aceito, Fallon Doyle — ele diz, me acariciando. — Puta merda, eu te aceito...

Ele passa a mão na minha nuca e inclina a boca sobre a minha, e seu beijo me domina da melhor maneira.

Então ele pressiona a mão oposta na parte inferior da minha coluna e começa a se mover.

— Envolva suas pernas em mim — ele exige. — Preciso ir mais profundo.

Obedeço, amando o jeito que ele está assumindo o comando sem realmente querer. Porque este é o meu Kaspian. O dominante em quem confio. O homem com quem quero me relacionar. O vampiro que quero chamar de meu.

Sua língua desliza sobre a minha, controlando facilmente nosso beijo enquanto ele penetra em mim abaixo.

É perfeito.

É ele.

É exatamente o que preciso agora. Bem aqui. *Entre nós.*

Cada impulso nos aproxima, nossas almas se regozijam com nossa união, enquanto o destino une de forma permanente nossos destinos.

Bane e Nox ainda estão muito presentes, o calor deles irradia perto das minhas costas. Eles não estão tocando, mas estão perto.

Assistindo.

À espreita.

Sendo verdadeiros voyeurs enquanto Kaspian me leva ao clímax.

E eu adoro cada minuto.

Sinto que sou o centro do mundo deles. É estranho e talvez até um pouco arrogante, mas me deleito com o brilho temporário de ser adorada por todos os três.

Meus homens. Meus companheiros. Meu futuro.

O calor toca meu peito, a esperança floresce lá no fundo.

Com eles, posso ser feliz.

Eu posso estar inteira.

Posso ser... livre.

Kaspian morde meu lábio inferior, e seu rosnado me atrai de volta para ele.

— Preciso que você goze para mim, Fallon — ele diz contra minha boca. — Preciso sentir essa linda boceta me apertar enquanto reivindico você. Preciso te ouvir *gritar.* Pode fazer isso por mim? Pode fazer isso por *nós?*

Estremeço, meu interior se apertando em resposta.

É como se esses homens tivessem domínio total sobre meu corpo, sobre como sinto prazer, sobre quando gozo. Porque só de ouvi-los proferir as palavras me deixa muito mais perto.

— Seja uma boa menina e goze para de Kaspian,

vaga-lume — Nox sussurra bem no meu ouvido. — Quando você terminar, vou lamber vocês dois.

— E então faremos você gozar de novo. — A promessa de Bane é um zumbido baixo no meu lado oposto, confirmando que os dois homens estão pairando bem atrás de mim, observando enquanto eu conserto meu vínculo destinado com Kaspian.

Devo parecer muito devassa montando no pau de Kaspian enquanto ele ainda está totalmente vestido.

É uma imagem atraente em minha mente, que me faz deslizar a mão entre nós para acariciar meu clitóris.

De alguma forma, parece certo estar nua enquanto Kaspian não está. Como se isso lhe desse muito mais controle sobre a situação.

Eu prefiro assim. Porque confio nele para liderar. Guiar. Para dominar todos nós.

Suas presas roçam meu lábio, fazendo meus olhos se abrirem. Mas ele não morde. Apenas sustenta meu olhar, me forçando a ver seu desejo e fome em suas profundezas quase negras.

Mas não é uma fome pelo meu sangue, é uma fome de mim.

Estremeço em resposta, aquele olhar me leva muito mais perto do limite.

— Nox e Bane estão se acariciando atrás de você — Kaspian me informa baixinho. — Eles estão desejando poder te tocar, assim como eu fiz nas últimas horas. — Seus lábios roçam os meus com cada palavra. — Dê um show a eles, amor. Deixe-os ver você gozar no meu pau.

Outro tremor percorre minha espinha, me fazendo tremer em cima dele.

Porque posso ouvir os dois espectros respirando com mais dificuldade. Mais rápido. Mais intensamente do que antes.

Assim como Kaspian.

Eles estão ofegantes por minha causa. Por causa de nós.

Estrelas, isto é... isto é a verdadeira felicidade....

Arqueio para trás, minhas pernas apertando a cintura de Kaspian enquanto tento levá-lo ainda mais para dentro de mim. Ele é comprido como Nox, mas não tem piercings. Em vez disso, tem a circunferência de Bane, o que me faz sentir incrivelmente preenchida.

E ele quer ver os espectros me levarem juntos.

E se eu, de alguma forma. tomar os três? Um na minha boca... dois lá embaixo...

Ah, mas preciso de Nolan também.

Embora sua natureza solitária sugira que ele provavelmente não gosta de sessões em grupo.

Do que Nolan gosta? Eu me pergunto, meus quadris girando mais rápido agora. *Ele vai me tomar sozinho?*

Eu nem tenho certeza de onde ele está.

Quase pergunto, mas Kaspian faz algo que me deixa presa ao presente, a ele, aos espectros atrás de mim, a este momento no tempo.

Tudo é tão *bom.*

Tão certo.

Tão... estrelas...

Um terremoto passa por mim, me jogando em um clímax inesperado, meu corpo estava tão preparado depois de horas que não percebi que meu orgasmo havia se aproximado do limite até que caí de cabeça sobre ele.

O nome de Kaspian sai da minha boca, seguido pelo dos meus outros companheiros. Acho que até mencionei Nolan, minha mente consumida demais pelo prazer para me concentrar. É tudo inacreditável. Perfeito.

Porque posso sentir Kaspian novamente.

Nosso vínculo.

A conexão.

Como foi que eu confundi isso com um feitiço? Está muito mais quente. Muito mais intenso. *Delicioso.*

O calor jorra entre minhas pernas, a afirmação de Kaspian me queima de dentro para fora e se junta às dos meus outros companheiros.

Eu me sinto tão cheia deles. No meu coração. Em minha alma. *No meu corpo.*

Todos eles me levaram a alturas inesperadas, me ensinando uma nova maneira de ser. O tempo todo desperta uma esperança que arde tanto dentro de mim que quase posso senti-la queimar as torres frias do meu passado.

Mas o calor começa a diminuir à medida que meu clímax diminui, o calor lentamente deixa meu ser a cada segundo que passa.

Suspiro, já sentindo falta daquele brilho orgástico.

Mas Bane e Nox prometeram mais.

Eles reacenderão minha chama em segundos, me levando de volta a este plano arrebatador.

Abro a boca para implorar por seu toque, com os olhos tremulando.

— Eu... — Paro, meu olhar está desfocado e exige que eu pisque algumas vezes.

Espero encontrar as belas feições de Kaspian, talvez até testemunhar uma expressão satisfeita ou um sorriso encantador.

Mas não é ele quem encontro à minha frente.

Em vez disso, estou cercada por sete figuras encapuzadas.

— Olá, Fallon — o Patriarca O'Neely me cumprimenta. Sua voz envia um arrepio pela coluna enquanto seu poder me força a me curvar sobre uma pedra da morte. — É hora de discutir seu destino.

NOLAN

Ayla abre um portal que nos leva a outro telhado, este no coração de Staten Island.

Faço uma pausa depois de passar por ele, e meus instintos exigem que eu examine a cena.

Claro, avalio depois de observar o que me rodeia. Assim como os últimos três telhados.

Parece que é isso que Ayla gosta de fazer: viajar por portais em telhados.

— Esse é um truque útil — digo a ela, apontando para a porta com o queixo. — Nunca vi nada parecido. A que distância você pode ir?

— Só posso criar uma porta para lugares onde estive — ela responde. — E antes que você pergunte, não, não pode ser replicado com magia. É um talento que está ligado ao meu espírito, semelhante à minha habilidade de rastrear a aura.

Assinto, entendendo isso ainda mais agora que passamos a maior parte do dia juntos.

Ayla explicou que as bruxas do Clã dos Excluídos são

diferentes de outras de sua espécie por causa de seus laços únicos com o plano da morte.

— A maioria das bruxas vem do mundo das bruxas. Tecnicamente, nós também, mas nossa magia se manifestou de uma maneira diferente. Fez um caminho mais sombrio. Acho que você poderia dizer que a magia da morte infectou nosso clã e mudou a forma como realizamos feitiços.

— Mas como? — perguntei antes. — O plano da morte não é outro mundo. — Se fosse, eu saberia disso. Ou, pelo menos, existiria um portal que permitiria que outros o visitassem.

— Não. Está ligado ao núcleo do nosso clã, nossas almas. — Ela dá de ombros. — Os membros do meu clã possuem magia mortal. É raro e temido, e é em parte por isso que somos todos excluídos.

Isso eu sabia.

— Necromantes — traduzi. — Ou esse é o boato sobre o seu clã, de qualquer maneira. Vocês são todas necromantes.

— A necromancia sugere que todos nós podemos controlar os mortos. — Seus olhos negros encontraram os meus. — Eu não posso. Mas meus poderes estão enraizados nas almas, o que é uma forma de morte.

— E a Fallon pode imitar o sono mortal — acrescentei. — Além de perturbar os mortos. — Esses são os feitiços que testemunhamos no ano passado, quando Klas se aproveitou dos poderes de sua companheira forçada.

— A Fallon pode fazer muito mais que isso — Ayla me disse. — E a Ishara também. Elas só precisam se libertar das coleiras dos patriarcas.

Perguntei a ela como fazer isso e ela balançou a cabeça.

— Se eu soubesse, não estaria aqui.

Ela anda de um lado para o outro agora, com movimentos felinos enquanto ronda a beira do telhado.

A maioria dos seres sem asas temeria a queda de cinco andares até o chão. Mas não Ayla. Ela caminhou assim pela beira de todos os telhados em que estivemos. Incluindo o de Manhattan, que tinha mais de cinquenta andares.

— Aquela casa ali — ela diz, apontando para sudoeste. — É a casa da família de Patrick O'Neely.

Ando ao lado dela para ver a casa da família do suposto líder do Clã dos Excluídos.

Pelo que Ayla disse, existem sete patriarcas. Mas Patrick O'Neely é considerado o mestre.

Foi ele também quem forçou Fallon a criar um vínculo de companheiro com Klas.

E provavelmente foi quem enviou Klas para se infiltrar nas fileiras de Ouro e Granada.

O que o torna o alvo número um, com o pai de Fallon em segundo lugar.

Estou prestes a pedir a ela que aponte as armadilhas de segurança mágicas invisíveis que cercam a casa, algo que ela fez em nossos dois últimos locais, quando meu telefone começa a tocar.

— Ainda bem que a Ayla me emprestou um pouco de magia para carregar minha bateria — digo em jeito de saudação. — Depois da nossa última ligação, você quase esgotou...

— Ela não quer acordar — Kaspian me interrompe, com uma nota de pânico incomum na voz.

— O quê?

— A Fallon — ele elabora, seu rosto aparecendo na tela. — *Ela não quer acordar.*

Me afasto da borda com Ayla ao meu lado, nós dois focados na tela que preenche o espaço à minha frente.

Kaspian se vira para mostrar Fallon inconsciente, sua pele branca contrastando fortemente com o chão de mármore obsidiano abaixo dela.

Esse não é o quarto dela, penso, reconhecendo a propensão de Kaspian para cores escuras.

Ela está nua, é minha próxima dedução inútil.

Seus lábios estão azuis, é o pensamento que finalmente me traz de volta à relevância desta ligação.

— Você tentou reanimá-la como da última vez?

— Sim. Nos últimos vinte minutos. — A voz de Nox tem o mesmo tom de pânico que a de Kaspian.

Bane está no chão ao lado dela, com a calça preta desabotoada e o cabelo uma bagunça de ondas escuras. Ele está verificando o pulso dela. O que quer que ele tenha encontrado, provavelmente a falta de batimentos cardíacos, o faz se inclinar para soprar na boca de Fallon enquanto Nox assume as compressões torácicas.

Estremeço enquanto observo, meu coração começando a bater forte contra minhas costelas.

Se ela estivesse realmente morta, eu sentiria alguma coisa, certo? Um vínculo quebrado? Sua alma partida?

— Os patriarcas devem estar fazendo algo para evitar que você a acorde desta vez. — Há uma clara nota de desconforto na voz de Ayla. — Não acho que nenhum de nós queira saber o que isso implica.

— Eu quero — Kaspian retruca, o tom de raiva tão incomum quanto seu pânico. Ele permaneceu calmo durante nossa ligação anterior, de forma quase assustadora. Esta demonstração de emoção é... nova.

— Se soubermos o que eles estão fazendo, podemos acordá-la — Nox diz, se concentrando em comprimir o esterno de Fallon. — Ela está muito fria.

— Porque eles arrastaram a alma dela para o plano da morte — Ayla murmura. — Ela não está morta de verdade, mas seu corpo... — Ela torce os lábios para o lado. — Não pare de tentar reanimá-la. Ela precisa que o sangue circule, ou isso pode causar danos permanentes.

Meu queixo treme.

— Danos permanentes?

— Danos cerebrais, entre outras coisas. — Ela olha para a casa do Patriarca O'Neely. — Os patriarcas poderiam estar lá, realizando este feitiço. Mas duvido. Eles têm espaços cerimoniais secretos para suas reuniões que ainda não encontrei.

— Você não consegue rastrear suas almas?

Ela balança a cabeça.

— Não sem que eles percebam. — Ela cruza os braços. — Você sentiu minha abordagem porque minha magia tocou sua aura. Faria o mesmo com eles se eu tentasse caçá-los.

— Então você está dizendo que só pode rastrear aqueles que não se importam de ser rastreados? — Esse é certamente um limite para o que de outra forma seria um grande talento.

— Ou alguém que não esteja muito consciente do que está ao seu redor — ela responde. — Felizmente, a maioria das pessoas não presta atenção aos seus instintos. Infelizmente, os patriarcas são idiotas paranoicos e, portanto, não como a maioria das pessoas.

Decido não perguntar se sou classificado como um "idiota paranoico", já que notei que ela me seguiu mais cedo e, em vez disso, me concentro no que importa.

— Há alguém que você possa rastrear que possa estar perto do local da reunião agora? Como talvez a Issy?

Se os patriarcas estão com Fallon, então talvez também estejam com ela.

— O que foi que aconteceu? — Kaspian questiona, atraindo meu olhar para a tela, onde Bane e Nox estão pairando sobre um chão vazio. — Para onde é que ela foi?

Ayla caminha em direção à tela, com os olhos arregalados e combinando com a minha expressão. Então ela se vira, com os lábios entreabertos enquanto olha para o norte.

Kaspian, Nox e Bane começam a falar ao mesmo tempo, mas Ayla é quem chama minha atenção.

Porque ela ficou completamente imóvel ao meu lado.

— O que você está sentindo? — pergunto a ela.

— Fallon — ela murmura e suas íris negras estão tremeluzindo com chamas perigosas enquanto ela direciona sua atenção para mim. — É a Fallon.

— O que tem ela? — Kaspian questiona através da tela antes que eu possa dizer uma palavra. — Onde ela está?

Ayla não olha para ele, seu foco ainda está em mim.

— Ela está de volta. — Ela pisca. — A Fallon está *de volta*.

— Como isso é possível? — pergunto.

— Não sei, mas eu a sinto. — Ela engole em seco, olhando para o norte novamente. — E se ela está onde acho que está, vamos precisar de ajuda.

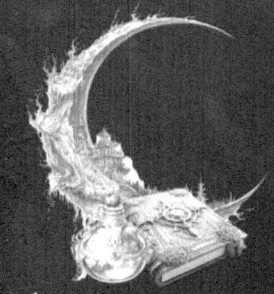

FALLON

MEU DESTINO.

É isso que os patriarcas querem discutir.

O que lhes dá o direito de ditar meu destino? Quero exigir, meu instinto de expressar a pergunta é um desejo avassalador que quase faz minha boca se mover.

Por mais de duas décadas, fiz tudo o que esses homens me disseram para fazer. Eu os obedeci. Me curvei diante deles. *Acasalei* por eles.

E para quê? Para que eles continuem a controlar todos os aspectos da minha vida? Exigir que eu *morra* porque Klas falhou com eles?

Há anos que Issy me diz para enfrentar os patriarcas, para não permitir que eles a usem como motivo para a minha obediência.

Não ouvi porque ela era mais importante do que tudo no mundo. Ela era minha única conexão na vida. Minha única razão para sobreviver.

Mas tudo mudou agora.

Tenho um propósito renovado, que posso sentir me firmar em outro plano de existência.

Meus companheiros.

A importância deles não substitui a de Issy nem menospreza minha conexão com minha irmã gêmea. A presença deles, de alguma forma, *fortalece* meu vínculo com minha irmã. Talvez porque meus companheiros estejam me dando ainda mais motivos para sobreviver.

Eles vão me ajudar a salvá-la. Não é algo que discutimos. Mas, de alguma forma, sei que posso confiar neles. *Eles nos darão um novo lar. Um lugar para sermos livres.*

Saber disso desperta confiança em mim agora.

É por isso que levanto a cabeça da pedra da morte para olhar para os homens encapuzados ao meu redor.

Vocês querem discutir meu destino? Tudo bem. Podemos discutir meu destino.

Eles não podem me ouvir, mas isso não importa. Demonstro meus sentimentos com os olhos, digo a eles com um olhar que não desejo mais obedecer.

Estou farta.

Estamos fartos.

— Talvez seja preciso começar esta sentença com uma atualização sobre sua irmã gêmea — o Patriarca O'Neely diz com uma pontada de ameaça em seu tom majestoso. — Tenho certeza de que você notou sua incapacidade de se comunicar com ela. Talvez isso te lembre de uma experiência anterior?

Meu queixo treme, e eu semicerro meus olhos. *O feitiço de obediência.* Isso me afastou de Issy, fazendo com que eu me concentrasse apenas em Klas e em seus desejos.

Issy? Sussurro para ela, percebendo que já faz muito tempo desde a última vez que a senti em minha cabeça.

Não desde que a usaram para me interrogar depois da última vez que deixei o plano da morte.

Ah, Issy, o que eles têm feito com você?

Juro que vejo um dos patriarcas sorrir. Ou talvez eu apenas sinta mais do que veja, porque seus capuzes estão envoltos em sombras. Não consigo nem identificar quem é quem.

E quando um deles fala, as palavras ecoam ao meu redor.

Só reconheço o dono da voz, não o capuz de onde ela se origina.

— Sua irmã foi recentemente acasalada — o Patriarca O'Neely continua. — Infelizmente, seus poderes dificultaram a realização de uma cerimônia adequada, então improvisações tiveram que ser feitas. E, bem, ela está bastante indisposta no momento.

Algumas risadas seguem suas palavras enquanto meu coração congela.

Acasalada? Indisposta?

Puta merda.

Issy!

Ela não responde. E não consigo senti-la.

Isso é inaceitável. Fiz *tudo* que esses idiotas exigiram de mim.

Exceto o suicídio, percebo. *Eles ameaçaram me punir. Mas... mas é Issy quem está pagando pela minha desobediência.*

Claro.

Idiotas. Fecho meus dedos em punho. *Vocês são todos um bando de idiotas.*

E eles ainda estão *rindo*. Se deleitando com meu tormento.

Não, não apenas o *meu* tormento, mas o de Issy também.

Minha irmã inocente que foi amaldiçoada com uma voz mortal. Que viveu grande parte da sua vida em um quarto sem janelas. Cuja própria existência foi ridicularizada e odiada pelo nosso clã.

No entanto, eles a acasalaram com alguém.

Com quem?, quero exigir.

Porque seja quem for, vou incapacitá-lo. Talvez até matá-lo, já que aparentemente Ayla sabe como quebrar os laços do acasalamento forçado.

Teria sido útil saber disso há alguns anos, mas algo me diz que só recentemente ela aprendeu como fazer isso. Caso contrário, teria compartilhado esses detalhes com Issy.

Ela aprendeu durante os testes? Talvez logo depois? Não tenho certeza. Mas vou descobrir. Então usarei esse conhecimento para libertar minha irmã.

Porque esses idiotas encapuzados não vão mais controlar a mim ou a minha irmã.

Chega.

A pedra da morte esquenta, me lembrando da última visita a este plano. *Meus companheiros?* me pergunto, sentindo a presença deles ao meu redor. *Eles estão me trazendo de volta?*

— *Fallon Doyle* — dizem os patriarcas, suas vozes ecoando ao meu redor e garantindo meu foco. — *Você falhou conosco. Exigimos recompensa.*

— A recompensa será tirada de Ishara Doyle — um dos patriarcas diz.

Patriarca McCarthy? imagino, apenas vagamente familiarizada com seu tom grave.

— *Sim* — os patriarcas confirmam novamente como um aglomerado de vozes. — *Ishara Doyle sofrerá pelos fracassos de Fallon Doyle.*

— A menos que você queira um destino alternativo — Patriarca O'Neely oferece, aquele tom cheio de intenções sinistras. — Você poderia poupar um pouco de dor para sua irmã, Fallon. Mas isso exigirá sua total devoção à nossa causa.

Semicerro os olhos. Essa retórica fica cada vez mais cansativa.

Me dediquei à causa deles durante toda a minha vida, e onde isso me levou?

Acasalada com um monstro.

Fundamentada por um feitiço de obediência.

Abusada sexualmente.

Enterrada viva em inúmeras ocasiões.

Usada e abusada.

Dissociada da minha própria magia.

Separada da minha irmã gêmeo, tanto mental quanto fisicamente.

De novo. E de novo. E de novo.

A pedra da morte aquece ainda mais abaixo de mim, parecendo ficar mais quente com a minha ira crescente.

Porque tudo isso é mentira.

Fiz tudo por essas criaturas sem alma, para ser derrubada a cada passo.

E agora eles tiraram minha irmã de mim de novo? Ameaçam fazê-la sofrer pelos meus supostos fracassos?

Que. Se. Dane.

— Klas falhou, não eu — digo a eles, surpresa com minha capacidade de falar com tanta fluidez. Talvez eles estejam me permitindo falar. Isso explicaria minha capacidade de me mover também. Eles não devem ter achado necessário me acorrentar desta vez.

Me afasto da pedra da morte, não sentindo mais o peso em meus ombros... o poder que originalmente me forçou a me curvar.

Estou livre.

É uma constatação que provo ao me levantar. Isso é bom. Poderoso. *Certo.*

A magia mortal ao meu redor pulsa, os fios arrepiantes giram no ar e flutuam mais perto para beijar minha pele.

— *Fallon Doyle* — as vozes ecoam bruscamente. — Você vai obedecer.

— Eu obedeci — digo a eles. — *Obedeci* a vocês durante toda a minha vida. Desisti de tudo. Tudo pela segurança da Issy. Mas vocês começaram esta discussão com uma atualização sobre o destino dela.

Dou um passo à frente enquanto mais garras geladas giram ao meu redor, cada uma parecendo derreter no momento em que toca minha forma superaquecida.

Não machuca. Na verdade, é muito bom. Revitalizante, até. Uma sensação estranha para um plano mortal, mas não penso duas vezes sobre isso. Eu a *abraço*.

— Acasalei com Nikolas O'Neely e o *obedeci* por quatro anos. *Ele* escolheu atacar o Rei de Ouro e Granada. *Ele* falhou. E vocês queriam recompensá-lo por esse fracasso com minha alma na vida após a morte.

Dou mais um passo em direção aos patriarcas encapuzados.

— Não tive a chance de obedecer. — Não que eu pretendesse, mas esses idiotas não precisam saber disso. — O plano da morte me sugou e me devolveu a novos companheiros. E a resposta de vocês foi *acasalar minha irmã*?

Essas últimas quatro palavras reverberam pelo ar, semelhante ao som dos patriarcas.

— Vocês me separaram dela. *De novo.* Infligiram um feitiço de obediência a ela. *Subjugaram-na. E pensam em me provocar com esse conhecimento para me convencer a escolher um destino alternativo?*

Minhas palavras começam a ecoar e minha voz vibra de uma forma que nunca experimentei.

Os patriarcas tentam repetir meu nome, e uma onda de poder parece pulsar ao redor deles.

Mas não me toca.

Estou muito envolvida em todos os fios gelados que continuam se derretendo contra a minha pele. É como se eu tivesse formado um tipo estranho de escudo. Ou talvez eu tenha acabado de absorver um. Não tenho certeza, mas me sinto segura. Capacitada. *Encorajada.*

— *Que improvisações foram feitas?* — exijo. — *Como a minha irmã está sendo subjugada? Onde ela está?!*

Essas últimas três palavras me deixam rugindo enquanto um vento mortal gira ao meu redor.

— *Me digam com quem vocês a acasalaram. Me digam quem está com a minha irmã!*

O vento se transforma em um ciclone de energia e avança em direção aos patriarcas, arrancando os capuzes de seus rostos assustados.

Eles parecem fantasmas aqui, as almas estão tremendo com a força da minha rajada gelada.

É estranho que eles sejam de natureza etérea, mas me sinto corpórea. Uma olhada em minhas mãos confirma meu estado sólido.

Não sou apenas uma alma aqui. Sou eu.

Porque este lugar é a fonte do meu poder.

Eu o invoco agora, dizendo-lhe para me dar forças. Porque preciso canalizá-la para minha irmã gêmea. Para ajudá-la a acordá-la do feitiço de obediência. *Salvá-la de sua dor.*

Os patriarcas começam a gritar, mas eu os ignoro, concentrada demais na energia crescente ao meu redor.

Drene através de mim e encontre Issy, digo a magia mortal. *Liberte-a de seus limites. Acorde-a de seu sono. Devolva a voz dela!*

Fecho os olhos e ordeno que o plano da morte cumpra minhas ordens, a manipulação do poder me lembra dos feitiços que conheço que podem ressuscitar os mortos.

Mas não estou brincando com almas ou cadáveres

agora. Estou simplesmente invocando o coração dos meus dons. Este plano é movido por espíritos, e sua energia coletiva cria uma pulsação que alimenta minha existência.

Requer respeito. Reverência. *Entendimento*. Caso contrário, seria fácil me perder no vazio do poder.

Felizmente, tenho várias âncoras que facilitam meu foco. Me ajudam a lutar para sobreviver.

Meus companheiros.

Meus *verdadeiros* companheiros.

Sinto a vitalidade deles me puxar de volta ao mundo real, a presença me estabiliza enquanto continuo a absorver mais magia. Minha alma está faminta por isso.

Mais. Mais. Mais.

Vá para Issy.

Acorde-a.

Faça-a inteira novamente.

Já não ouço nem sinto os patriarcas. Eles são uma memória distante em minha mente.

Este plano nunca foi verdadeiramente deles, penso, a voz mental soa como a minha. Exceto que não tenho certeza de como conheço essa informação... é um conceito estranho.

Mas... parece que minha magia sussurrou isso em minha mente.

Como isso é possível? Penso, abrindo os olhos. Como qualquer coisa disso...?

Meu pensamento desaparece quando percebo que meu cenário mudou mais uma vez.

Mas não estou de volta à Islândia com meus companheiros.

Estou em um quarto escuro. Muito frio.

Um freezer, percebo enquanto arrepios sobem e descem em meus braços expostos. *Estou nua em um freezer.*

Está escuro como breu, tornando impossível ver.

No entanto, sei que não estou sozinha aqui.

Porque posso ouvir outra pessoa respirar.

É superficial e acompanhado por um bipe estranho.

O que é isso? Tateio ao redor, procurando por uma parede, porta ou qualquer coisa que eu possa usar para ver.

Bip. Bip. Bip.

Me aproximo do som.

Bip. Bip. Bip.

A respiração está mais alta do que deveria, quase como se estivesse sendo amplificada por alguma coisa.

Bip. Bip. Bip.

Que merda está acontecendo? Ainda posso sentir os vestígios do plano da morte girando ao meu redor, o poder beijando meu espírito e despertando o calor por dentro.

Bip. Bip. Bip.

Me aproximo enquanto procuro em minha mente um feitiço que permita a luz. Talvez até fogo.

Porque, caramba, está frio aqui.

Bip. Bip. Bip.

Murmuro uma frase na língua antiga, uma que Issy me ensinou há muito tempo.

Isso desperta um brilho de luz, que flutua ao redor do pequeno espaço diante de mim.

Bip. Bip. Bip.

É uma máquina, confirmo, a lâmpada brilhante gira em torno dela para revelar um instrumento semelhante a uma bomba que empurra o ar para dentro...

Arregalo os olhos com a visão horrível que se desenrola diante de mim. A máquina serve para ajudar alguém a respirar.

E esse alguém é...

— *Issy.*

KASPIAN

— Vamos precisar de um feitiço de portal — digo a Cara, irritado por não poder usar um agora para me teletransportar de volta para Reykjavik. Infelizmente, tenho que dirigir. E esta não é a época do ano para acelerar.

Porcaria de neve.

Porcaria de magia.

Que merda.

— Vou passar uma mensagem para Slater pelos nossos canais normais, ver se ele consegue agilizar a solicitação — ela responde. — A menos que o Nolan já tenha um escondido em algum lugar?

— Não de fácil acesso — murmuro.

Nolan gosta de esconder coisas em lugares elevados.

Os tipos de lugares que só quem tem asas pode alcançar. Normalmente, eu respeitaria isso. No momento, estou irritado. Porque ele está sozinho em Nova York. Com Fallon. E ainda não há nada que eu possa fazer fisicamente para alcançá-los.

— O que mais você precisa? — Cara pergunta, toda profissional.

— De pelo menos seis mercenários, de preferência mais, que estejam dispostos a se juntar a nós em Nova York. Eles precisam ser experientes. E bem versados em bruxas e feiticeiros.

— Vamos lá — Cara diz. — Vou ligar para o Talino, ver se os netos dele estão interessados. Porque se Eryx e Tallis forem parecidos com o irmão Khaos, você vai querer eles ao seu lado.

— Ele te impressionou? — questiono.

— Ele me *superou*. Duas vezes — ela me diz. — Eles serão úteis para você em Nova York. Confie em mim.

— Sim — respondo. — É por isso que você vai ficar na Islândia para liderar enquanto eu estiver fora.

Ela empalidece.

— *O quê?*

— É seu trabalho ficar e liderar caso algo aconteça comigo. Você *e* o Larus têm que ficar.

Ela grunhe.

— Eu não tinha ideia de que concordar em ser sua segunda significava ser retirada do campo.

— Você só está fora do campo quando eu estou no campo — digo a ela. — E eu tenho que ir para Nova York. Ela é a minha companheira, Cara.

Já expliquei isso para ela no início da conversa, para sua surpresa. Não é sempre que isso acontece, já que Cara viu quase tanto quanto eu neste mundo.

Mas quatro companheiros são bem impressionantes.

Especialmente quando um deles é um velho mestre vampiro como eu.

Cara limpa a garganta.

— Mais alguma coisa, Kas?

Considero tudo o que discutimos e balanço a cabeça.

— É tudo por agora. Estaremos aí em quinze minutos.

— Terei atualizações prontas para você quando chegar — ela promete, encerrando a ligação.

Nox e Bane permanecem em silêncio no carro, sua preocupação é palpável e rivaliza com a minha.

Nossa companheira acabou de se teletransportar para Nova York.

Para um lugar que não poderemos chegar tão cedo.

Um local onde não podemos protegê-la.

O conhecimento de tudo isso pesa em meu coração, fazendo meu estômago revirar de pavor.

Minha única graça salvadora agora é o elo próspero que sinto entre mim e Fallon. *Ela ainda está viva.*

Mas a questão é: por quanto tempo?

Estamos indo atrás de você, Fallon Doyle.

E quando chegarmos lá, destruiremos todos que já te fizeram mal. Eu juro.

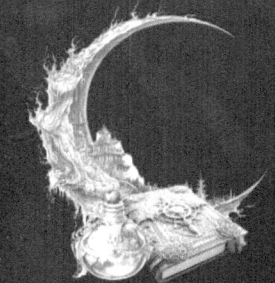

FALLON

Não TENHO ideia de como acabei aqui. Nunca me teletransportei antes. Mas também nunca estive no plano da morte até esta semana.

Nem nunca enfrentei os patriarcas.

E o que foi toda a absorção de energia?, me pergunto. Isso certamente era novo.

Me sinto incrivelmente viva agora, como se estivesse cheia de energia. O que é estranho, visto que a magia da morte é desgastante. Em geral, exige muito de mim realizar até mesmo o menor dos feitiços.

Mas, de alguma forma, me teletransportei para o lado de Issy sem muito esforço. Na verdade, tudo parecia muito libertador. Como se eu tivesse acabado de remover um conjunto de correntes invisíveis que me pesam há anos.

Viro os ombros, convencida de que tudo parece mais leve. Mais fácil. Mais... vivaz.

É revigorante.

No entanto, a cena diante de mim é tudo menos isso.

— Issy...

Lanço outro clarão de luz, enviando-o para a máquina

que bombeava ar para minha gêmea. Tem uma aparência arcaica. Mas parece estar mantendo minha irmã viva.

Há tubos em sua boca, que descem por sua garganta. A imagem é grotesca e faz meu estômago revirar.

— O que fizeram com você?

É *muito* errado.

Horrível.

Vou destruir todos eles, digo a ela através do nosso vínculo rompido. *Cada. Um. Deles.*

Coloco a mão em seu peito, bem acima de seu coração, e estremeço diante de seu corpo congelado. Ela se assemelha a um cubo de gelo.

— Há quanto tempo você está aqui? — me pergunto antes de lançar mais feitiços de luz, fazendo com que mais de uma dúzia de luzes tremulem ao redor do pequeno freezer.

Este feitiço teria me esgotado poucas horas atrás, especialmente por tê-lo pronunciado tantas vezes. Mas agora me sinto normal. Essas pequenas luzes são recém-chegadas do plano da morte, os brilhos me lembram as estrelas. Eu as conjuro ao redor de Issy, precisando ver o que eles fizeram.

Tem um tubo intravenoso inserido em seu braço e o tubo de plástico está conectado a um saco meio cheio de soro. Tirando isso, além da máquina e de seu estado quase congelado, ela parece estar praticamente intocada.

Ela está vestindo jeans e um suéter, como faria normalmente. Seu cabelo loiro está um pouco mais longo do que da última vez que a vi. E ela também perdeu peso nos últimos anos. Embora ela sempre tenha sido mais magra do que eu. Eu sou curvilínea. Ela é mais alta e mais magra.

— Tudo bem — digo a ela, semicerrando o olhar. — Como vou te acordar?

Issy é a mestre dos feitiços, aquela que leu todos os textos antigos de magia da morte. Aprendi muito com ela ao longo dos anos, mas este é um momento em que nossa conexão seria mais benéfica, porque seria ela quem teria as respostas agora.

No entanto, isso não vai funcionar.

Torço os lábios para o lado, com a mão ainda sobre seu coração. *Será que eu posso empurrar a energia para ela?*, me pergunto. Absorvi isso por ela. Ou essa era minha intenção. *Então talvez... talvez eu possa... empurrar isso nela...?*

Franzo a testa enquanto tento empurrar um pouco do poder em seu peito.

Nada acontece.

Sabe, preciso que você acorde, digo a ela através de nossa conexão destruída. *Porque eu preciso de seu conselho aqui.*

Ela não responde.

Meu queixo treme.

— Não é típico de você desistir tão facilmente — comento. — Você geralmente está na minha cabeça, exigindo que eu lute. Então, que tal fazer o mesmo?

É uma provocação que minha irmã normalmente faria, mas não há nada de normal nessa situação.

As luzes do freezer começam a diminuir, fazendo com que eu crie mais.

Elas se agitam enquanto eu ando de uma lado para o outro.

Paro uma vez para tentar abrir a porta. Não estou nem um pouco surpresa ao encontrá-lo trancado. *Um problema para resolver depois de acordar Issy.*

Eles a colocaram em algum tipo de coma induzido magicamente, sem dúvida para mantê-la quieta.

E ela está acasalada também.

— Seu *companheiro* te colocou para dormir? — questiono em voz alta. Porque isso é algo que Klas teria

311

feito. Um freezer não é tão diferente de ser enterrada viva.

Nyx me tirou de um túmulo quando me encontrou no ano passado. Então ela usou sua magia de deusa em mim para quebrar o feitiço de obediência.

Eu não tenho esse tipo de poder.

Mas tenho excesso de energia, penso, sentindo a essência fria do plano da morte sobre minha pele. É tudo uma questão de almas, o poder enraizado na energia espiritual.

E Issy está à beira da morte, percebo. A máquina está literalmente mantendo-a viva, provavelmente seu coração desacelerou a um ritmo perigoso.

Verifico seu pulso para confirmar, e minha mandíbula se contrai.

Isso é muito cruel.

Os patriarcas carecem de humanidade. Seu objetivo é controlar tudo e todos ao seu redor, independentemente do custo. Isto não é diferente.

Eles usaram Issy para me controlar e, no segundo em que sentiram que não funcionava mais, a colocaram em coma gelado.

Eu os *odeio*. Eles exerceram domínio sobre mim por muito tempo.

Mas não mais.

Tenho uma nova lealdade agora, uma para comigo mesma. *E aos meus companheiros.*

Estrelas, eles devem estar muito confusos agora. Eu gostaria que estivéssemos ligados telepaticamente como minha irmã e eu, mas não estamos.

Porém, posso senti-los em meu peito, nossos vínculos pulsando de vida.

E poder, percebo, franzindo a testa. *Isso está relacionado ao plano da morte ou a algo totalmente diferente?*

Posso sentir as almas deles, pelo menos as três com

quem me acasalei oficialmente. Falta apenas Nolan, mas sua essência permanece próxima da minha, quase como se seu espírito estivesse circulando o meu.

É uma sensação estranha sentir os vínculos de minha alma dessa maneira, mas também é uma segunda natureza. Porque as almas são as raízes literais do meu poder.

Então, onde está sua alma?, penso para Issy, semicerrando o olhar. *Onde os patriarcas te colocaram?*

Volto até a mesa de metal onde ela está deitada e coloco as duas mãos em seu torso, perto do coração.

Onde você está?, questiono, fechando os olhos. *Você não pode estar longe...*

O plano da morte aparece ao meu redor mais uma vez, mas agora é diferente. Está... menos frio. E desta vez não há figuras encapuzadas. Nenhuma pedra da morte para se curvar. Apenas uma extensão de paisagem misteriosa, a série de lápides rochosas me lembra um cemitério.

Mais fragmentos de poder permanecem no ar, parecendo uma névoa gelada pairando perto do solo.

Ando pelo cemitério, anotando os nomes ao longo de cada uma das sepulturas.

Muitas delas reconheço do passado: ex-bruxas que morreram.

Algumas, entretanto, retratam bruxas vivas. *Cemitérios futuros?*, me pergunto. *Eu tenho uma?*

Pelo que Issy me contou, nossas almas contribuem para a magia deste plano. Tanto quando estamos vivos quanto quando estamos mortos. Talvez seja esse o vínculo?

Caminho pelo pátio mórbido, lendo cada nome ao passar. As lápides estão todas em perfeitas condições, as superfícies lisas e parecendo recém-gravadas.

É quase estranho como cada uma delas está

perfeitamente espaçado também. A cena é perfeita... até que não é.

Há um desvio perceptível à frente. Uma superfície rachada. Algo que me atrai com interesse.

Amala, diz a lápide, o sobrenome indecifrável devido ao mármore rachado.

Franzo a testa.

Nunca encontrei Amala, mas conheço a bruxa exilada. Os patriarcas fizeram dela um exemplo pouco antes de meu acasalamento forçado com Klas. Parece que ela se recusou a seguir suas ordens. Mas em vez de matá-la, eles a baniram.

E quebraram a pedra dela?, me pergunto, franzindo a testa. *Por quê?*

Continuo procurando, desta vez em busca do nome de Issy e há mais fraturas na fachada perfeita. É tudo instintivo. Preciso encontrar a alma de Issy e algo me puxou até aqui. Meu poder, talvez. Ou talvez até ela.

Onde você está?

Meus pés descalços sussurram sobre o chão frio, os fios gelados de poder giram ao meu redor a cada passo.

Ainda estou absorvendo a energia, quase como se meu espírito estivesse faminto e precisasse de toda vitalidade possível. É isso ou minha alma precisa da magia da morte para sobreviver neste plano. Mas estar aqui parece muito natural para ser uma ameaça para mim. Na verdade, o beijo da morte me revigora.

A névoa envolve meus dedos enquanto ando, deslizando pelos meus braços nus e gira em volta do meu pescoço.

Eu o abraço enquanto me movo, procurando o nome de Issy, mas não o encontro em lugar nenhum. *Ela não tem uma lápide?*

Não. Ela tem que ter uma.

A alma dela está aqui em algum lugar.

Posso sentir isso. Ela é minha outra metade. Minha gêmea.

Onde você está?, repito, semicerrando os olhos para o vasto cemitério. *Qual o seu túmulo?*

Os minutos parecem passar como um borrão enquanto procuro por Issy. Esses minutos podem se transformar em horas. Não tenho certeza. O tempo é estranho aqui.

Posso sentir meus companheiros puxando meu coração, esse puxão constante é um lembrete de que ainda estou viva. Que ainda sou *deles*.

Aperto o peito, e minha forma corpórea me faz pensar se meu corpo está realmente aqui com minha alma. É estranho. Este não é um reino ou outro mundo, mas sim um estado de existência. Um lugar onde apenas uma alma poderia ir. No entanto, de alguma forma, estou andando por aí.

Os patriarcas já fizeram isso?

Nas poucas vezes que estive aqui, eles estavam encapuzados e parados. Completamente imóveis. Apenas vozes assustadoras ecoavam.

Imagino seus estados etéreos de antes, e curvo os lábios. Na verdade, eles pareciam fantasmagóricos, como aparições sendo projetadas neste plano.

Por que eles não podem existir aqui? me pergunto. Nenhuma das lápides traz nomes de feiticeiros. Apenas bruxas. *Os homens não podem estar aqui?*

Se for esse o caso, então como o patriarcado está acessando a magia daqui? *Desviando-a de suas companheiras? Como o Klas fez comigo?*

Estremeço, a compreensão me dando um tapa no rosto.

É exatamente o que eles estão fazendo.

Então, como estou livre? Como eu quebrei...?

Meus pensamentos desaparecem quando outra lápide danificada surge. Caminho rapidamente em direção a ela, curiosa para saber a identidade associada ao túmulo, e ofego quando leio *Fallon*. A quebra do meu sobrenome a torna ilegível.

Muito diferente da lápide ao lado da minha.

Issy Doyle.

Eu a estudo por um longo momento, comparando meu túmulo com o de Issy.

Por que o meu está quebrado enquanto o dela está intacto?

Passo os dedos pelo mármore irregular e traço os contornos suaves do túmulo de Issy.

Ela está aqui. Posso senti-la abaixo da superfície. Não necessariamente enterrada no solo. Apenas... presa.

Faço careta. *Como faço para te libertar?*

Olho para meu túmulo novamente e depois para minha forma sólida. *Isso está relacionado? Eu me libertei do túmulo?*

O quanto isso seria simbólico. Há mais de um ano, uma deusa me libertou e quebrou meu feitiço de obediência. Foi isso que danificou minha lápide? Ou este é um desenvolvimento mais recente?

Não tenho tempo para debater isso.

Preciso quebrar a lápide de Issy e ver se isso a liberta.

A única pergunta é: como?

Dou a volta em nossos túmulos e tento pensar em um feitiço que possa quebrar a pedra. *Mas não lancei um feitiço para quebrar minha própria lápide.*

Embora Nyx possa ter feito isso quando destruiu o feitiço de obediência.

Me ajoelho no meu.

A Nyx fez isso? Ou eu fiz?

Porque duvido que Nyx tenha quebrado a pedra de

Amala. Ela foi exilada bem antes da chegada da Deusa Nyx.

Então Amala provavelmente quebrou a própria lápide.

E talvez seja por isso que os patriarcas a exilaram.

Ela se rebelou.

E eu também...

Olho para as fitas nebulosas que circulam minhas mãos e derretem em minha pele. Isso começou quando decidi que não iria aderir aos desejos dos patriarcas. É como se eu tivesse me libertado deles e começado a absorver poder para reabastecer minhas reservas vazias.

Inicialmente, eu queria desviar isso para Issy. Mas não foi o que aconteceu. Minha alma tem inalado magia e reforçado meu poder interior.

É por isso que os repetidos feitiços tremeluzentes foram tão fáceis. Porque pude viajar de volta para cá.

Não consegui colocar a energia na forma física de Issy, mas talvez...

Talvez eu possa enviá-la para o túmulo dela.

Não necessariamente no chão, que parece ser feito de rocha sólida, mas na pedra.

É... é como a pedra da morte sobre a qual costumava me curvar. Só que é gelada. Embora, eu suponha que a minha também tenha estado assim inicialmente, mas depois começou a esquentar embaixo de mim.

Quando comecei a revidar, percebi. *Isso significa que preciso que Issy revide? Para quebrar sua própria pedra? Ou eu tenho o poder de libertá-la?*

Na verdade, só há uma maneira de descobrir.

Me ajoelho diante do nome dela e apoio as palmas das mãos na superfície dura. Fecho os olhos e chamo cada grama da minha necessidade rebelde à superfície.

Penso nos meus anos de tormento. Cada sacrifício. Cada falsa promessa do patriarcado. A opressão deles. A forma como usaram minha irmã gêmea como garantia. Meu acasalamento com Klas. Aquele feitiço de obediência. As coisas que meu *companheiro* me obrigou a fazer. A sensação de estar separada de Issy.

Seu estado vegetativo naquele freezer...

Fiz *tudo* o que deveria fazer para protegê-la. E não foi suficiente. Mas agora entendo que nada jamais teria sido suficiente para os patriarcas. Eles querem controle absoluto sobre todos os aspectos de nossas vidas.

E me recuso a dar isso a eles.

Me recuso a lhes dar outra gota de qualquer coisa minha.

Este poder é *meu* direito de nascença. Não deles. *Minha* vida. Não deles.

A energia vibra ao meu redor, criando uma brisa fria que acaricia minha pele quente. Isso me fundamenta. Me faz sentir completa. E me lembra que não estou sozinha.

Meus companheiros estão aqui, percebo. *Não de forma física. Nem mesmo espiritual. Mas dentro de mim. Me mantendo unida. Me protegendo de todo o resto.*

É uma sensação bizarra que me firma no momento e me dá o foco que preciso para colocar toda essa abundância de poder na lápide de Issy.

Há gritos à distância. Vozes masculinas. *Cantos.* Mas eu os ignoro, mantendo minha atenção voltada para Issy. Nos meus *companheiros.* Eles estão fazendo algo para me proteger, meus vínculos com eles parecem ter desmantelado minha associação com os patriarcas.

Foi assim que lutei?, me pergunto. *Eles me ajudaram a romper algum tipo de vínculo que eu não sabia que existia?*

Forço mais poder na pedra e fecho os olhos enquanto ecos sinistros circulam ao meu redor.

As palavras são da língua antiga e os tons masculinos me lembram o patriarcado.

Eles estão tentando me impedir.

Mas não podem.

Este é o *meu* momento.

Meu poder. Meu mundo. *Meu* direito.

Grito quando uma explosão de vitalidade sai de mim, seguida por um estalo ensurdecedor.

Não é suficiente, digo a mim mesma. *Mais. Mais. Mais.*

Repito a ação, essa ainda mais dolorosa, mas necessária. Muito necessária.

De novo.

Outra pulsação aguda deixa meu espírito, seguida por um estrondo. O canto masculino parece urgente agora. Eu os ignoro e empurro tudo que posso para a lápide.

Meu peito dói com o esforço, minha garganta está em carne viva por causa dos gritos, meus membros ficam fracos com o poder que acabei de expelir.

Mas ainda faço mais um.

Mais uma expulsão.

Então tudo fica quieto. Os cantos. Minha respiração. O som de pedras raspadas.

Nada.

Suspiro, e meus braços caem ao lado do corpo.

Issy?, sussurro, com minha voz mental cansada. *Issy, você está aí?*

O silêncio que se segue faz com que eu feche as mãos em punhos.

Issy.

Espero um pouco.

Issy!

Isso parecia certo demais para estar errado. *Se ela não está aqui, então onde ela está?* Abro os olhos, mantendo o foco em sua lápide quebrada.

Meus esforços funcionaram.

Então, por que Issy não está me respondendo?

319

Engulo em seco e me sento, com o corpo exausto de tudo que acabei de fazer. Mas a névoa fria já está me cercando mais uma vez, o beijo frio do poder, um abraço bem-vindo contra minha pele úmida.

Talvez eu precise tentar novamente. Minha voz mental está tão cansada quanto me sinto. Talvez eu só precisasse de um pouco...

O pensamento desaparece quando observo a cena completa diante de mim.

Espere...

Pisco para o cemitério profanado. Não quebrei apenas a lápide de Issy, mas... mas todas as lápides ao meu redor. Talvez até mais.

Cada uma delas está dividida no sobrenome da bruxa.

Ah, estrelas...

Me levanto com as pernas trêmulas e sigo em frente.

São todos elas, fico admirada. *Eu... eu destruí todas.*

Continuo andando, passando por dezenas de pedras rachadas.

O que isto significa? Fiz isso da maneira errada?

Provavelmente, uma voz responde, parecendo cansada. *Depende do que você fez.*

Paraliso. *Issy?*

Aham, ela murmura.

Eu giro, procurando por ela. *Onde você está?*

Não tenho certeza. Está... está frio...

Arregalo os olhos. *O freezer.*

Como faço para voltar? Giro como se fosse encontrar uma porta. Uma ideia ridícula.

Não. Preciso me concentrar como da última vez e exigir ver Issy.

Se ao menos pudesse ser assim tão simples, murmuro para mim mesma enquanto fecho os olhos. *Mas nada é tão simples.*

Mesmo assim, eu tento. Me concentro em querer

encontrar Issy, em dizer à minha alma para ir até ela, e espero para ver se sinto alguma magia me ajudando.

Quando não sinto, suspiro e abro os olhos novamente, esperando ver o cemitério. Mas não vejo. Estou envolta em trevas mais uma vez.

Imediatamente lanço um lampejo de luz e vejo Issy na mesa de metal. *Você ainda está inconsciente.*

Estou? Ela parece confusa. *Estou no meu quarto.*

Não, você está em um freezer. Estou te olhando.

Ela fica quieta por um longo momento. *Sabia que havia algo de errado quando meus livros me mostravam páginas em branco.*

O quê?

Nada. Não é importante. Mas preciso que você me ajude a acordar.

O que você acha que estou tentando fazer aqui?, pergunto a ela. *Me diga como te acordar.*

Você deveria ter lido mais livros quando éramos mais jovens, ela responde, tão sarcástica como sempre. *Eles são muito úteis.*

Por que preciso de livros de feitiços quando tenho uma irmã onisciente?

Não sou onisciente, apenas leio muito.

Começo a responder, quando o som de metal batendo do lado de fora da porta me faz paralisar. *Tem alguém vindo.*

O quê?

Estão destrancando a porta. Issy, eu... eu preciso...

Repita comigo, ela diz, seguida por uma série de palavras antigas.

Eu as pronuncio em voz alta e sigo suas instruções, ignorando os sons na porta. Felizmente, parece que têm muitas travas para abrir.

A última palavra sai dos meus lábios quando as luzes são acesas, me cegando momentaneamente.

— Achei que poderia te encontrar aqui. — A voz de

Daithi O'Neely me envolve como uma cobra perigosa, seu poder venenoso e ansioso para morder.

Ele está em cima de mim antes que eu possa responder, e um feitiço escapa de seus lábios roubando o ar dos meus pulmões.

— Você tem sido uma bruxinha muito má, Fallon Doyle — ele diz no meu ouvido. — Vou gostar de ver o que eles farão com você.

Minha boca se move sem emitir som, e meu corpo de repente fica fraco.

Mais fraco do que no plano da morte após minha explosão de poder.

Fraco... como se não estivesse recebendo oxigênio suficiente para respirar.

Porque não estou, percebo. Meus pulmões não estão funcionando.

O que quer que ele tenha feito fez com que meu corpo parasse.

Ele me fez parecer com a morte.

Começo a ter convulsões.

O que o faz sorrir.

— Não se preocupe — ele murmura. — Você vai acordar em alguns minutos. Então vai passar por tudo de novo até que eu desfaça o feitiço. Talvez alguns dias como este te ajudem a reaprender boas maneiras, hein?

Anseio por flexionar os dedos, levá-los até minha garganta, exigir que eu respire.

Mas não me movo.

Ele me transformou em uma espécie de cadáver congelado.

Ainda estou de pé. No entanto, não consigo sentir o chão. Não consigo sentir nada além da queimação no peito que me implora para inspirar.

Só que não consigo.

Pontos pretos começam a dançar pela minha visão embaçada.

Isso é pior do que ser enterrada viva...

— Pelo menos, a minha companheira entende de obediência — ele continua, e seu foco vai para Issy. — Ela é uma bonequinha congelada tão linda, não é? — E vai em direção a ela. — Recebi permissão para aquecê-la um pouco esta semana. — Ele olha para mim. — Você sabe, para me divertir um pouco.

Meu estômago revira com a insinuação em suas palavras. *Você não vai tocar nela*, quero rosnar para ele. Mas mal consigo vê-lo agora.

Ele está rindo de alguma coisa, talvez do meu tormento ou da ideia do que ele quer fazer com minha irmã. De qualquer forma, ele é um monstro.

Assim como os patriarcas.

Quando eu acordar, penso, com a visão ficando totalmente escura, *vou...*

O vento chicoteia o ar, me lembrando do plano da morte. Mas é uma sensação diferente. Um tipo diferente de poder.

Daithi rosna em resposta a isso.

— *Você.*

— *Eu* — uma voz familiar diz.

Ayla? Mal consigo pensar no nome dela, o mundo ao meu redor desaparece.

Issy grita algo em minha mente.

Então, um choque de poder me atinge e meu corpo voa para trás.

Pisco, acordada, confusa pela dor aguda que envolve meu ser e aliviada pela súbita capacidade de respirar novamente. Tusso, me engasgo e não agarro nada enquanto navego pelo tempo e pelo espaço.

O que está acontecendo comigo? Minha visão está

lentamente voltando para mim. *Por que parece que estou caindo?*

Minhas pernas e braços ganham vida no mesmo momento, meus membros se agitam ao meu redor enquanto tento agarrar algo em que me segurar.

Fallon! minha irmã grita.

Tento procurá-la, mas tudo que vejo é vidro. E um céu noturno.

O quê...?

Pisco novamente.

E então grito ao perceber que o vidro é uma parede de janelas. Em um prédio. Um prédio muito alto. Parece que estou voando ao lado dele.

Voando, não. Caindo.

Olho para baixo e vejo o chão se aproximando depressa.

Ah, merda!

Meus braços e pernas giram enquanto tento travar no plano da morte novamente, precisando me teletransportar, fazer alguma coisa. Mas não há tempo suficiente!

Se concentre, digo a mim mesma. Se concentre e...

Bato em um objeto duro e o impacto faz minha cabeça tombar. *É isso? Acabei de cair no chão?*

Uma queda daquela altura deveria me matar.

O toque de loção pós-barba mentolada faz cócegas em meu nariz enquanto o som de asas batendo toca meus ouvidos.

Estou morta?

Porque juro que estou sendo segurada por um anjo.

— Estou com você, Fallon — diz uma voz profunda. — Sempre vou te pegar quando você cair.

NOLAN

VÁRIOS MINUTOS ANTES

— Onde ela está? — Kaspian questiona enquanto atravessa o portal. — Onde a Fallon está?

Eu balanço a cabeça.

— A Ayla ainda não conseguiu se reconectar com sua aura. — E já se passaram horas desde que ela pôde senti-la pela última vez.

— É como se ela tivesse desaparecido — Ayla disse quando isso aconteceu pela primeira vez. — Não entendo. Ela estava aqui e agora se foi.

Estávamos no telhado, observando uma das residências de O'Neely, quando ela inicialmente perdeu a conexão. Não uma casa pertencente ao patriarca principal, mas a alguém do alto escalão de seu clã familiar. *Daithi O'Neely*, Ayla o chamou.

— Mas ela estava lá — acrescentou Ayla. — Tenho certeza disso. Mas ela... ela não está lá agora.

— E quanto a Issy? — perguntei.

Ayla apenas balançou a cabeça.

— Não. Não consegui rastrear a Issy nos últimos dias. Não tenho certeza do que fizeram com ela, mas a aura dela está... indetectável.

Eu pretendia invadir e pegar Fallon, mas parei quando Ayla perdeu a aura. Precisávamos manter o elemento surpresa. E minha invasão na casa dos O'Neely arruinaria tudo isso.

— Só vale a pena mostrar nossa mão se soubermos que a Fallon está lá — eu disse a Kaspian antes, depois de atualizá-lo sobre o que encontramos aqui. — Mas a Ayla não consegue mais senti-la. Não quero alertá-los sobre minha presença, a menos que saiba que posso salvar a Fallon.

Kaspian concordou com meu plano, dizendo que logo estaria aqui com reforços.

Agora, observo com uma sobrancelha arqueada, enquanto todos aqueles reforços passam pelo portal.

— Estou surpreso que Cara e Larus não tenham exigido a adesão — comento enquanto cruzo os braços.

— Eles são meus segundos. Se algo acontecer comigo, preciso deles na Islândia, atuando como Rei e Rainha de Ouro e Granada — ele responde.

— Tenho certeza de que eles adoraram esse discurso — digo.

Nox bufa quando se junta a nós.

— Cara disse que não concordou em ser a segunda dele só para ser posta de castigo quando algo *divertido* acontece.

Bane gira uma de suas lâminas, e seus olhos escuros brilham com intenções perigosas.

— Como vamos fazer isso? — ele pergunta, indo direto ao ponto enquanto o portal se fecha atrás do último dos mercenários.

Estamos de volta a Manhattan, brincando no telhado

do prédio abandonado que Ayla parece preferir. Aprendi o porquê quando conheci Amala, a bruxa que ensinou Ayla como quebrar a magia do vínculo de companheiro forçado. Parece que a bruxa exilada lançou um feitiço de dissuasão nos andares superiores e no telhado deste edifício, tornando-o uma área que a maioria dos sobrenaturais evita.

— Tenho que morar em algum lugar — Amala explicou, dando de ombros. — E não quero morar em Staten Island.

Ela está ao lado de Ayla agora, e seu cabelo roxo balança na brisa por estar tão alto no céu. Assim como Ayla, ela parece não se incomodar com o declive lateral de mais de cinquenta andares.

É um sentimento que os mercenários que Kaspian trouxe consigo não parecem compartilhar.

Bem, o híbrido de deus grifo parece à vontade. Os outros, nem tanto.

Enquanto isso, Nox e Bane parecem bem. E Kaspian parece impaciente.

É um sentimento que eu entendo.

Estou parado há horas, esperando que Ayla capte a aura de Fallon novamente, ao mesmo tempo que espero que ela consiga voltar para a Islândia.

Infelizmente, ninguém sabe onde ela está.

E algo está acontecendo em Staten Island. Ayla disse que podia sentir o poder percorrer seu clã, deixando-a inquieta.

Até Amala podia sentir, apesar de estar exilada.

— Os patriarcas estão fazendo alguma coisa — Ayla me disse, esfregando as mãos para cima e para baixo nos braços, como se sentisse frio. — Não sei o que é, mas posso sentir. Algo grande está por vir.

É por isso que precisamos trabalhar depressa.

Ayla pega um mapa de Staten Island, um que ela lança no ar usando magia. Já fizemos uma simulação colorida para mostrar as várias casas dos patriarcas. Aponto para cada uma para dizer o nome do clã e também para mostrar onde a aura de Fallon foi sentida pela última vez.

— Quem é esse Daithi O'Neely? — Kaspian interrompe. — Por que ele estaria com a Fallon?

— Ele é especialista em feitiços de obediência — Ayla responde. — Quanto ao motivo, não tenho certeza. Mas algo atraiu a aura dela para a casa dele.

— E temos certeza de que ela não está aí? — Kaspian repete pergunta que já foi feita algumas vezes, não apenas por ele, mas por Nox, Bane e eu. Porque todos nós estamos ansiosos para rastrear nossa companheira.

— A aura dela não está na casa dele — Ayla diz. — As únicas ligações com a aura dela que estou sentindo agora pertencem a vocês quatro.

Kaspian a estuda por um momento e assente antes de olhar para mim.

— Continue.

— Ayla e Amala acham que os patriarcas podem estar mantendo Fallon cativa no plano da morte — explico. — Ela suspeita que a Issy também esteja lá.

— Assim como dezenas de outras bruxas — Amala murmura, com os olhos verdes brilhando. — Os Patriarcas usam nossas almas para reforçar sua própria magia. Eles são como sanguessugas. E fazem tudo isso através do plano da morte.

Eu concordo.

— Portanto, a teoria tem mérito. É por isso que concordo com a recomendação de Ayla sobre como proceder: precisamos eliminar os Patriarcas. Se fizermos isso, cortaremos seu domínio mágico, e isso deverá permitir que a Fallon volte para nós.

— Ou prendê-la lá indefinidamente — Bane diz, franzindo a testa. Ele olha para Ayla. — Conseguimos puxá-la de volta quando tínhamos seu corpo antes. Mas antes, ela não nos respondeu nada. E sem o corpo dela agora, não podemos nem tentar replicar o que funcionou uma vez.

— Acho que fizeram algo para contrariar sua capacidade de reanimá-la desta vez. — Ayla não parece totalmente confiante, mas é uma teoria com a qual concordei quando ela me mencionou isso antes. — Se desabilitarmos os Patriarcas, isso deverá desabilitar esse feitiço.

— Mas ainda não sabemos onde está o corpo dela — Bane ressalta.

— Pode estar na casa de Daithi. — Ayla dá de ombros. — Eu *sei* que a aura, a *alma* dela, não está lá. Mas é possível que encontremos o corpo dela.

As sobrancelhas de Nox se levantam.

— Se isso for verdade, provavelmente sofreu danos catastróficos, já que não estávamos lá para mantê-la viva. Foi você quem disse para continuarmos fazendo compressões...

Ayla balança a cabeça.

— Se os Patriarcas estão com o corpo dela, eles o estão mantendo viva. Eles não gostariam que ela se deteriorasse muito rapidamente, caso contrário, perderiam a capacidade de usá-la.

— Ela está certa — Amala concorda. — Eles precisam da Fallon intacta. Ela é muito jovem e poderosa para que eles a deixem apodrecer.

Já sei de tudo isso porque tivemos uma discussão semelhante logo após o desaparecimento da alma de Fallon. Embora eu não quisesse estragar meu disfarce prematuramente, também não iria deixar o corpo de

Fallon começar a se decompor.

Mas Ayla e Amala me convenceram de que esse era o caminho certo.

— Então precisamos eliminar os Patriarcas — repito, nos trazendo de volta ao plano. — Não sabemos onde eles estão, apenas onde moram. E a Ayla acha que eles também podem ter alguns locais de encontro secretos na cidade. Mas acho que deveríamos começar destruindo suas casas e declarando guerra aberta aos seus clãs.

Kaspian assente.

— Já conversei com alguns aliados da Casa sobre o assunto. Eles estão cientes de que o Clã dos Excluídos nos atacou primeiro. Não que isso realmente importe... isto ainda é Terra de Ninguém e um jogo justo, mas eu queria que todos fossem informados.

— A Chanceler Ward também sabe? — pergunto.

— Sabe — Kaspian confirma. — Ela não apoia nem deixa de apoiar. Está neutra.

Dado que ela escapou recentemente deste inferno, não estou surpreso. Ela provavelmente não quer nada com os problemas do Sindicato Sobrenatural.

— Tudo bem, então presumo que queremos atacar cada casa ao mesmo tempo, aproveitar ao máximo para pegá-los desprevenidos? — Nox propõe.

— Sim. Essa é a ideia geral. — Olho ao redor para o grupo. Kaspian trouxe consigo oito mercenários, todos mais do que qualificados para esta missão. — Somos quatorze, então iremos em pares. — Olho para os espectros. — Sugiro que vocês se separem. Se nós quatro formos para locais diferentes, teremos mais chances de encontrar a Fallon.

Nox e Bane concordam.

— Farei parceria com o Khaos — Kaspian diz.

O híbrido metamorfo arqueia uma sobrancelha.

— Tem certeza?

— Você derrotou a Cara em uma luta. Duas vezes. Tenho certeza. — Kaspian começa a dividir o grupo e me coloca em dupla com um dos irmãos de Khaos. Não passei muito tempo com os três híbridos do território de Talino, na Finlândia, mas estou familiarizado com seus impressionantes registros. Então concordo com a designação.

— Tudo bem, nós...

As palavras de Kaspian são interrompidas pelo suspiro de Ayla. Seus joelhos cedem repentinamente quando ela começa a desmaiar. Amala a pega, mas suas pernas cedem também, mandando as duas fêmeas para o chão.

Avanço ao mesmo tempo que Bane e Nox, mas nós três nos deparamos com uma espécie de barreira invisível. Uma gelada e que provoca arrepios por toda a minha pele.

— Que merda é essa? — Nox exige.

Eu balanço a cabeça.

Bane franze a testa.

— Isso... — Ele não termina sua declaração.

Kaspian está com uma expressão que combina com a de Bane.

— Tem o cheiro da Fallon.

— O quê? — Minhas narinas dilatam por impulso. — Tudo o que sinto é o cheiro da cidade de Nova York.

Dois dos mercenários metamorfos bufam com meu comentário, mas por outro lado ficam quietos.

No entanto, Bane e Kaspian parecem estar fascinados por tudo o que estão sentindo ao redor das bruxas. Nox se junta ao fascínio deles no instante seguinte, com a cabeça inclinada para o lado.

— Parece ela.

— Sim — Bane responde. — Mas não entendo por quê.

Meu coração dói um pouco no peito. Minha falta de uma conexão verdadeira com nossa companheira me faz sentir inferior neste momento. Não tive a chance de me relacionar com Fallon como gostaria. Ela nem deve saber que quero aceitar nossos vínculos predestinados.

Ayla ofega novamente. Seu corpo se levanta e fica sentado enquanto Amala a segue, as duas mulheres trocando olhares alarmados.

— Isso foi...? — Ayla para.

— Sim — Amala confirma.

— Todos eles? — Ayla se estressa.

Amala assente, o rosto um pouco branco.

— É o que parece, sim.

— Todos o quê? — Kaspian pergunta. — O que acabou de acontecer?

— A Fallon aconteceu. — Ayla se levanta do chão, com os membros visivelmente trêmulos. — Não sei como fez isso. Mas ela... ela simplesmente nos libertou.

Franzo a testa.

— Libertou?

— Do domínio dos Patriarcas — Ayla explica, com o foco em algo secundário. Tento seguir seu olhar, mas tudo que vejo é mais telhado. — Ela acabou de destruir o controle deles sobre todas as mulheres do Clã dos Excluídos.

Arqueio as sobrancelhas.

— *O quê?* Como? — Ela já disse que não sabe como, mas as perguntas são automáticas. Porque isso... isso é *incrivelmente impressionante.*

— O que você está fazendo? — Kaspian pergunta, semicerrando o olhar quando Ayla começa a tecer um feitiço no ar.

— Indo atrás da Fallon — Ayla responde. — Ela está de volta.

Minhas asas se abrem por impulso.

— *Onde?*

— No mesmo lugar — Ayla diz.

Vou em direção à saliência, preparado para voar até a casa de Daithi O'Neely em Staten Island.

Mas Ayla me interrompe e acrescenta:

— Estou criando um portal que irá direto para ela.

— Você sabe onde ela está?

Ayla assente.

— Sim. E é um lugar onde já estive.

— Por que não fez isso antes? — questiono. Quando ela sentiu Fallon, não conseguiu nos aproximar mais do que os telhados.

— Porque eu não tinha certeza da localização dela. — Ela olha para mim. — E eu não tinha certeza se conseguiria romper as barreiras de proteção de Daithi.

Arqueio a sobrancelha.

— Mas você se sente mais confiante agora?

Ela assente.

— Sim. Porque estou livre.

Amala ri, atraindo meu foco para si e faz minha sobrancelha levantar ainda mais.

— O inferno está prestes a explodir no território do Clã dos Excluídos — ela reflete. — E não há fúria como a de uma mulher desprezada. E são *mulheres*, não apenas uma.

— Não entendo o que está acontecendo — Khaos diz, parecendo falar com um dos seus irmãos.

— O patriarcado manteve as mulheres do nosso clã sob coleiras mágicas durante anos, nos forçando a acasalar com quem eles escolhessem, tudo em nome de dar aos homens poder e domínio sobre nós — Ayla explica. — Eles têm usado *nossos* direitos mágicos de nascença para se fortalecer.

— Como? — Khaos pergunta. — Se seus direitos de nascença fazem de vocês as mais poderosas da dupla, como eles conseguiram subjugá-las?

— Assumindo o controle dos membros mais poderosos do clã desde o nascimento — Amala responde. — Membros poderosos como Fallon e Ishara Doyle.

— Quando se é criado em um mundo que o chama de fraco, que te diz que sua função é obedecer, que o convence de que seu único valor na vida é ser produto de um casamento com um homem superior, você acredita — Ayla acrescenta. — Mas parece que algo ajudou a Fallon a acordar.

— *Alguém* — Amala corrige, seus olhos verdes foca em Nox, Bane, Kaspian e depois em mim. — Os vínculos dela com vocês proporcionou a ela uma nova perspectiva. Ela pode não perceber que essa é a causa.

— Seu desejo de salvar a irmã também teria sido um fator motivador — Ayla murmura, fechando os olhos. — Estou quase pronta.

Este portal parece estar demorando muito mais que os outros. Suponho que esteja relacionado às *barreiras de proteção* que ela mencionou.

— Quando eu o abrir, não haverá como voltar atrás. Eles saberão que estou envolvida. Mas algo me diz que serei a menor das preocupações deles — Ayla diz, com um sorriso na voz. — Assim que as outras perceberem que estão livres...

— Sangue será derramado — Amala termina por ela. — Finalmente.

— Preparados? — Ayla pergunta depois de um instante, seu olhar vagando pelo telhado. — Vai abrir para uma pequena área de freezer, mas não sei o que nos espera lá. Só sei que a Issy e a Fallon estão ali.

Olho para ela.

— Espere, você pode sentir a Issy de novo?

Ela assente.

— O que quer que a Fallon tenha feito para nos libertar, libertou a Issy também. Elas estão juntas.

— Em um pequeno freezer — Kaspian grunhe. — Eu ouvi direito?

Ayla limpa a garganta.

— Sim. É... é um dos tormentos favoritos de Daithi.

Semicerro os olhos, mas é Nox quem diz:

— Esse *Daithi* precisa morrer.

Bane gira um par de facas nas mãos enquanto eu tiro uma de minhas armas.

— Sim — dizemos ao mesmo tempo.

— Abra o portal — acrescento. — Estamos muito prontos.

Todos os mercenários atrás de mim fazem sons de concordância, e os barulhos de armas sendo preparadas se espalham pelo ar.

Deixe a guerra começar.

Ayla faz uma pausa, endireitando os ombros. Então ela assente e murmura algumas palavras em uma língua que nunca ouvi antes.

Um segundo depois, a porta se abre para revelar uma cena que faz meu sangue correr quente e depois frio.

Fallon está nua.

Seu rosto está ficando azul.

E o homem lá dentro está *rindo*. Embora essa risada morra rapidamente quando ele vê o portal criado por Ayla.

— *Você* — ele grunhe.

— *Eu* — ela responde, e fogo negro dança por seus braços.

Presumo que esse homem de cabelos castanhos seja Daithi e rapidamente miro em sua cabeça. Mas ele

335

bloqueia minha bala com um feitiço e seus olhos castanhos brilham com poder.

Ayla tenta acertá-lo com uma esfera de fogo. Ele a manda para o lado e então faz algo que levanta Fallon do chão, me fazendo paralisar.

Há um brilho maníaco em seu olhar que lança gelo em minhas veias. Esse macho não é são.

O poder irrompe das pontas dos dedos dele, poder que vai direto para Fallon quando ele a joga através do portal com uma força que faz com que o tempo pare ao meu redor.

— Fallon! — Kaspian grita enquanto seu corpo voa pelo telhado, e o feitiço a leva direto ao limite.

Minhas asas se abrem e saio atrás dela, com o coração disparado no peito.

Ela se move com uma velocidade incrível... *muito rápido. Ela está voando muito rápido!*

Mergulho do telhado atrás dela, determinado a pegá-la. A *salvá-la.*

Isso não pode estar acontecendo.

Uma queda desta altura irá matá-la instantaneamente. Não haverá recuperação disso.

Nós nem acasalamos ainda! Quero gritar com ela. *Não se atreva a morrer diante de mim, Fallon!*

Posso ouvir Nox e Bane gritarem lá de cima, assim como sons de luta.

Mas meu foco está exclusivamente em Fallon.

Mais rápido, digo às minhas asas. *Precisamos ir mais rápido!*

O ar chicoteia meu rosto enquanto eu me esforço ao máximo, ignorando o solo que se aproxima abaixo.

Os braços e pernas de Fallon começam a girar quando ela percebe o que está acontecendo, e o movimento parece dissipar parte do encantamento que a cerca.

É como se ela estivesse desacelerando.

Impossível, penso. Mas de alguma forma, ela está desacelerando. *Magia?*

Seja o que for, estou grato por isso. Porque me dá a vantagem que preciso para passar por baixo dela.

E pegá-la em meus braços.

Ela sacode contra mim, e sua cabeça cai contra meu ombro. Bato as asas para cima, salvando nós dois de um impacto no chão.

E suspiro enquanto ela se acalma contra mim.

— Te peguei, Fallon — digo a ela, com os lábios perto de sua orelha. Então enterro o rosto em seu cabelo enquanto prometo: — Sempre vou te pegar quando você cair.

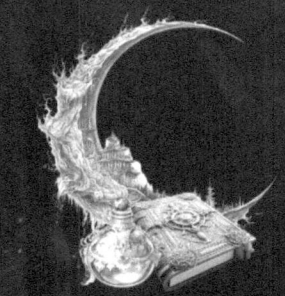

FĀLLON

FALLON! Issy grita na minha cabeça. *Fallon!*

Issy? sussurro de volta, atordoada com tudo o que aconteceu. Em um minuto, eu estava sufocando até a morte.

E no próximo...

Pisco. *Estou voando. Com um anjo.*

Ah, graças às estrelas, Issy murmura. *Tentei dar tempo para ele te pegar. Ao neutralizar o feitiço de impacto do Daithi. Mas eu estava preocupada... estava preocupada que não fosse rápido o suficiente.*

Franzo a testa diante da preocupação na voz da minha irmã.

Ele me usou para te machucar, ela continua. *Ele me congelou sob um feitiço de obediência. Se infiltrou em nossa conexão mental para permitir que os Patriarcas falassem com você através de mim. Acasalou comigo contra a minha vontade.*

Ela parece furiosa agora.

Ele. Vai. Morrer. Essas três palavras parecem balas em minha mente.

Espere, Issy...

Não. Não há espera. Ele. Vai. Morrer!

Mas não sabemos como o vínculo forçado...

Um estrondo catastrófico ecoa pelo ar, me levantando nos braços do meu anjo. Olho em volta, assustada e confusa, apenas para encontrar Nolan olhando para mim enquanto pairamos no céu.

— Você está bem? — ele pergunta, sua voz mais suave do que já ouvi.

Meus cílios tremulam, e meu coração bate forte no peito.

Estou bem?

— Estou viva — digo a ele, franzindo um pouco a testa. — E ninguém atirou em mim desta vez. — A piada vem naturalmente. Principalmente porque é isso que sempre faço quando Nolan aparece.

Seus lábios se contraem.

— O dia mal começou, doce canário.

Semicerro um pouco os olhos, e outra provocação surge na minha língua. Mas uma segunda explosão mágica faz com que meu foco se desloque para cima.

Issy?

Ela não responde.

— Minha irmã... — Paro quando Nolan começa a voar em direção aos sons da batalha. Ele faz uma pausa quando chegamos a um telhado, me permitindo ver a cena diante de nós.

Há uma porta que parece levar à sala do freezer em que acabei de entrar.

Fora dela estão meus três companheiros, assim como alguns outros homens que não reconheço.

— *Fallon* — Kaspian diz, com uma expressão de intenso alívio. É um olhar que meus dois espectros compartilham enquanto avançam.

Mas eles param quando Ayla salta pela soleira, com a jaqueta de couro ardendo em chamas negras.

Outra mulher a segue e a porta começa a fechar.

— Não! — grito. — Issy...

Ayla olha atentamente para mim.

— Issy finalmente recuperou a voz.

— O quê? — pergunto, sem entender.

— O vínculo de acasalamento está quebrado — a outra mulher diz. — A Issy pode falar.

Olho entre elas, ainda confusa.

— A Issy não fica em silêncio por causa de um vínculo de acasalamento. Ela está... ela está em silêncio...

— Porque a voz dela mata — Ayla termina por mim. — Então deixe-a matar.

Issy? eu a chamo. *Fale comigo, Issy!*

Estou um pouco ocupada agora, mana, ela grita.

Nolan finalmente pousa no telhado e me ajuda a ficar de pé, mas antes que eu possa correr em direção à porta, ele me agarra e me envolve em sua jaqueta de couro.

Franzo a testa, só então percebendo que estive nua esse tempo todo.

— Er, obrigada — digo a ele.

Ele beija minha têmpora.

— Nunca me agradeça por cuidar de você, Fallon.

Olho para ele, surpresa com esse lado carinhoso.

— Mesmo assim, você esperava que eu agradecesse por não me matar?

Ele sorri.

— Porque eu pretendia atirar para matar, pequeno canário. — Ele inclina a cabeça para o lado. — Mas o destino não me deixou. Pelo menos, agora sabemos por quê.

— Espere... — Eu o encaro. — Você *pretendia* me matar?

— Sim.

Arqueio uma sobrancelha.

— Então você errou o tiro de propósito?

— Sim.

— O que significa que você não atirou intencionalmente no meu ombro, mas passou os últimos meses insistindo que não estava tentando me matar. — Cruzo os braços e semicerro os olhos. — Por quê?

— Porque eu não queria te dar mais motivos para me odiar.

— Mas está confessando tudo agora?

Ele dá de ombros.

— Kaspian odeia mentiras. Se quisermos estar em um círculo de companheiros, tenho que dizer a verdade.

— Você espera que eu aceite nosso acasalamento depois que você admitiu ter tentado me matar?

— Sim — ele responde simplesmente.

Olho boquiaberta para ele.

— *Sério?*

— Sim — ele repete.

Estou tão pasma que não sei o que dizer. *Ele só... ele só.. E eu...*

— Você quer saber por que espero isso? — ele pergunta, se aproximando de mim.

Contra o meu melhor julgamento, me pego concordando.

Ele coloca uma mecha de cabelo atrás da minha orelha e depois se inclina para sussurrar:

— Porque sou o companheiro que nunca vai se conter. Aquele em quem você pode confiar para ser sincero, não importa o quanto isso vá te irritar. Aquele que vai te pressionar mesmo quando você não quer ser pressionada. Aquele que vai garantir que você esteja pronta para tudo e qualquer coisa que a vida tiver para oferecer.

Engulo em seco, sem saber se gosto de tudo isso. O que suponho ser o ponto dele, de certa forma.

— Também serei aquele que vai te proteger com tudo o que sou. Aquele que está disposto a fazer o que for preciso para garantir sua segurança e felicidade. E que vai passar a eternidade tentando provar meu valor para você, porque aceito o fato de que estraguei tudo entre nós desde o momento em que nos conhecemos.

Ele envolve minha nuca com a palma da mão, os olhos multicoloridos intensos enquanto ele se afasta para encontrar meu olhar.

— Posso estar errado e você pode me rejeitar. Mas, mesmo se você fizer isso, continuarei dedicado a você. Porque, Fallon, eu te quis desde o momento em que você acordou e me infernizou por atirar em você. — Ele apoia a testa na minha. — Nunca haverá mais ninguém para mim. Só você.

Estou tão chocada com suas declarações que não tenho ideia de como responder.

— E por último — ele murmura, com a voz mal alta o suficiente para eu ouvir por cima do vento no telhado. — Por último, serei eu quem vai te distrair quando você mais precisar. — Seus lábios sussurram nos meus. — Como agora.

Ele me solta antes que eu possa falar, então me vira quando minha irmã passa por um portal.

— Issy! — Corro enquanto ela vem em minha direção.

Meus braços envolvem seu pescoço e me agarro à ela para salvar minha vida. *Você está bem. Você está aqui. E está bem.*

Ela ecoa o sentimento em minha cabeça enquanto compensamos anos sem podermos nos abraçar.

— Estão todos mortos — ouço Ayla dizer. Provavelmente já se passaram vários minutos desde que comecei a abraçar minha irmã. Mas não consegui parar.

— Incluindo Daithi e alguns outros.

— Por causa da voz dela? — Kaspian pergunta baixinho, suas palavras provocando um arrepio na minha coluna.

— Sim — Ayla confirma.

Ah, não... ele sabe.

Claro que ele sabe, minha irmã responde. *Ele tem que saber. Ele é seu companheiro, Fallon.*

Mas ele também é o Rei de Ouro e Granada. Ele... ele...

Ele o quê? ela rebate. *Vai me trancar em um porão como nosso pai fez? Me matar? O que você acha que ele vai fazer?*

Eu me afasto para ver a irritação em sua expressão. *Por que você está agindo assim?*

Porque está fazendo aquela coisa de me colocar em primeiro lugar, em vez de si mesma. Ela arqueia uma sobrancelha loira. *Posso cuidar de mim mesma, Fallon.*

Quase aponto que a encontrei em um freezer e tive que libertá-la do plano da morte. Mas a expressão dela muda no segundo seguinte.

Obrigada por libertar minha alma, ela diz, claramente tendo experimentado a mesma linha de pensamento. *Mas você precisa começar a se colocar em primeiro lugar. O destino acabou de te dar quatro ótimos companheiros, e você está duvidando deles por causa de sua preocupação comigo.*

Ela olha de forma incisiva por cima do meu ombro para os homens em questão.

Sei que ele é um Rei. Mas o acasalamento faz de você uma Rainha. E se há uma lição importante a aprender com todos os acontecimentos de hoje, é nunca subestimar o poder de um companheiro.

Me viro para seguir seu olhar e noto como os meus quatro companheiros estão juntos, nos observando com interesse.

Não com medo, desgosto ou preocupação.

Apenas... interesse.

Você...? engulo em seco. *Quer conhecê-los?*

Se quero conhecer os homens sexy que o destino escolheu para minha irmã gêmea? Ela bufa. *Estrelas, sim, eu quero.*

Curvo um pouco os lábios. Você estava em um freezer. E agora você está...

Estou...? ela pergunta.

Sendo você, respondo. *Otimista. Feliz.*

Viva, ela acrescenta. *Não presa ou acasalada com idiotas patriarcas.*

Idiotas? repito, franzindo a testa para ela. *No plural?*

Ela murmura, confirmando. *Quatro no total. E Daithi*. Ela estremece. *Eles precisavam da minha cooperação, e eu... bem, foram necessários muitos deles para que isso acontecesse.*

Fico boquiaberta. *Eles acasalaram você com cinco homens?*

Sim. Ela inclina um pouco a cabeça. *Mas agora estão todos mortos e a minha alma está livre mais uma vez.*

Como você pode ser tão... indiferente a isso?

Ela dá de ombros. *Se eu insistir no passado, nunca serei livre.* Ela olha para mim, seus olhos prateados brilhando. *Precisamos nos concentrar no futuro, Fallon. Abrace os presentes que o destino nos deu. E isso inclui abraçar seus companheiros.*

Eu os abracei.

Você começou a fazer isso, mas eu te conheço, mana. Você não confia facilmente. No entanto... Ela se concentra novamente em meus companheiros. *Esses homens conquistaram sua confiança. Eles estão aqui, não estão? Te salvando?*

O Clã dos Excluídos atacou Ouro e Granada ao enviar o Klas. Kaspian teve que responder a isso, argumento, ciente de como a política funciona neste mundo.

Embora isso possa ser verdade, ele não saiu deste telhado desde que chegou. Você é a principal preocupação dele.

Considero isso por um momento. *Como sabe que ele esteve aqui o tempo todo?*

Porque eu sei de coisas, Fallon, ela diz, seu olhar brilhando quando olha para mim. *Eu sei muitas coisas. Incluindo o fato de que você está paralisada no momento.* Ela cruza os braços. Agora, pare de me esconder e me apresente aos seus companheiros. *Deixe-os provarem o quanto podem ser receptivos.*

FALLON

— Finlândia? — repito, olhando entre Ayla e Issy. — Vocês estão se mudando para a Finlândia?

— O Rei Kaspian disse que poderíamos viver onde quiséssemos no território Ouro e Granada. — Ayla dá de ombros. — Então o Khaos mencionou uma oportunidade na Lapônia. Parece que minha habilidade de rastreamento seria útil.

Eles também não parecem se intimidar muito com minhas habilidades, Issy acrescenta mentalmente. *Provavelmente porque os três irmãos que governam a área têm heranças divinas.*

— Será uma boa opção para nós — Ayla acrescenta. — E se não for, voltaremos para cá.

Issy assente. *A Islândia é muito bonita. Então, mesmo se ficarmos, ainda voltaremos para te visitar. Muitas vezes.*

Engulo em seco, sem saber como me sinto sobre isso. Finalmente consegui minha família de volta. E agora...

Agora elas querem se mudar para a Finlândia.

Não somos mais sua única família, Fallon, Issy sussurra, ciente de meus pensamentos.

Bem, tecnicamente você é, eu digo. *Você matou nosso pai...* e foi depois que ele matou nossa mãe. Não pude testemunhar nada disso, mas soube que ela tentou lutar com ele depois que libertei todas as almas enfeitiçadas no plano da morte.

Infelizmente, ele venceu a batalha.

Mas Issy garantiu que ele perdesse a guerra.

Com algumas palavras sussurradas que ela não compartilhou comigo. E eu nunca vou perguntar.

Sua crueldade comigo não foi nada comparada à dor e miséria que ele infligiu a Issy. Ela conquistou o direito de ser sua executora.

Caramba, ela conquistou o direito de matar todo o patriarcado, no que me diz respeito.

Mas ela teve ajuda de outras bruxas furiosas.

O Clã dos Excluídos está sendo oficialmente reformulado e um matriarcado substituirá o patriarcado.

Ayla não queria nada com isso, e aceitou a oferta de Kaspian para se juntar a Ouro e Granada.

Ele deu a Amala, a bruxa que não reconheci de imediato no telhado, a mesma escolha, mas ela optou por ficar em Nova York. Parece que está gostando de seu exílio. No entanto, ela disse que entraria em contato se mudasse de ideia.

Duvido que algum dia teremos notícias dela, especialmente com o Clã dos Excluídos realinhando seus valores e reestruturando o sistema político interno.

Mas agradeço que Kaspian tenha oferecido uma escolha. Assim como agradeço por ele ter dado refúgio a Ayla e minha irmã.

Ele nem piscou quando perguntei sobre Issy.

— Ela é sua família — ele respondeu. — É claro que é bem-vinda aqui. A Ayla também.

Nox, Bane e Nolan concordaram com acenos de cabeça.

Em seguida, realizaram uma pequena cerimônia para dar as boas-vindas a Issy e Ayla no território, dando as duas um amuleto de ouro adornado com uma gema solitária de granada.

Era um ritual sobre o qual eu nada sabia, algo que surpreendeu Kaspian quando o mencionei. Mas ele não disse nada sobre isso desde então.

— Então, hum, quando vocês vão embora? — pergunto.

Ayla dá de ombros.

— Talvez em alguns dias. O Khaos não me deu uma data de início, apenas recomendou um lugar para morarmos e disse para nos mudarmos quando quisermos.

— Isso foi legal — reconheço.

Ela assente.

— Tenho certeza de que ele vai me fazer trabalhar para isso. Mas pelo menos vou gostar do trabalho. — Ela sorri para Issy com as palavras.

Talvez eu tenha encontrado uma maneira de ajudá-la a rastrear auras com mais eficiência. As íris prateadas de Issy brilham de orgulho. *Você sabe, sem ser detectada.*

Oh? Olho entre eles. *Isso é impressionante.*

Eu sei.

Modesta como sempre, eu a provoco.

Ela responde com orgulho, e a expressão me faz rir assim que Nox e Bane entram no quarto.

Os dois fazem uma pausa.

— Ah. Este é um momento ruim? — Nox pergunta.

— Eu te disse para bater — Bane murmura.

— Mas agora também é o nosso quarto — Nox responde. Suas palavras são baixas e claramente dirigidas a Bane. Mas todas nós podemos ouvi-lo muito bem.

— Vamos deixar você — Ayla diz, e seus olhos negros lançam um olhar astuto para Issy.

Aham, minha gêmea murmura. *Divirta-se brincando com seus espectros*.

Quase a corrijo e digo que eles não são meus, uma resposta que dei muito no último ano, quando ela me provocou sobre *meus espectros*.

Em vez disso, respondo: *pode deixar*.

Ela sorri, a alegria flertando com seus traços suaves. Então pisca para meus espectros e leva Ayla para fora do quarto.

Bane e Nox se entreolham.

— Desculpe, não sabíamos que elas estavam aqui — Nox diz.

Acaricio sua bochecha.

— Não precisa se desculpar. Sei o quanto você gosta de invadir meu quarto e me espionar em forma de espectro.

— É uma provocação familiar desde os nossos primeiros dias, que faz seus lábios se curvarem de diversão.

— Eu *sou* um voyeur — ele responde.

— Eu sei. — Fico na ponta dos pés para beijá-lo. — Você é o *meu* voyeur.

Ele passa o braço em volta das minhas costas, levando a mão oposta para meu pescoço.

— Sou mesmo, vaga-lume. Sou mesmo. — Ele me beija profundamente, e sua língua domina a minha com facilidade.

Não importa o quanto esse acasalamento seja recente, Nox me devora com o conhecimento de várias vidas, seu toque e abraço fazem com que pareça que já fazemos isso há centenas de anos.

Bane se junta a nós, pressionando o peito nas minhas costas, e seus lábios acariciam meu pescoço.

É um movimento praticado que prova ainda mais o

quanto esses homens são perfeitos para mim.

Meus espectros, fico admirada, perdida nos braços dos dois.

Eles me fazem esquecer tudo e todos. É por isso que não percebo que temos companhia até que alguém pigarreia.

Olho para encontrar Kaspian e Nolan nos observando com olhares famintos.

A primeira opção, eu espero – Kaspian está sempre com fome.

Mas este último me surpreende. Ele passou os últimos dias sendo estranhamente educado. Cuidadoso também. Tem sido um pouco estranho ver esse lado carinhoso dele. Nolan geralmente é duro e sério.

— Quando eu disse a vocês dois para ajudarem a preparar Fallon, eu pretendia informá-la sobre a cerimônia, não seduzi-la para a festa depois — Kaspian diz.

— Cerimônia? — repito enquanto Nox sorri para Kaspian.

— Sim. — O Rei de Ouro e Granada dá um passo à frente, o traje tão formal como sempre: um terno de três peças. Todo preto. Seus ombros também estão retos, as mãos escondidas atrás das costas.

Enquanto isso, Nolan está de jeans e jaqueta de couro, com o cabelo loiro despenteado e desgrenhado pelo vento. Ele passa uma imagem de rebelde durão, que é um contraste sensual com a aparência elegante de Kaspian.

E os dois são meus, fico admirada. *Mais ou menos, de qualquer maneira.*

Nolan e eu ainda não falamos sobre finalizar nosso vínculo. A última coisa que ele me disse sobre o assunto foi que nunca me rejeitaria, mas também não me forçaria a aceitá-lo.

— Você me disse outro dia que nunca foi formalmente recebida em Ouro e Granada — Kaspian murmura. — É algo que eu deveria ter percebido desde o primeiro dia em que nos conhecemos: você não usa as cores da nossa Casa.

Minha testa franze.

— Ouro e Granada?

Ele concorda.

— Você também não está tatuada, o que muitos mercenários preferem fazer em vez de usar um símbolo Mas o fato é que você não tem nenhum dos dois.

— Não precisa ser algo permanente — Bane acrescenta enquanto dá um passo à frente.

Então ele tira uma adaga de um coldre no quadril. É a faca que ele me deixou usar para eviscerar Klas no ano passado. Franzo a testa enquanto seu polegar percorre o cabo de ouro e a gema granada no topo.

— Eu uso isso em todos os lugares — ele me diz. — É assim que mostro minha afiliação à Casa.

— E eu mostro minha afiliação carregando isso — Nox diz, tirando um pequeno frasco do bolso. É transparente com uma tampa dourada e parece estar cheio de sangue. — É do Kaspian.

— Kaspian...? — Paro, tentando acompanhar o que ele está dizendo. — Seu sangue?

Nox assente.

— O sangue de vampiro é poderoso nas circunstâncias certas. Especialmente quando combinado com certas toxinas.

Isso faz sentido. Embora eu não tenha visto Nox brincar muito com produtos químicos, estou ciente de que ele é um grande mago quando se trata da arte da alquimia. Especificamente, do tipo que pode ser combinada com armas.

— Sou um pouco mais antiquado. — A voz profunda

de Nolan chama minha atenção enquanto ele puxa uma corrente de ouro do pescoço. Há um pingente, *uma bala ensanguentada.* — Ela costumava representar minha primeira morte como mercenário — ele me diz, roçando o polegar no amuleto. — Mas eu mudei no ano passado.

Pisco para ele. *Ele não pode querer dizer...*

— É a bala de quando atirei em você — ele diz, me fazendo entreabrir os lábios. — Uma memória que nunca esquecerei.

Eu... eu não sei como responder a isso. O que parece ser um enigma contínuo entre nós. Suas verdades continuam a me deixar sem palavras. Porque estou percebendo que Nolan tem muito mais do que eu poderia imaginar.

Ele é sombrio.

Chocante.

E, no entanto, há nele uma ternura que ele parece reservar para mim. Mas não é um tipo normal de ternura. É o tipo de ternura associado a guardar uma bala ensanguentada, uma que originalmente deveria me matar, como lembrança.

— O meu também é um pouco mais antiquado — Kaspian fala, contraindo os lábios. — Mas talvez um pouco menos... violento. — Ele tira uma mão das costas para me mostrar o anel em seu dedo. — É uma herança da Casa, destinada ao rei. — Ele dá de ombros. — Também tenho algumas armas de Ouro e Granada, que carrego comigo com frequência.

Não estou surpresa com seus objetos. Todos eles são muito no estilo de Kaspian para mim. No entanto...

— Estou chocada que você não tenha um terno de três peças em Ouro e Granada.

Ele sorri.

— Na verdade, tenho. Mas é horrível e você nunca me verá usá-lo.

— É mais um tom bordô com gravata dourada — Bane acrescenta. — Mas ele está certo, é terrível.

— Agora eu quero ver — digo, balançando as sobrancelhas. — Talvez eu ache que você fica sexy nele.

Kaspian bufa.

— Você me acharia sexy em qualquer coisa que eu escolhesse vestir, Fallon.

Não consigo evitar que a risada me escape.

— Alguém tem um grande ego.

— Alguém mais do que mereceu seu ego — Kaspian responde, se aproximando de mim. — Além disso, adoro verdades, amor. E nós dois sabemos que estou certo: você não pode resistir a mim. — A última parte é um sussurro contra minha boca, sua ousadia e confiança fazem meus joelhos fraquejarem.

Odeio que ele possa fazer isso comigo.

Mas também adoro isso.

— Eu poderia — respondo baixinho. — Mas por que eu ia querer isso? — Fico na ponta dos pés para beijá-lo, mas ele segura meu quadril e me mantém no lugar.

— Você precisa de um objeto, Fallon. Algo que você possa usar e que diga que você faz parte de Ouro e Granada. — Seu tom contém uma severidade que é o epítome do Kaspian majestoso.

— Que tipo de objeto você quer que eu tenha? — pergunto a ele, sem saber o que escolheria.

— Isso — ele diz, e move sua mão, aquela que ele mantém nas costas desde que entrou, para revelar uma caixinha preta.

Franzo a testa.

— O que é?

— Abra e descubra — ele diz, estendendo-a para mim.

Sinto a garganta um pouco apertada quando pego o item dele, e meu coração pula no peito. *Ele me trouxe um objeto.*

Provavelmente é semelhante ao que ele deu a Issy e Ayla: um amuleto para elas usarem em um colar ou pulseira.

Mas rapidamente percebo que não é o caso quando abro a caixa.

Não é um pingente.

É um anel.

Meus lábios se abrem para o lindo símbolo, e meus olhos se concentram na pedra preciosa amarela emoldurada por detalhes em granada e incrustada em uma faixa de ouro maciço.

— Kaspian... — Olho para ele.

Mas ele não está mais de pé.

Está ajoelhado.

E não está sozinho.

Meus quatro companheiros estão ajoelhados ao meu redor, com olhares reverentes.

— O coração de Ouro e Granada gira em torno de nossa promessa de fidelidade — Kaspian explica para mim. — Somos uma Casa de mercenários onde fortuna e prestígio são duas das nossas qualidades mais importantes. Mas é a lealdade que prometemos uns aos outros, à nossa Casa, que mais importa.

Engulo em seco, assentindo em compreensão. Ele mencionou um pouco disso para Issy e Ayla.

— Dito isto, não quero que jure fidelidade a Ouro e Granada, Fallon. — As palavras de Kaspian me fazem arregalar os olhos. Mas ele não me dá chance de pedir esclarecimentos. — Quero jurar minha fidelidade a *você*.

Abro os lábios, mas suas palavras me deixam em silêncio.

— Você é nossa companheira — Nox acrescenta.

— Nosso coração — Bane murmura.

— Nossa rainha — Nolan diz.

— Nossa rainha — Kaspian ecoa. — *Nós* te devemos nossa fidelidade. Nosso amor. Nossa devoção. Nossa proteção. Nossas verdades. É por isso que estamos ajoelhados diante de você. Nós nos comprometemos com você, Fallon Doyle, Rainha de Ouro e Granada. E esperamos que você nos aceite usando esse anel.

Olho para ele, percebendo agora que há exatamente quatro detalhes de granada ao redor da pedra amarela. Uma para cada companheiro.

Uma leve névoa parece atrapalhar minha visão, e meu coração bate a mil por hora no peito.

Como isso se tornou minha existência? me pergunto. *Indo de Klas para... para isso.*

Você precisa começar a se colocar em primeiro lugar, Issy me disse outro dia. *Precisamos nos concentrar no futuro, Fallon. Abrace os presentes que o destino nos deu. E isso inclui você abraçar seus companheiros.*

Eu sabia então que ela estava certa.

Mas ver meus quatro companheiros ajoelhados para mim, se comprometendo comigo... *estrelas*, ainda não consigo acreditar que isso seja real. Que esta é a minha vida. Meu *destino*.

Quatro companheiros sensuais e predestinados.

E são todos meus, fico admirada. *Meus para amar. Aceitar. Para passar a eternidade juntos.*

Como eu poderia dizer não ao que eles estão oferecendo? Por que eu consideraria isso?

— Sim — digo a Kaspian. — Sim — repito, olhando para cada um dos meus companheiros. — Sim para tudo. Sim para isso. Sim para... para todos vocês.

Essa última parte é mais para Nolan do que para os

outros. Ele é o único com quem ainda não completei o vínculo e preciso que ele saiba que o aceito.

Seus olhos multicoloridos brilham em resposta.

Mas é Kaspian quem pega o anel e coloca no meu dedo.

— Pensamos em fazer um rubi com três diamantes amarelos ao redor, mas gostamos da ideia de ter a granada representando cada um de nós enquanto o diamante amarelo representa você. — Ele beija minha mão, chamando minha atenção de volta para si. — Você é o nosso diamante, Fallon.

Nox tira minha mão dele, e dá um beijo também.

— Você é nosso vaga-lume.

— Nossa chama ardente — Bane diz, e seus lábios encontram meu pulso.

— Nosso doce canário. — As palavras de Nolan são quase tão suaves quanto seu toque quando ele roça a boca na ponta dos meus dedos. Estendo a mão para ele quando ele começa a me liberar, precisando de mais do que aquele breve toque contra minha pele.

Ele olha para mim surpreso, e suas íris parecem brilhar com uma cor renovada. Mas não dou a ele a chance de reagir muito mais do que isso antes de me ajoelhar na frente dele e beijá-lo.

Ele é o único que não provei direito. E preciso que ele acredite em mim quando digo que o quero.

Ele é meu tanto quanto os outros.

Quero todos eles. Tudo isso. *Para sempre.*

E digo isso a Nolan com a minha boca.

Com minha língua.

Meu, estou dizendo. *Todos vocês são meus.* Passo os dedos por seu cabelo grosso, raspando os dentes por seu lábio inferior. *E essa reivindicação*, estou dizendo a ele com minha mordida. *Essa reivindicação inclui você.*

356

NOLAN

Meu coração bate forte quando Fallon morde meu lábio inferior. Sua energia ardente aquece minha pele. Ela parece estar tentando me ensinar algum tipo de lição.

Não tenho certeza de qual é, mas estou gostando.

É por isso que não assumo imediatamente o controle do nosso beijo. Eu a deixo brincar. Morder. Beijar. Lamber.

Quando ela começa a se afastar, eu a agarro.

— Minha vez — digo a ela, segurando um punhado de seu cabelo e puxando-a de volta para mim.

Fallon arregala os olhos, mas ela começou este jogo.

Ela queria provar algum tipo de ponto. Então vou retribuir o favor.

E o que quero dizer é bem simples: *se quiser jogar, jogaremos. Mas esteja preparada, pequeno canário. Eu jogo para ganhar.*

Ela estremece contra mim enquanto minha língua desliza em sua boca. Deixei que ela ditasse o ritmo antes porque queria dar a ela uma chance de explorar. No entanto, agora ela precisa aprender minhas preferências. Meu ritmo. Meus desejos.

Um deles é definir seus limites.

Dominar seu prazer.

Prolongar a experiência até que ela estoure por dentro e me *implore* para deixá-la gozar.

Cada um tem seus desejos. Mas esses são meus.

Adoro jogos de paixão. Quero levar Fallon às estrelas. Fazê-la gritar por *horas*.

E digo tudo isso a ela com a minha boca. Minha língua. *Meus dentes*.

Ela não é a única que consegue transmitir mensagens aqui através do toque.

Quando termino minha parte da aula, ela está ofegante, e os olhos esmeralda vidrados de prazer. Ela umedece os lábios, com o foco em minha boca antes de olhar para os outros.

Kaspian está sentado na cama, sem paletó e colete. Seus olhos escuros estão colados em nós dois. Nunca transei em grupo. Ele sabe disso. Mas por ela... eu faço. É por isso que a beijei tão abertamente na frente dos outros.

Bane e Nox estão parados por perto, com o botão de cima da calça jeans desabotoados.

Quase sorrio com a demonstração de desconforto.

Se eles acham que beijar Fallon é sexy, deveriam ver o que mais posso fazer com ela.

Mas primeiro, quero que ela fique nervosa. Que se sinta provocada. Preparada.

— Humm, acho que seus espectros querem brincar, Fallon — digo a ela. — Assim como nosso rei vampiro.

Kaspian arqueia uma sobrancelha para mim, plenamente consciente de que não costumo fazer isso. Nós nos conhecemos há muito tempo e, embora tenha havido algumas experiências entre nós, já faz um tempo desde a última vez que compartilhamos uma mulher.

Nós dois competimos pelo domínio no quarto.

O que pode ser bom.

E também ruim.

Mas por Fallon, acho que podemos fazer isso muito bem.

— O que acha, Kas? — pergunto, com o olhar em Fallon. — Deveríamos deixar os espectros pegá-la primeiro? Aquecê-la para nós?

Suas íris da cor da meia-noite brilham de tentação. Ele sabe o que estou oferecendo.

— Sim. Mas imagino que você tenha alguns requisitos?

— Tenho. — Olho para Bane e Nox. — Ela não tem permissão para gozar até que eu diga que pode. Tirando isso, façam o que quiser.

Fallon abre os lábios.

— O quê?

Eu a beijo novamente e aperto seu cabelo com mais força.

— Confie em mim, doce canário. Vou te fazer cantar de uma maneira que você nunca experimentou antes. — Falo as palavras bem contra sua boca, depois dou uma mordida. — Agora, seja uma boa menina e deixe os espectros te comerem.

Ela me olha boquiaberta.

Vou me sentar ao lado de Kaspian na cama, com o olhar nos espectros, enquanto eles rondam em direção a Fallon, que ainda está assustada. Ela pula quando Nox beija seu pescoço, e seus olhos verdes encontram os meus. Parece que ela quer dizer alguma coisa, talvez uma refutação sobre minha regra, mas é silenciada por Bane, que assume o controle de sua boca com a dele.

Nunca assisti os espectros transarem, mas aprendo

descubro por que Kaspian é tão encantando por eles. Eles se movem juntos como um só, suas mãos se espelhando enquanto removem as roupas de Fallon, acariciando e beijando cada centímetro dela.

— Você gosta de anal, Fallon? — pergunto, curioso para saber se ela já recebeu um homem dessa maneira.

Tenho minha resposta antes que ela fale. Seus olhos arregalados me dizem que isso não é algo que ela tenha experimentado antes.

— Eu... eu não sei.

— Gostaria de descobrir? — Kaspian pergunta, seu sotaque inglês se aprofunda com as palavras. — Porque o Nox é um especialista na arte de comer por trás.

O espectro sorri contra o pescoço de Fallon, o peito nas costas dela.

— É verdade — ele diz no ouvido dela. — E estou morrendo de vontade de estocar sua bunda curvilínea, vaga-lume.

Ela estremece em resposta, os mamilos rosados brilham com claro interesse. Bane se inclina para tomar um na boca e a faz gemer alto em aprovação.

Esses dois mal começaram e já posso ver seu corpo se contrair de necessidade.

Quando ela gozar, será intenso.

E mal posso esperar para vê-la explodir.

— Fale, pequena chama — Bane diz contra seu peito cheio. — Nos diga o que você quer e te daremos.

Exceto por um orgasmo, penso. Isso você não pode dar agora.

Felizmente, ela parece saber que não deve pedir. Em vez disso, ela olha de mim para Kaspian antes de dizer:

— Gostaria de tentar.

— Tentar o quê? — Nox pergunta em seu ouvido. — Você sabe como nos sentimos em relação a detalhes.

Ela engole em seco e seus cílios tremulam um pouco.

— Quero tentar anal.

— Humm — Nox murmura. — Só anal? Ou quer que o Bane e eu transemos com você ao mesmo tempo?

O corpo de Fallon estremece em resposta à sua pergunta, me dizendo que nossa garota gosta de sacanagem.

Anotado, penso enquanto ajusto meu jeans. A calça está começando a ficar um pouco justa, graças à exibição erótica na minha frente.

— Quero que vocês me comam ao mesmo tempo — ela murmura.

Puta merda. Essas palavras sensuais saindo de sua boca deliciosa me deixam ainda mais duro para ela.

Kaspian deve sentir o mesmo, porque começa a desabotoar a camisa.

— Vamos precisar deixar você bem molhada, então — Nox informa a ela. — Bane?

O outro espectro sorri contra o peito dela e se ajoelha

Fallon inspira profundamente quando ele começa a lamber sua boceta brilhante. Tiro a jaqueta de couro enquanto observo, meu olhar viajando entre sua boceta e seus seios, observando sua pele corar com necessidade crescente.

Mas toda vez que ela se aproxima do pico, Bane se afasta, me agradando imensamente.

Parece que os espectros sabem respeitar as regras. Isso será útil em nossa nova dinâmica.

Kaspian dobra a camisa e a coloca em um banco ao pé da cama. Então ele pega minha jaqueta descartada e acrescenta à pilha. Sigo em frente, tiro a camiseta também e entrego a ele.

Nox segue o exemplo, mas ele tira tudo, não apenas a blusa, e passa um braço em volta de Fallon para lhe dar algum apoio enquanto os dois permanecem de pé. Ele beija seu pescoço, levantando a palma da mão para agarrar seu seio.

— Como você se sente, vaga-lume? — ele pergunta a ela. — O Bane está te dando prazer?

Ela estremece, e aquele rubor sobe em direção ao seu pescoço.

— Sim — ela diz, arqueando o rosto de Bane enquanto ele afasta a boca do clitóris. Um som de protesto escapa dela em resposta, e seus membros começam a tremer.

Bom, penso, satisfeito com sua excitação crescente. *Continue.*

Bane penetra dois dedos dentro dela, e meu ponto de vista da cama me permite ver o quanto ela está molhada enquanto ele os desliza dentro e fora dela com facilidade. Ele acrescenta um terceiro depois de alguns minutos, depois retorna a língua ao clitóris. Seus movimentos provocam mais do que agradam.

Fallon geme e leva a mão a cabeça de Bane, tentando segurá-lo contra si. Ele sorri, divertido, e lentamente desliza os dedos para trás, para a outra entrada dela. Ela abre os olhos quando ele insere um e suas pupilas se arregalam.

Nox segura seu queixo e a guia em direção a ele para um beijo, movimento que ele usa para distrai-la enquanto Bane continua seus esforços abaixo.

É uma dança linda, com um timing excelente.

— Entendo por que você é tão obcecado por eles — digo a Kaspian.

Seus lábios se curvam.

— Este é apenas o começo. Espere até que eles coloquem a boca em você.

Olho de lado para ele.

— Isso não é algo que eu goste.

— Eles poderiam facilmente fazer você gostar — Kaspian responde.

Mas eu balanço minha cabeça.

— A única boca que quero em mim é a da Fallon. — Porque aqueles lábios dela foram feitos para serem comidos, não só pela minha boca, mas também pelo meu pau.

Ela solta outro som delicioso enquanto Bane aumenta a pressão em suas costas, preparando-a para pegar o pau de Nox.

Eu adoro um pouco de dor, mas parece que o espectro prefere um tipo diferente do meu. Na verdade, estou bastante impressionado. E aposto que o padrão desse piercing dá muito prazer a Fallon.

— Ela está pronta — Bane murmura depois de mais um minuto preparando-a, com o olhar em seu rosto.

Observo o rubor que cobre sua pele, o modo como suas pernas tremem quase com violência e a umidade que cobre os lábios de Bane.

— Ela está — concordo.

Kaspian se levanta para tirar a calça e os sapatos, depois se acomoda na cama perto da cabeceira.

Decido fazer o mesmo, o colchão é enorme e deixa bastante espaço para Fallon se juntar a nós com seus dois espectros.

Nox a leva para a cama, sua boca está unida a dela a cada passo do caminho. Bane segue atrás deles enquanto se despe, com a expressão excitada pela visão diante de si.

— Bane vai se sentar no centro da cama e você vai montá-lo — Nox diz a Fallon. — Quando você estiver confortável com ele dentro de si, eu vou te penetrar. — Ele afasta o cabelo dela do ombro e beija sua pele exposta. —

363

Vamos devagar, vaga-lume. E vamos parar se parecer que é demais. Certo?

Ela engole em seco e assente.

— Certo.

Ele a beija mais uma vez enquanto Bane se acomoda a poucos centímetros de mim. Então a levanta com facilidade e a coloca na cama.

Fallon faz uma pausa quando se vira para Bane, seu olhar indo do espectro para mim e depois para Kaspian.

É a primeira vez que ela me vê sem roupa, e a expressão em seus olhos me diz que ela aprova o que encontra.

O sentimento é muito mútuo, linda, digo a ela com meus olhos enquanto admiro sua forma sedutora.

Meu olhar parece encorajá-la porque ela fica de joelhos e começa a rastejar em direção a Bane. Seus olhos estão em mim enquanto ela se move, e seus seios balançam enquanto ela avança.

É uma visão deslumbrante.

Uma que quase me faz exigir tomar o lugar de Bane.

No entanto, não estou apenas atrasando o prazer dela, mas o meu também.

— Nos mostre o quanto você aceita bem o Bane, amor — Kaspian diz. — Quero ver o quanto você pode deixá-lo molhado.

Fallon estremece visivelmente. Suas narinas estão dilatadas.

— Sim, *meu rei*.

Os lábios de Kaspian se curvam para cima, mas ele não diz nada em resposta à atrevimento dela. Ele apenas observa com um olhar aquecido enquanto ela obedece ao seu pedido, montando em Bane e inclinando o pau dele em direção ao seu calor.

E afunda.

Levando-o ao máximo sem vacilar.

— *Puta merda* — murmuro, e minhas veias inflamam com uma necessidade feroz que faz minhas bolas pulsaram entre as pernas. Nunca imaginei que assistir outro homem transar com Fallon pudesse ser tão excitante.

E eles nem começaram ainda.

— Ela não é linda? — Nox pergunta enquanto se junta a todos nós na cama. — Ela nos leva com uma habilidade natural, provando que fomos feitos um para o outro. — Ele beija a nuca dela. — Não é mesmo, vaga-lume?

— Sim — ela concorda, e seu doce corpo se arqueia em direção a Bane enquanto ela vira a cabeça para beijar Nox mais uma vez.

O espectro a toma, sua boca domina a dela enquanto ele se posiciona por trás. Ele envolve a palma da mão no pescoço dela para mantê-la no lugar enquanto a palma oposta vai para a virilha.

— Você vai sentir um pouco de pressão — Bane a avisa, assumindo o treinamento anterior de Nox. — Tente relaxar, Fallon. Confie em nós para fazer você se sentir bem.

Ela enrijece um pouco quando Nox começa a penetrar, mas os movimentos dele são graduais, em vez de apressados, e o toque dele é reverente, apesar da posição da mão na garganta dela.

Ele a se segura no lugar para protegê-la, para garantir que ele possa sentir suas reações, sentir a maneira como ela está engolindo, inspirando e expirando. É uma demonstração de muito cuidado, que só me faz respeitá-lo mais.

Esses homens são dignos de nossa companheira.

Agora só preciso provar que também sou.

— Puta merda, você é linda — Kaspian murmura, com o olhar em Fallon. — Você está maravilhosa, recebendo o pau deles, amor. Boa demais. — Ele alcança seu pau para se acariciar, algo que anseio fazer no meu. Mas não faço.

Isto é sobre Fallon.

Seu prazer.

E nossa gratificação mútua atrasada.

Em breve, digo a mim mesmo. *Ela será minha em breve.*

Nox afasta a boca da dela, soltando um suspiro forte.

— Você é incrível, Fallon — ele diz a ela. — Incrível demais.

— Você é — Bane ecoa, enquanto move os quadris. — Posso sentir o Nox dentro de você também. Como você se sente, doce chama?

Ela aperta os dedos nos ombros de Bane.

— Preenchida. Eu... eu me sinto *preenchida*.

— Isso é bom, vaga-lume. Queremos que você se sinta preenchida. Ele muda de posição, passa os dedos pelos cabelos dela para assumir o controle de sua cabeça. Mas em vez de puxá-la para outro beijo, ele a guia em direção a Bane.

Ela geme contra a boca de Bane, seu corpo vibra entre os dois fantasmas enquanto eles começam a entrar e sair dela.

Nox é mais gentil. Seus movimentos garantem que ela esteja realmente pronta antes que ele realmente comece a penetrar.

Mas logo os três estão transando de verdade, o êxtase deles é um afrodisíaco que faz minhas bolas apertarem em antecipação.

A excitação de Fallon se intensifica, suas bochechas ficam um tom de rosa mais escuro e seus lábios carnudos ofegam contra os de Bane. Seu peito sobe e desce com o esforço.

Infelizmente, não é suficiente. Posso ver isso na

maneira como ela move os quadris, em busca da fricção adicional de que precisa. Bane poderia dar isso a ela com facilidade apenas se movendo ligeiramente. Ou um dos espectros poderia estender a mão entre eles para acariciar o clitóris necessitado.

Eles não fazem nenhuma dessas coisas.

Simplesmente continuam a estocá-la, suas ações lhe dão prazer sem permitir que ela chegue ao limite. É perfeito. Exatamente o que eu quero. E levará a um orgasmo diferente de tudo que Fallon já experimentou antes.

Ela geme um pouco, seus lábios se movem contra os de Bane enquanto ela choraminga:

— Mais.

Ele empurra para cima, arrancando um grito dela que ele engole enquanto Nox aumenta o ritmo por trás.

Eles não vão durar muito mais tempo. Não que eu possa culpá-los. Fallon é uma deusa entre eles, assumindo seus movimentos com a graça de uma rainha sensual.

Nossa rainha, eu penso. *Nossa companheira.*

Nox apoia a cabeça em seu ombro, e um xingamento escapa de sua boca.

— Sua bunda é ainda melhor do que eu imaginava — ele diz. — Suas curvas... contra minha virilha... *Puta merda*, vaga-lume, eu vou gozar...

Bane grunhe abaixo deles, o som quase animalesco.

Fallon reage visivelmente ao som primitivo enquanto arrepios percorrem sua pele.

Noto essa preferência também, me perguntando quais outras atividades selvagens ela desfrutará no quarto.

Seu corpo inteiro parece estremecer quando Nox irrompe atrás dela, seu gemido fazendo com que ela se arqueie entre eles enquanto outro daqueles deliciosos gemidos sai de seus lábios.

Tão carente e molhada, penso, admirando suas coxas lisas. *Vou desfrutar disso em alguns minutos.*

Ou agora, me corrijo enquanto Bane segue Nox até o ápice, e os dois gozam dentro de Fallon enquanto a deixam preparada e não exatamente no limite.

Ela treme entre eles, seus gemidos se transformando em miados que chamam minha alma. Eu me afasto da cabeceira para segurar sua nuca, puxando-a para mim para um beijo.

— Você se saiu tão bem, Fallon — digo a ela. — Bem pra caramba.

Agora ela precisa de uma recompensa. Algo que vai definir o tom para o nosso futuro. Solidificar quem somos juntos e quem serei para ela.

NOLAN

Solto Fallon por tempo suficiente para que Bane saia de dentro dela. Ele dá um beijo no canto de sua boca.

— Aproveite, doce chama. Mostre a Nolan o quanto você pode arder.

Fallon murmura algo ininteligível em resposta, sua mente está claramente nublada pela necessidade.

É uma necessidade que sinto pulsar em minhas veias.

Uma necessidade que quero alimentar um pouco mais, prolongar um pouco mais...

Eu me acomodo debaixo dela na cama, sem me importar que ela esteja encharcada de sua gratificação e da de seus outros companheiros. Não importa. Isso não a torna menos minha.

— Você está pronta para mim? — pergunto a ela, passando os dedos em seu cabelo para segurá-la de uma forma semelhante como Nox fez momentos atrás. — Você me quer dentro de si? — É uma pergunta com múltiplos significados.

Você quer que eu te coma?

Quer que eu acasale com você?

Depois que eu fizer isso, pertenceremos um ao outro para sempre.

Seus lindos olhos verdes se fixam nos meus e sua expressão é feroz.

— Sim. — Não há sinal de hesitação em sua voz ou rosto, sua resposta é resoluta.

— Bom. — Empurro para cima, unindo nossos corpos e nossas almas, amando o jeito que ela grita meu nome em resposta.

Sou mais grosso que Bane. Mais longo também. Rivalizo com Kaspian em tamanho.

O que tornará esta experiência algo verdadeiramente especial para ela.

Algo que o vampiro enfatiza ao pressionar o peito nas costas dela.

— Se concentre no Nolan por mim, amor — ele diz em seu ouvido. — Deixe-o fazer você ter prazer.

Eu traduzo isso como: *Deixe o Nolan distraí-la do que estou prestes a fazer.*

Fallon não precisa de distração. Ela está mais do que pronta para nos levar.

Mas isso não me impede de monopolizar a atenção dela. Queria essa mulher há meses. Pensei nela muitas vezes, em tantas posições diferentes.

A sensação dela, no entanto, não faz justiça às minhas fantasias.

Suas coxas são incríveis contra minhas pernas, sua boceta é o paraíso enquanto pulsa ao redor do meu pau.

E os peitos dela... *puta merda*, eu amo os peitos dela. Tão cheios. Tão firmes. Tão *deliciosos*.

Quero pegar os mamilos entre os dentes e mordiscá-los.

Mas, em vez disso, tomo sua boca, precisando de mais da sua língua contra a minha, desejando iniciar outra conversa íntima.

Seus dentes roçam meu lábio, e a ação me lembra de como ela reagiu quando mal beijei as pontas dos dedos depois que ela aceitou minha promessa de fidelidade.

Sorrio, traduzindo sua ação como um aviso.

— Precisa de algo, Fallon?

— Você sabe do que eu preciso — ela responde, a rouquidão em sua voz é exatamente o que eu desejo ouvir. — *Por favor*, me deixe gozar, Nolan.

— Hum. — Eu me aproximo dela ao mesmo tempo em que Kaspian a penetra por trás.

Ela paralisa, com os lábios entreabertos em um ruído silencioso.

— Demais? — Kaspian pergunta em seu ouvido, sua voz não demonstra preocupação verdadeira.

— Não — respondo por ela. — Ela aguenta.

Kaspian assente.

— Ela aguenta, sim. — Ele pontua essa afirmação com outro impulso.

Fallon ofega, mas não é um som de dor, mas de surpresa. Então ela flexiona os quadris para frente e para trás, seu corpo acomodando facilmente nós dois.

É uma jogada ousada, que me faz sorrir contra sua boca.

— Humm, eu te sinto, safada — digo a ela. — Faça isso novamente.

Em vez disso, ela me aperta, depois agarra meus ombros e se mexe mais uma vez.

Eu gemo, amando a sensação da sua boceta em torno do meu comprimento grosso.

— Tão bom — eu a elogio.

O destino fez essa mulher para nós. Porque ela é perfeita. De tirar o fôlego.

Eu a beijo, desta vez com um novo propósito em mente. Quero adorá-la. Agradecer a ela. Mostrar o quanto ela significa para mim. O quanto sou grata a ela por me aceitar, por me permitir apreciá-la.

Kaspian segura seus quadris, o domínio aparece enquanto ele a guia em um ritmo entre nós. É algo que atende às minhas necessidades também, algo que ele sem dúvida conhece. Sua memória é boa. E há algumas coisas que nunca mudam.

Mas meus sentimentos por Fallon são novos. Nenhuma mulher — ou homem — jamais me fez sentir tanto. Parte disso pode ser o vínculo do destino, mas suspeito que a maior parte seja apenas porque é Fallon.

Esta mulher me atingiu desde o momento em que apontei uma arma para ela.

E agora ela é minha, penso, beijando-a com mais força.

Mantenho a mão em seu cabelo enquanto deslizo outra entre nós, acariciando seu clitóris inchado. Ela imediatamente estremece e seu sexo supersensível se contrai ao meu redor.

Os espectros a provocaram de propósito, apenas para deixar esta parte dela sem toque enquanto transavam com ela.

Isso a impediu de chegar ao limite.

Mas agora apenas algumas carícias a deixam ofegante.

Ela está exatamente onde preciso que esteja, desesperada e pronta para explodir. Eu a acaricio até que ela começa a tremer, seu orgasmo bem ali, mas o afasto ao remover meu toque.

A negação do orgasmo é uma dança delicada. É tudo uma questão de encontrar o ponto ideal. Não posso forçar muito, senão vai doer. Tenho que ter certeza de que está certo.

Seus dentes afundam em meu lábio quando afasto o polegar pela terceira vez, sua frustração é adorável.

— *Nolan*.

— Sim, Fallon? — digo contra sua boca, fazendo Kaspian rir atrás dela.

— Ele está te torturando, amor? — ele pergunta. — Mantendo você no limite enquanto transamos com você?

— Sim — ela sussurra.

Assumo o controle de sua boca antes que ela possa dizer qualquer outra coisa, minha língua duela com a sua enquanto a levo ao limite mais uma vez. Quando me afasto, ela grita, me dizendo que finalmente chegamos ao ponto que preciso que ela esteja.

Kaspian também deve sentir isso, porque ele leva a boca ao pescoço dela enquanto Fallon crava as unhas em meus ombros.

No entanto, ele não a morde.

Ele só pressiona beijos na base de seu pescoço.

Suspeito que isso seja significativo de alguma forma, uma forma de estabelecer confiança, porque a ação faz Fallon apertar meu pau.

Ou talvez ela apenas goste da sensação.

De qualquer forma, transformo nosso beijo em algo mais quente. Mais intenso. E faço isso deixando-a sentir minhas emoções, enquanto minha língua diminui o ritmo enquanto libero todos os meus segredos em sua boca.

Conto a ela como fiquei preocupado com a possibilidade de ela não me aceitar. Como, no fundo, acho que não a mereço. Como passarei nossa existência garantindo que nunca a decepcionarei. Como serei eternamente grato pelo destino ter me dado uma companheira tão perfeita.

Como vou apreciá-la.

Sempre a respeitá-la.

Protegê-la.

Amá-la.

Meu polegar retorna para sua carne inchada enquanto

373

penso todas aquelas palavras para ela, jurando cada uma delas e solidificando tudo com esse beijo.

É uma experiência intensa, que me deixa um pouco sem fôlego enquanto meus quadris se movem com ela e Kaspian.

Seu corpo fica tenso em resposta a todas as sensações, todas as declarações não ditas, todo o atrito. Começo a contagem regressiva, consciente de que ela está se aproximando do clímax.

Eu poderia parar com isso.

Afastar minha mão.

Fazê-la ela gritar.

Mas seria demais.

Chegamos ao limite dela e não vou pressioná-la além disso. Não essa noite. Ela merece muito prazer, muita felicidade, e adoro ser aquele que irá lhe conceder isso.

Kaspian aperta seu pulso, seus olhos encontram os meus em compreensão mútua. Ele também pode senti-la se aproximar do limite.

Nós dois aumentamos o ritmo ao mesmo tempo, arrancando um gemido baixo de Fallon enquanto garantimos que ela sinta cada centímetro nosso entrando nela.

Cinco, penso. *Quatro...*

Ela está muito perto.

Três.

Tão gostoso.

Dois.

Bem aí...

Um.

Ela paralisa.

Cada parte sua foi dominada pelo inferno que queimava dentro dela.

E então...

Ela *explode*.

Kaspian e eu nos agarramos a ela, estocando enquanto ela grita. Seu corpo se curva, tremendo em ondas de imenso êxtase.

Tão imenso que ela cai em um segundo orgasmo logo após o primeiro.

E era essa a minha intenção.

Algum dia, chegaremos a três.

Mas esta noite, ela está tendo duas experiências muito poderosas.

E estou prestes a me juntar a ela nessa diversão.

Só mais um pouco...

Ela me aperta com tanta força que me encontro preso dentro dela, incapaz de me mover. Tudo o que posso sentir são seus músculos tensos e Kaspian estocando-a por trás.

Eu gemo, minha boca ainda contra a sua.

— *Fallon*.

Ela precisa deixar eu me mover.

Puta merda.

Seus dentes afundam em meu lábio inferior, seu olhar selvagem é enquanto ela me encara.

Então ela avança, me apertando ao máximo e me forçando a segui-la até o ápice. É tão erótico que nem tento lutar contra isso.

Meu canário acabou de assumir o controle, penso, amando o jeito que ela exigia meu prazer.

Kaspian logo me segue, seu grunhido faz Fallon estremecer de alegria entre nós.

Então ele assume o controle de sua boca, beijando-a enquanto tento controlar meus pensamentos, meu corpo e alma. Cada parte de mim parece *completa*. Feliz. Totalmente em paz.

Apoio a cabeça no ombro de Fallon, e minha respiração fica ofegante.

Então sorrio quando ela encosta a cabeça na minha e passa os dedos em meu cabelo enquanto me abraça.

Kaspian dá um beijo em seu pescoço do lado oposto, depois se afasta, dizendo algo sobre pegar uma toalha.

Estou muito envolvido em abraçá-la para me mover ainda, minha alma se regozija por ter encontrado sua outra metade.

— Acho que foi bom você ter errado aquele dia — ela diz baixinho, roçando a corrente em volta do meu pescoço. — Mas você deveria trabalhar mais em seu objetivo.

Uma risada me escapa com suas palavras provocantes.

— O único com melhor pontaria que eu é Kaspian.

— Não deixe a Cara ou o Larus te ouvir dizer isso — Kaspian diz ao retornar. — Eles vão exigir um tiroteio.

Dou de ombros.

— Desde que a Fallon não seja o alvo, por mim, tudo bem.

Fallon faz um som de descontentamento que me faz rir novamente.

— É você quem está insultando minha pontaria, canário — digo a ela.

— Porque você *atirou* em mim.

Eu suspiro.

— Você nunca vai me deixar esquecer isso, não é?

— Não, por pelo menos cem anos — ela admite.

— Hum. — Eu me afasto para estudar seu lindo rosto. — Apenas cem anos?

— Talvez mil.

— Isso parece mais preciso. — Eu sorrio. — Mas eu mereço.

— Merece — ela concorda. — E sabe o que eu mereço?

Arqueio uma sobrancelha.

— O quê?

— Outro orgasmo.

Kaspian ri atrás dela.

Mas eu, não. Em vez disso, estudo minha companheira e aceno.

— Merece — concordo. — Como você quer?

Suas sobrancelhas se erguem em surpresa.

— Mesmo?

— Sim. — Toco os lábios contra os dela. — Eu te darei o que você quiser, Fallon. Todos nós daremos. Diga o que quer e será seu.

— Especialmente orgasmos — Nox diz de sua posição na cama. Ele e Bane assumiram o lugar que eu dividia com Kaspian antes.

— Definitivamente orgasmos — Bane ecoa.

Fallon se contorce um pouco, suas paredes internas apertam meu pau ainda duro.

— Sabe, a Issy estava certa.

Arqueio a sobrancelha.

— Sobre orgasmos?

— Não. Sobre o futuro.

— O que tem isso, amor? — Kaspian pergunta enquanto passa uma toalha em suas costas, limpando-a.

— Ela disse que chafurdar no passado só nos impediria de aproveitar o futuro. E que a única maneira de realmente seguir em frente era abraçar o destino. — Ela faz uma pausa por um momento, olhando para a bala em volta do meu pescoço. — Acho que há alguns eventos passados que nos definem. Mas ela está certa sobre a necessidade de abraçar o destino.

Kaspian puxa a toalha e a joga sobre algumas das roupas descartadas.

— Eu concordo em abraçar o destino.

— Eu também — Nox diz.

— Digo o mesmo — Bane concorda.

Eu concordo.

— O destino nos uniu por um motivo. — Acaricio a bochecha de Fallon. — Para abraçar você.

— Para cuidar de você. — Nox fala, ficando de joelhos ao lado de Fallon.

— Para te proteger — Kaspian acrescenta, antes de dar um beijo suave em seu ombro.

— Para te amar — Bane termina enquanto se acomoda do lado oposto dela, em frente a Nox.

Fallon olha para cada um de nós, para o círculo que formamos ao seu redor, e sorri.

— Não acredito que esta é a minha vida.

— É real — Kaspian diz a ela, com um brilho no olhar.

— Com certeza é real — concordo e meu pau se contorce dentro dela.

O sorriso de Fallon cresce.

— Sou a mulher mais sortuda do mundo.

— E somos os companheiros mais sortudos do mundo — Bane responde.

— Acho que deveríamos mostrar a ela como temos sorte — Nox sugere.

— Ela pediu mais orgasmos — Bane murmura.

— Pediu — Nox ecoa. — Entre nós quatro, tenho certeza de que podemos conseguir isso.

— Talvez fazê-la implorar para pararmos? — Kaspian sugere.

— Ah, esse é um plano que eu gosto — admito, voltando meu foco para Fallon. — Você tem sido tão boa para nós, lindo canário. Que tal vermos quanto tempo você consegue cantar?

— Uma noite inteira de orgasmos — Nox reflete. — Apenas o prazer dela.

— Apenas o prazer dela — Kaspian concorda. —

Tire-a do seu colo, Nolan. Vou começar lambendo-a até ficar limpa.

Faço o que ele pede, posicionando Fallon assustada no meio da cama.

— Considere esta nossa verdadeira promessa de fidelidade, minha rainha...

EPÍLOGO

FALLON

RAINHA FALLON, minha irmã murmura em meus pensamentos, me fazendo estremecer.

Não comece.

Mas te cai bem, não acha?

Reviro os olhos. *A única coisa que gosto nisso é meu novo sobrenome.*

Fallon Antonik, ela diz. *Sim. Muito melhor que Doyle. Então acho que preciso encontrar um companheiro e mudar meu sobrenome também.*

Ou você pode simplesmente mudá-lo, eu ofereço. *Sou rainha agora. Posso autorizar.*

Ela bufa. *Tanto para "não comece".*

Há alguns benefícios em minha nova função, admito.

É? Me diga mais.

Considero isso por um segundo e franzo a testa. *Na verdade, quer saber? Não mudou muita coisa.* Olho ao redor do quarto. *Quero dizer, agora moro oficialmente nos aposentos de*

Kaspian, não na suíte de hóspedes. Mas... não são muito diferentes. Apenas mais masculino. E tem uma cama maior.

Algo que foi útil nas últimas semanas.

Até Nolan costuma dormir conosco.

Mas há noites em que ele pede que eu vá até ele sozinho. Estou aprendendo que a preferência dele é apenas por mim, não pelo tempo em grupo. No entanto, ele se junta a nós com mais frequência.

Também posso sair do palácio à vontade agora, acrescento. *Então, suponho que isso também seja diferente.*

Seus espectros deixam você sair do palácio sem eles? Issy pergunta.

Eu franzo a testa. *Às vezes. Mas não com muita frequência. E mesmo assim... Só quando Nolan ou Kaspian estão comigo. Caso contrário... não.*

Então isso não mudou muito.

Na verdade não, não, eu respondo. *Na verdade, eles estão ainda mais protetores agora. Mas acho que isso faz parte da nossa ligação.*

Significando o que, exatamente?

Só que eles têm motivos diferentes para serem protetores agora. Eu dou de ombros. Não que ela possa me ver. Ela está na Finlândia com Ayla, esta última sempre me manda fotos de toda a neve.

Acho que não, Issy responde.

O que você acha que não?, pergunto, confusa.

Que as razões deles mudaram.

Eu pisco. *Mas mudaram. Eu era uma prisioneira antes. Agora sou a companheira deles.*

Acho que os motivos sempre giraram em torno do interesse por você, mana. Claro, eles estavam tentando te interrogar antes. Mas acho que eles te seguiam porque queriam, não porque eram obrigados.

Eu bufo. *Tenho certeza de que o Kaspian ordenou que o fizessem.*

Tenho certeza de que eles se ofereceram para protegê-la, Fallon, ela responde. *Não era preciso ordem.*

Semicerro meus olhos como se ela estivesse sentada à minha frente. *Quer apostar?*

Claro. Quando eu ganhar, você terá que me visitar por uma semana sem o harém.

E quando eu ganhar?, contra-ataco.

Nomeie seus termos, ela provoca.

Curvo os lábios para o lado enquanto considero minhas opções. Estou prestes a sugerir algo estranho, só para brincar com minha irmã, quando Nox se materializa no quarto.

— Você está com uma expressão muito estranha no rosto, vaga-lume. O que você está pensando?

— Há quanto tempo você está me observando?

Ele sorri.

— Alguns minutos.

Balanço a cabeça.

— Como um voyeur.

— Culpado. — Ele dá de ombros. — Mas, falando sério, que cara é essa?

Solto um suspiro e conto a ele o que Issy acabou de dizer, depois acrescento:

— Minha irmã está sendo uma romântica incurável, aparentemente.

Nox me considera por um momento.

— Eu diria que ela está sendo realista.

Faço careta.

— O quê?

— Você não acha que o Kaspian nos ofereceu outros cargos no palácio? — ele me pergunta. — Outras oportunidades além de proteger você?

Eu fico olhando para ele.

— Ofereceu?

— Claro que sim. Mas Bane e eu escolhemos você sempre. — Ele dá de ombros novamente. — Não tínhamos interesse em compartilhar você com outras pessoas, Fallon. — Ele rasteja na cama para se sentar ao meu lado. — Você é nossa desde o momento em que te vimos.

Estremeço.

— Oh.

— Oh — ele repete, se inclinando para roçar os lábios nos meus.

— Sinto o mesmo — Bane anuncia quando aparece no quarto. — Caso isso não tenha ficado claro com a declaração de Nox.

— Assim como há uma razão para eu ter te mantido na suíte de hóspedes — Kaspian acrescenta enquanto abre a porta, seus sentidos de vampiro aprimorados obviamente concederam a ele acesso à nossa conversa, mesmo sem estar no quarto.

Nolan o segue.

— Não tenho certeza do que estamos falando, mas se é sobre minha obsessão pela Fallon, fiquei escondido na sua varanda todas as noites durante meses.

Fico boquiaberta diante de todos eles, dividida entre o choque de suas confissões e alguns comentários bem escolhidos sobre espionagem.

Fallon? Issy me chama, me lembrando que eu a deixei esperando.

Ah, você venceu, digo a ela sem me preocupar em dar mais detalhes. *Mas não sei se esses caras vão me deixar visitar você por uma semana sem eles...*

Quase posso ouvir Issy sorrir enquanto ela responde, *eu já suspeitava disso. Apenas prometa me visitar em breve.*

Eu vou.

Amo você, Issy diz.

Também te amo.

Agora pare de falar comigo e vá desfrutar do seu feliz para sempre. Você merece isso.

Você também merece, sussurro de volta para ela.

Issy não responde, talvez porque não concorde.

Um dia, ela vai encontrar sua alma gêmea. Talvez até mais de uma. Quer dizer, eu encontrei. E se alguém merece conquistar a felicidade, esse alguém é Issy.

— Aí está aquele olhar de novo — Noz fala, semicerrando o olhar.

Abro um sorrisinho.

— Só estou pensando na Issy e em como ela merece ser feliz.

— Você também merece — Kaspian diz, enquanto se junta a nós na cama. — Na verdade, acho que você deveria nos deixar adorá-la, Rainha Fallon.

Eu balanço a cabeça.

— Nunca vou me acostumar com isso.

— Vai, sim — ele me promete enquanto Bane e Nolan se acomodam no colchão conosco. — Vamos te ajudar.

Arqueio a sobrancelha.

— É? Como?

— Te lembrando todos os dias que você é nossa rainha. — Ele se inclina para acariciar meu pescoço. — Humm, aqui, vou começar. — Ele move os lábios até minha orelha. — Como gostaria que te agradássemos, Majestade?

Contraio os lábios.

— Não sei, Majestade. Como você gostaria de me agradar?

— Ah, eu posso responder a isso — Nolan diz, levando as mãos para minhas coxas e separando-as.

Ainda estou usando o vestido do anúncio mais cedo, o tecido sedoso me cobre até os tornozelos. Não que ele se importe. Suas mãos já estão subindo por baixo da saia e sua expressão é maliciosa.

— Acredito que é a minha vez de fazer você cantar — ele murmura. — Então abra suas coxas para mim, doce canário. E me deixe servi-la, minha rainha...

Fim.

DESEJO

Houve um tempo que uma série de portais se abriram na Terra, permitindo que a magia se espalhasse pelo mundo humano. As Casas foram criadas. Sobrenaturais foram designados. E um novo equilíbrio se formou. Todos os recém-chegados foram obrigados a ingressar em uma Casa. Mas esta é a história de uma deusa que se recusou e do Rei da Casa que a colocou de joelhos.

Nyx.
Deusa da Noite.
Minha mais nova obsessão.

A fêmea ousada matou um dos meus homens.
O que tornou meu trabalho como Rei da Casa de Ouro e Granada fazê-la pagar.

Ah, havia tantas coisas que eu queria fazer com aquela sua

boquinha desobediente. Mas ela era muito mais forte do que nos levava a acreditar.

Agora, estou com um desejo que não consigo saciar.

Porque uma mordida não foi suficiente.

Você pode ser a Deusa da Noite, mas ainda sou seu rei.
Você vai se ajoelhar.
Vai implorar.
E o mais importante, vai sangrar.

Bem-vindos à Casa de Ouro e Granada, onde o poder define a monarquia e o sangue é a moeda preferida.
Prossiga por sua conta e risco.

Nota da autora: *Desejo* é um romance paranormal sombrio e independente, ambientado no universo de *Vícios e Virtudes Imortais*. Cada livro neste mundo compartilhado tem um final satisfatório e sem *cliffhangers*.

Para os fãs da série *Aliança de Sangue*, esta é a história de Nyx e Vesperus, a deusa e seu amante vampiro que começaram tudo...

Lexi C. Foss é uma escritora perdida no mundo do TI. Ela mora em Chapel Hill, na North Carolina, com o marido e seus filhos de pelos. Quando não está escrevendo, está ocupada riscando itens da sua lista de viagem. Muitos dos lugares que visitou podem ser vistos em seus textos, incluindo o mundo mítico de Hydria, que é baseado em Hydra nas ilhas gregas. Ela é peculiar, consome café demais e adora nadar.

https://www.lexicfoss.com/Inicio

MAIS LIVROS DE LEXI C. FOSS

Série Aliança de Sangue

Inocência Perdida

Liberdade Perdida

Resistência Perdida

Rebeldia Perdida

Realeza Perdida

Crueldade Perdida

Universo da Aliança de Sangue

Desejo

Dia de Sangue

Rainha dos Elementos

Livro Um

Livro Dois

Livro Três

O Próximo Reinado

Rainha dos Vampiros

Livro Um

Livro Dois

Livro Três

Livro Quatro

Outras séries sobre o universo Fae:

Rainha Fae do Inverno

Série X-Clan

A origem

Território Andorra

O experimento

A flecha de Winter

Território Bariloche

Série V-Clan

Território de Sangue

Território Noturno

Outros Livros

Ilha Carnage

Reivindicação

www.ingramcontent.com/pod-product-compliance
Lightning Source LLC
Chambersburg PA
CBHW051518250626
47156CB00001B/132